泰戈尔世界主义观念在英美的传播与影响

罗 铮 /著

同济大学出版社 · 上海

图书在版编目(CIP)数据

泰戈尔世界主义观念在英美的传播与影响 / 罗铮著
. -- 上海：同济大学出版社，2023.3
ISBN 978-7-5765-0188-9

Ⅰ. ①泰… Ⅱ. ①罗… Ⅲ. ①泰戈尔，R.（1861～1941）-文学思想-传播-研究-西方国家 Ⅳ. ①I351.065

中国版本图书馆 CIP 数据核字(2022)第 046961 号

泰戈尔世界主义观念在英美的传播与影响
罗 铮 著

责任编辑 张 睿 **责任校对** 徐春莲 **封面设计** 陈益平

出版发行 同济大学出版社 www.tongjipress.com.cn
(地址:上海市四平路 1239 号 邮编:200092 电话:021-65985622)
经　　销 全国各地新华书店
印　　刷 江苏凤凰数码印务有限公司
开　　本 889 mm×1194 mm 1/32
印　　张 8
字　　数 215 000
版　　次 2023 年 3 月第 1 版
印　　次 2023 年 3 月第 1 次印刷
书　　号 ISBN 978-7-5765-0188-9

定　　价 58.00 元

序

泰戈尔（Rabindranath Tagore）是第一位获得诺贝尔文学奖的东方作家。他不仅是一位大诗人，一生创作了两千多首诗歌，还是著名的剧作家和小说家，一生创作了二十余部戏剧、近百部短篇小说、十多部中长篇小说。不仅如此，泰戈尔一生都在致力于推动东西方文化间的融合，增进东西方之间的沟通与交流。他不仅将西方文学文化、思想观念介绍到东方，还将东方文化介绍给西方，努力在东西方文化之间建起沟通的桥梁。他身体力行，一生去过包括英国、法国、荷兰、美国、瑞士、德国、丹麦、瑞典、奥地利、捷克、罗马尼亚、土耳其、希腊、埃及等在内的三十多个国家。

目前，国内对泰戈尔访华相关史料的整理和研究较为丰富，但对泰戈尔在西方国家的文化交流情况，整理还不充分。罗铮的这本书，基于这样的认知，详细梳理了泰戈尔在西方尤其是在英美的文化交流活动的来龙去脉，既肯定了泰戈尔在英美产生的重大社会文化影响，也指出了西方社会对泰戈尔的误解、偏见及其原因，与泰戈尔在中国的遭遇进行对比研究，是很有学术价值和思路启发的。

本书的重点是对泰戈尔世界主义观的构成与特色的分析。作者认为，泰戈尔的世界主义观念，主要体现在泰戈尔始终认为世界一体，反对民族主义暴行，主张东西方国家之间的交流与合作应该抛弃狭隘的民族主义偏见，在坚持东西方国家间道义原则下进行。泰戈尔的这些观点，在一百多年后的今天，仍然具有重要参考价值与借鉴意义。

罗铮在同济大学外国语学院攻读博士学位期间，勤奋好学、乐于助人，三年就顺利完成学业，这是很不容易的。作为他的导师，常听到对他的夸奖，自然很受用。现在他的博士论文要修订出版，他让我写几句话作序，我欣然应允。希望他以此为新的起点，持续耕耘，持续收获。

孙宜学

2022 年 2 月 18 日于同济大学

引　言

1912 年，泰戈尔因其英译手稿《吉檀迦利》(*Gitanjali*) 获得叶芝（F. Yeats-Brown）、庞德（Ezra Pound）等英美一流作家赞誉，迅速在英国引发关注。次年，泰戈尔获得诺贝尔文学奖，成为第一位获此殊荣的东方作家。泰戈尔从一位印度孟加拉地区的诗人，一跃成为“印度诗人”“东方诗人”。之后，他又赴美国、法国、德国、意大利、俄罗斯、阿根廷、秘鲁、瑞士、捷克、中国、日本、伊朗、荷兰等众多国家发表演说，宣扬世界一体、东西方文化互补，倡导东西方建立友爱、互助等以道义为原则的精神联合，替代东西方旧的殖民统治和物质奴役关系。这些蕴含世界主义观念的演说内容，在西方世界产生了重大影响。1924 年，泰戈尔访华，在北京、杭州、南京等地发表演说，在国内也产生了重大影响并掀起了泰戈尔研究热潮。

在文学方面，泰戈尔的文学作品与文学观对冰心、郭沫若、王统照等一大批中国现当代作家影响深远，成为 20 世纪对中国现当代文学影响最大的东方作家之一。此外，泰戈尔的诗集传入中国之后，深受中国读者的喜爱，郑振铎所译《新月集·飞鸟集》更是被列入《教育部基础教育课程教材发展中心中小学生阅读指导目录（2020 年版）》，泰翁诗歌在中国的影响可见一斑。尽管泰戈尔是第一位享誉世界的东方诗人，是第一位在国内产生重大影响的东方作家，但国人对他的了解还是局部的、片面的，尚有待进一步挖掘。

以《吉檀迦利》、《飞鸟集》（*Stray Birds*）、《新月集》（*The Crescent Moon*）等诗集为例，国内所发行版本，大多由冰心、郑振铎基于*Gitanjali*、*Stray Birds*、*The Crescent Moon*等英文诗集汉译而来，忽视了这些英文诗集实际上是基于泰戈尔的孟加拉语诗集英译而来，而非泰戈尔的英语创作。而且，泰戈尔自译的英语诗集，大都经由英国作家修改润色，《新月集》由英国诗人莫尔（Sturge Moore）修改润色，连《吉檀迦利》这部为泰戈尔赢得世界声誉的诗集，也是由泰戈尔本人从孟加拉语译为英语之后，经英国著名诗人叶芝修改润色而成。翻译过程中为顺应英语文学文化范式而对原文的增删、改写比较明显，导致译文和原文出入较大。而这和泰戈尔试图在东西文学文化之间建立起沟通桥梁的愿望密切相关，反映了泰戈尔更宏大的世界主义观念。

此外，泰戈尔 1924 年在华演讲，当时国内学者中支持赞赏者有之，反对批驳者有之。甚至，泰戈尔的演讲内容还和 20 世纪初国内的“科玄之争”联系起来。国内很多学者都对此发表了自己的看法，但大多都忽视了一个很重要的方面，那就是跨民族文化交流过程中的语言问题。泰戈尔不懂中文，在北京、上海等地的演讲都是用的英语，而当时国内报刊所刊登甚至现场听众所听到的，都是徐志摩等人的翻译。徐志摩在翻译泰戈尔思想观念的过程中是如实转述，还是在翻译过程中借泰翁之口表达了自己的思想观念，这些都已经不得而知。此外，了解翻译的人都知道，语言转换过程中由于语言文化之间的差异，信息的增删在很多情况下都在所难免。由此，若要深入了解20世纪初在那场文化事件中，泰戈尔到底在国内说了什么，势必需要对泰戈尔的整体思想文化观念有全面深入的了解。

然而，当下距1924年泰戈尔访华已过去近百年。当时国内的很多历史文献已随着时间烟消云散，但好在20世纪初泰戈尔同样走访了英美等西方国家并发表了演讲，因而探究泰戈尔在英美的文化传播活动，揭示泰戈尔的总体思想文化观念，便成为全面了解泰戈尔思想观念的另一重要途径。实际上，20世纪初，泰戈尔在英美各地发表了多场演说，在西方世界同样掀起了一阵文化热潮。之后，西方的泰戈尔研究虽在一段时间内陷入低潮，但自20世纪60年代以后，泰戈尔重新走进英美学者视野，英美学界再次围绕泰戈尔展开研究。时至今日，英美学界还是有不少学者在对泰戈尔进行研究。总体而言，虽然国内外的泰戈尔研究都关注到了20世纪初泰戈尔演讲在东西方各国所引发的文化热潮，并结合当时具体的时代文化语境对相关误解背后的原因展开探讨，但很少对泰戈尔的思想文化观念展开探究，更忽视了泰戈尔思想文化观念中强烈的世界主义观。

目前，国内有关泰戈尔的研究主要聚焦于1924年泰戈尔访华、泰戈尔文学诗学探讨、泰戈尔文学作品的英译三方面。孙宜学教授2001年出版的专著《泰戈尔与中国》对1924年泰戈尔访华做了较为详尽的梳理，史料详尽、阐述全面。全书详细讲述了泰戈尔在华演讲、《申报》《晨报》的追踪报道、泰戈尔在国内知识分子中引发热议等相关问题，在国内产生了较大影响。此外，国内有关泰戈尔文学作品的探究，多围绕泰戈尔文学作品对郭沫若、冰心、王统照等作家的影响展开。比较有代表性的有张羽的博士论文《泰戈尔与中国的现代文学》及

《泰戈尔访华与革命文学初潮》《泰戈尔访华与20世纪20年代中国文坛》《泰戈尔泛神论思想与中国诗歌的现代转型》等期刊论文。有关泰戈尔诗学和泰戈尔文学创作思想的探究，比较有代表性的包括侯传文教授的专著《话语转型与诗学对话——泰戈尔诗学比较研究》、李金云的博士论文《论泰戈尔思想和文学创作中的宗教元素》及期刊论文《泰戈尔诗学与西方文论》《泰戈尔人格论探析》《泰戈尔情味诗学观》等。而国内关于泰戈尔文学作品翻译的探讨，除了曾琼的专著《〈吉檀迦利〉翻译与接受研究》外，还包括为数不多的几篇期刊论文，如《〈吉檀迦利〉：是创作还是翻译?》《泰戈尔翻译百年》等。总体而言，国内对泰戈尔文学作品翻译的探究，较少涉及英文文本和孟加拉文文本之间的探讨，更未能将泰戈尔文学作品的英译置于当时的社会文化语境下考量，忽视了泰戈尔文学作品英译策略和印度文化传播之间的关联。

值得一提的是，国内还有学者做了有关泰戈尔和世界主义的探讨。比较有代表性的包括孟昭毅教授的期刊论文《重读泰戈尔与世界主义》、宋炳辉教授的期刊论文《民族意识与世界意识的纠缠——从泰戈尔在中国的接受看20世纪文学思潮的一个侧面》等。鉴于期刊论文受篇幅局限，相关研究并未能对泰戈尔的世界主义思想全面展开并做深入探讨。总之，国内的泰戈尔研究，多关注泰戈尔访华、泰戈尔对中国现当代文学和作家的影响，虽也有对泰戈尔文学作品译介和世界主义思想的探究，但也多流于浮光掠影式的探究，缺乏深入分析和探讨。

相对而言，对泰戈尔在英美文学译介和文化交流方面的探析，多见于英美学者的专著或论文。哈罗德·马尔文·胡维茨（Harold Marvin Hurwitz）1959年的博士论文《泰戈尔和英格兰》(*Rabindranath Tagore and England*),是研究泰戈尔在英国比较重要的论文。论文主要介绍了三方面内容:①泰戈尔和英国文学文化的密切联系,其中既讲述了深受英国文学文化影响的泰戈尔家庭,又讲述了泰戈尔自 1878 年首次赴英学习至 1941 年去世前七次赴英的始末;②论文用了三章篇幅对泰戈尔的英译诗集《吉檀迦利》在英国的出版发行,以及诗集在英语读者中的接受和反响等方面做了较全面的探讨;③讲述了泰戈尔、叶芝、庞德三人之间文学友谊的发展演变。论文对泰戈尔在英格兰的活动做了较细致客观的描述,但因研究的核心聚焦于英译泰戈尔诗集《吉檀迦利》文艺思想的探究及在英美出版发行的始末,忽视了英译泰戈尔诗歌对英印文学文化交流的促进和影响,更未注意到泰戈尔在英印文化交流中所坚持的世界主义观念。而且,论文对泰戈尔在英国的研究多流于历史史料的钩沉,并未提出有价值的观点。

《美国之路:泰戈尔在美国的接受(1912—1941)》(*Passage to America*: *The Reception of Rabindranath Tagore in the United States*, 1912-1941)是苏吉特·库马尔·穆克吉(Sujit Kumar Mukherjee)完成于 1963 年的博士论文。这是一篇探究 1912 年至 1941 年间泰戈尔在美国的接受情况的重要论文。作者以泰戈尔文学作品为核心,利用兼通英语和孟加拉语的优势,对比分析英译泰戈尔文学作品和泰戈尔孟加拉语文学作品的异同,并对美国报刊对泰戈尔的误解和歪曲做了回应。论文由两大部分构成:第一部分基于史料描述了泰戈尔的五次赴美经历及在美的文化交流活动,核心观点是英美报刊对泰戈尔的不实报道及泰戈尔在英美所受误解;第二部分则基于对泰戈尔孟加拉语文学作品的评析,试图向西方读者揭示泰戈尔孟加拉语文学作品的全貌，弥补英译泰戈尔文学作品的片面和不足，企图增进英美读者对泰戈尔文学作品的全面了解。论文聚焦于泰戈尔在美国所受误解和误读的探析，忽视了泰戈尔在美国多地发表英文演说所产生的积极影响及对美印文化交流的推动和促进。

卡齐·纳西尔·乌丁（Qazi Nasir Uddin）1985 年完成的博士论文《期待视域：泰戈尔在英美的接受（1913—1941）》（*Horizon of Expectations*：*The Reception of Rabindranath Tagore in the United States and Britain*，1913-1941），以接受美学为理论框架，探究泰戈尔文学作品和英美读者期待视域间的差异，以及由此引发的泰戈尔在英美的误解。探究拘泥于接受美学的期待视域、视域融合等相关术语分析，对泰戈尔在英美的实际接受情况则多浮光掠影式的评述而有失全面客观。

20 世纪 80 年代以后，泰戈尔又一次引发了英美学者们的关注。1981 年，为庆祝泰戈尔诞辰 120 周年，黑（Hay）和帕尔默（Palmer）编著了论文集《泰戈尔：美国人的视角》（*Rabindranath Tagore*：*American Interpretations*），1989 年拉戈（Mary M. Lago）和罗纳德·沃里克（Ronald Warwick）合编了《时光中的泰戈尔》（*Rabindranath Tagore*：*Perspectives in Time*）。1998 年，在美国康涅狄格州召开了“家与世界：新千年的泰戈尔”（Home and the World：Rabindranath Tagore at the End of the Millennium）研讨会，会后又于 2003 年出版了论文集《泰戈尔：普遍与传统》（*Rabindranath Tagore*：*Universality and Tradition*）。2011 年，英美学者为纪念泰戈尔诞辰 150 周年出版了《最本质的泰戈尔》（*The Essential Tagore*）。

总体而言，英美学者对泰戈尔的研究多关注于英译泰戈尔文学作品在英美的接受，谴责英美各界因对泰戈尔缺乏全面了解而引发的误读，并试图揭示误读背后的原因。研究思路一直延续着1943年亚历克斯·阿龙森（Alex Aronson）所著的《西方眼中的泰戈尔》(*Rabindranath Tagore through Western Eyes*)中的视角，只看到了泰戈尔在英美遭受误解的消极方面，却忽视了泰戈尔对英美和印度间文学文化交流的积极促进。从时间维度上看，英美学者对泰戈尔在英美的探究多聚焦于1912年至1941年间泰戈尔文学作品在英美的译介，或是对泰戈尔在英美文化交流活动的历史钩沉。相关研究呈现出以下特征：①过于关注英译泰戈尔文学作品和泰戈尔孟加拉语文学原作间的背离，并试图以此为突破口，探究1920年后泰戈尔文学作品在英美遇冷乃至泰戈尔在英美所受误解背后的原因，忽视了英译本《吉檀迦利》和孟加拉语原作之间同样存在背离，且英译本《吉檀迦利》在英美引发巨大轰动的事实，使得相关论述有些前后不一。②过于关注英译泰戈尔文学作品和泰戈尔孟加拉语原作间异同的对比，忽视了英译泰戈尔文学作品对英美和印度乃至东西方文化交流的推动和促进。在跨文化交流的初期，文化误解和文化偏见本就难以避免，泰戈尔作为第一位在英美产生重大影响的印度作家，相关研究只关注文化交流中的消极层面，却忽视了泰戈尔对英美和印度间文化交流的积极作用，这不得不说是一种遗憾。③泰戈尔在英美的演讲活动在英美社会产生了重大影响，对传播印度文学文化、增进英美对印度文学宗教哲学等方面的全面深入了解意义重大。此外，泰戈尔在演讲中提出的“世界一体”“东西方文化互补”“道义合作”等主张，不但在当时的英美社会产生极大反响，对当下不同民族间的文化交流合作依然有借鉴意义。

有鉴于此，本书以文化交流传播为视角，阐述1912年至

1941年泰戈尔在英美的文化交流传播活动，探究泰戈尔对促进英美和印度间文化交流合作的积极影响，分析泰戈尔在英美文化交流传播的世界主义观念，并希望能为中国文学文化在英美的接受和传播提供启迪和借鉴。1912年泰戈尔凭借英译本《吉檀迦利》迅速在英国引发关注，1913年凭此诗集获得诺贝尔文学奖，从而引发世界关注。之后，泰戈尔并未将其在英美的活动局限于文学交流。他在英美各地发表演说，传播印度文学文化，促进英美和印度间的文化交流。就泰戈尔在英美的影响而言，不管是其英译文学，还是泰戈尔在英美各地的演说，都增进了英美和印度之间的文学文化交流。因此，传播印度文学文化，增进英美和印度间的文化交流，成为泰戈尔在英美各项活动中的核心，而泰戈尔在英美文化交流传播中的世界主义观念，更使其在英美社会产生了极大影响。本书内容将朝如下目标展开：

1. 探究泰戈尔在英美文化交流的世界主义观念及其观念的形成

一国文学文化在域外的交流传播，往往容易陷入盲目的文化自信或是媚俗的文化屈从，而采取的文化观念往往会直接影响文化交流的效果。泰戈尔在英美的文化交流，始终强调“世界一体”“东西联合”，他反对民族主义暴行，倡导民族之间基于道义的友好合作，体现了世界主义思想。泰戈尔以人类共同体为出发点，通过在英美的演讲不断传播印度文化经典，纠正英美对印度的文化偏见，指出西方文化不足，主张东西方文化互补互惠。这都体现了泰戈尔跨民族文化交流的世界主义观念。为此，本书立足印度当时的殖民主义历史语境，从泰戈尔的成长环境入手，探究泰戈尔世界主义观念的形成。

2. 探讨泰戈尔世界主义观念在英美文化交流中的体现

泰戈尔基于文学家的身份，以英译文学作为沟通英美和印度文化的桥梁，通过在英美的演讲传播印度宗教哲学文化思想，他还积极参与各项社会活动，促进东西方文化交流和合作。因此，泰戈尔世界主义观念不仅体现在其英译文学的翻译策略和英译文学主题上，更体现在他在英美的英语演说中抑或是他面对英印重大历史冲突事件的态度上。因此，除了探析泰戈尔世界主义观念在他英译文学和在英美演讲中的具体体现，本书还以反洋货运动（Swadeshi Movement）、阿姆利则惨案（Massacre of Amritsar）等英印重大历史事件为参照，揭示泰戈尔世界主义观念在其中的具体体现。

3. 探究泰戈尔世界主义观念文化交流在英美的影响和成功经验

泰戈尔在英美的影响始于文学创作，尤其是诺贝尔文学奖的巨大光环使其在英美产生了巨大影响。然而，诗人泰戈尔在英美的影响并非体现在文学层面上对英美作家文学创作的影响，而更多体现在对英美和印度文学文化交流的促进和推动方面。英美学界对泰戈尔的评价，往往赞誉其在吉卜林（Joseph Rudyard Kipling）等东方学者所设立的东西方文化鸿沟上搭建起了沟通的桥梁，促进了东西方文化交流融合。由此，本书以文化交流传播为视角，探析诗人泰戈尔在英美文化交流的影响和对西方与印度文化交流的促进。此外，还将从泰戈尔文学作品在英美的译介和他的世界主义观念两方面，揭示其在英美文化交流中的成功经验。

4. 增进对泰戈尔思想的全面了解，促进国内泰戈尔研究

探究泰戈尔世界主义观念在英美的文化交流，其意义不仅

体现在对泰戈尔的整体思想有深入了解和全面把握，更能为1924年泰戈尔访华的相关研究提供比照，一方面促进国内的泰戈尔研究，另一方面也为探究同一作家在不同语言文化语境下的接受和影响提供给养。此外，探究泰戈尔世界主义观念在英美的文化交流，不仅有助于对泰戈尔在英美的这段文化交流历史有全面了解，还能对东方文学文化在西方的接受传播规律有更深入认识。在中国文学文化走出去的大背景下，揭示泰戈尔在英美文化交流的成功经验，可以为中国文学文化走出去提供启迪和借鉴。

一国文学文化在异域的传播，多将目光锁定在文学作品的译介，并进而探究翻译文学在域外的传播、接受和影响。从文学翻译入手对文学文化交流传播的探讨，多是由内而外的，即往往先从文学文本层面的语言转换入手，进而探究译文在目标语文学文化中的传播、接受、影响，再探讨对跨民族文学文化交流的推动和促进。而在中国文学文化走出去的大背景下，关于文学文化域外传播的路径，也引发了越来越多国内学者的思考。文学文化的域外传播，是不是只能通过翻译抑或是另有他途，的确值得进一步思考。

文学文化的异域传播，不管是借助翻译还是通过其他路径，都会涉及不同文学文化范式间的冲撞和协调，文化传播过程中如何看待不同文学文化间的相互关系，仍然是当下国内学界所普遍关心的问题。是主张“存异”还是选择“趋同”，是坚持民族文化中心主义还是主张不同民族文化的共通，至今尚无定论。对待异域文学文化的态度又往往会影响本民族文学文化在异域传播接受的效果。目前国内的相关研究，要么是从翻译学角度出发的探讨，要么是从比较文学视域的探析，并未达成一致看法。此外，相关研究多学理式的思辨，较少从实际文学文化域外传播的成功个案入手展开分析。有鉴于此，本书将以 20 世纪初泰戈尔在英美文学文化交流传播的成功个案入手，围绕泰戈尔在英美的文学文化传播路径和他对待不同民族文学文化的态度展开分析，探究泰戈尔世界主义观念在英美文化交流中的具体体现及影响。

泰戈尔在英美的文学文化交流，成为东方文学文化走进以英美为代表的西方的成功典范。泰戈尔在英美的文化交流，以文学译介为起点，将文学译介和演讲等社会文化交流活动紧密结合，其背后的世界主义观念在英美乃至西方产生了巨大社会轰动和影响。本书对泰戈尔在英美近三十年文学文化交流的探析，以泰戈尔的世界主义观念为核心，围绕其世界主义观念在文学译介、英美演讲及英印民族冲突历史事件中的体现而展开；进而探究泰戈尔在英美的影响，并试图揭示泰戈尔在英美文化交流的成功经验，为中国文学文化走进英美提供启迪和借鉴。

泰戈尔文学作品在英美的译介，首先是一种文学文化交流行为。文学作品从一种语言翻译成另一种语言在异域传播，本身就是一种文化传播行为，而泰戈尔文学作品的英译，其文化交流导向则被进一步凸显：译文和原文之间不但删减明显，还请叶芝等母语作家为译文修改润色，而选译的文本也多是死亡、博爱、自然等更具共通性的文学主题。泰戈尔文学作品英译的文化交流导向，使其诗集《吉檀迦利》在英美取得了成功，由此为他建立起巨大的文学声誉。泰戈尔在英美的文化交流并未局限于文学，他广泛参加各种文化交流活动，促进印度宗教哲学思想在英美的传播，增进英美对印度文化的了解，促进英美和印度之间的文化交流和道义往来，其世界主义观念由此体现。

泰戈尔在英美各地发表英文演说，传播印度文学、宗教、哲学思想，促进印度文学文化在英美的传播，增进英美和印度间的文化交流与合作。仅 1916 年赴美，泰戈尔就在美国各地演讲达二十多场。泰戈尔在英美演讲的核心始终围绕东西方文化交流与合作展开。他在演讲中指出西方物质主义文化的不足与危害，借此宣扬印度精神主义文化，主张东西方文化相互促进、相互补充。泰戈尔还主张世界一体，不同民族建立以友爱、互助等精神道义为原则的交流与联合，体现了泰戈尔的世界主义立场。

由此，世界主义观念成为连接泰戈尔在英美文化交流的纽带。泰戈尔文学作品在英美的译介、他在英美各地的演讲乃至泰戈尔在英印民族冲突事件中的表现，都体现了泰戈尔的世界主义观念。泰戈尔世界主义观念的文化交流，在英美产生了巨大的社会文化影响，时至今日仍在英美具有重要的文化象征意义。

探究泰戈尔在英美的文化交流，属于典型的个案研究。研究方法上将综合运用描述性翻译研究、翻译史研究中的文化语境还原、比较文学的影响研究等方法，以泰戈尔世界主义观念在英美的文化交流为核心，综合考察泰戈尔文学作品译介、英美演讲、英印重大历史事件等方面，探究泰戈尔世界主义观念在英美文化交流中的体现和影响。具体而言，将主要包括以下内容：

（1）对泰戈尔文学作品英译的考察，将运用译介学理论，关注译文和原文间的增删、改写，分析翻译策略背后的文化交流导向。而对译文的评估，则采用描述翻译学的研究方法，不以忠实对等原则作为正误评判标准，而是以文学文化交流为导向，综合考量译语文本与译入语主流诗学、译入语社会文化语境间的相互联系，以译文在译入语文学文化语境下的接受和影响为主要评判依据，考察译文在译语中的接受、影响以及对英美和印度间文化交流的推动和促进。

（2）运用比较文学的影响研究，考察英美文学文化对泰戈尔文学作品创作的影响。考察泰戈尔在英美的影响不限于文本层面的影响研究，而是从文化交流出发，考察泰戈尔在英美的社会文化影响，探析泰戈尔在英美的文学文化交流活动所引发的印度文学文化形象在英美的转变，探究泰戈尔对英美和印度之间文化交流的贡献。

（3）研究过程中，将进行社会历史文化语境的还原，阐述泰戈尔之前英美有关印度的殖民书写，并以此为参照描述泰戈尔在英美文化交流所产生的影响。此外，还原 20 世纪初的英美社会文化语境，考察泰戈尔文学作品英译策略和当时社会文化语境间的关联，并探析泰戈尔文学作品在英美兴衰背后的社会文化语境方面原因。

（4）世界主义（cosmopolitanism）是本书研究的核心，世界主义概念本身就具有跨学科的属性，而对泰戈尔世界主义观念在英美文化交流的探讨，也必将体现多种研究方法的杂糅。

本书共分为五章，具体内容如下：

第 1 章从世界主义的概念入手，缕析出世界主义的世界视域、博爱道义、责任互担、交流合作等核心原则。然后，依据泰戈尔在英美有关《人生的亲证》（*Realization of Self*）、《民族主义》（*Nationalism*）、《创造的统一》（*Creative Unity*）、

《人的宗教》(*Religion of Man*) 的演讲，探析泰戈尔世界主义观念所蕴含的世界一体、东西联合、道义原则、文化交流等核心内涵。为证实泰戈尔在英美文化交流的世界主义观念，还进一步探究了泰戈尔世界主义观念的形成。一方面泰戈尔受到《奥义书》(*Upanishad*)、《薄伽梵歌》(*Bhagavad-Gita*) 等印度文化经典的影响，形成了坚持爱、善等道义原则和倡导种族差异下的联合等思想；另一方面又因他从小受西方文学文化浸染，赴英求学的经历更使泰戈尔形成了超越民族主义局限的世界视域。由此，泰戈尔形成了超越民族局限的博爱、东西联合、文化交流等世界主义思想观念。

第 2 章聚焦泰戈尔世界主义观念在其英译文学作品中的体现。泰戈尔的世界主义观念不仅在其孟加拉语文学作品的英译策略中有所体现，更体现在其英译文学的主题中。此外，泰戈尔文学在英美的兴衰也和泰戈尔世界主义观念在英美的文化交流活动密切相关。具体而言，泰戈尔诗歌在英语翻译过程中体现了英译文对孟加拉语原文的改写，而这都和泰戈尔在民族文学文化差异下寻求文学共通性的世界主义观念紧密相连。英译的泰戈尔小说和戏剧，同样表达了泰戈尔反民族主义暴行、坚持道义合作、促进东西方交流等主张，由此体现了泰戈尔的世界主义观念。英译泰戈尔文学作品在英美的衰落，一定程度上源于泰戈尔世界范围内的文化交流活动耗费了他太多精力，造成后期文学创作和翻译质量的下滑。

第 3 章探讨了泰戈尔世界主义观念在英美社会文化交流活动中的体现。泰戈尔一生七次访英和五次赴美，在英美各地发表演说，产生重大社会影响。泰戈尔借助在英美的演讲，传播印度宗教哲学文化思想，增进英美对印度文化的了解，促进英美和印度之间的文化交流与道义合作。泰戈尔在英美的演讲强调东西方文化互补、世界一体、以道义为原则的东西交流合作，这都体现了泰戈尔在英美文化交流中的世界主义观念。

第 4 章立足泰戈尔所处的社会历史文化语境，考察泰戈尔世界主义观念在英印民族冲突和具体历史事件中的体现。面对阿姆利则惨案、反洋货运动等英印民族冲突事件，泰戈尔的世界主义观念得到进一步体现。泰戈尔主张世界一体，为促进世界不同民族间的文化交流与合作，他建立国际大学（Visva-bharati，英文为 International University），为东西方民族间的沟通和文化交流提供场所。

第 5 章探讨泰戈尔世界主义观念文化交流在英美的影响，探析泰戈尔在英美文化交流的成功经验。探究泰戈尔在英美的社会文化影响，先追溯了泰戈尔之前印度文学文化在英美的传播，阐述了先前英美作家对印度的殖民书写及在英美读者心中所构建的关于印度和印度文化的负面形象。然后，探究了泰戈尔文学的印度文化窗口和东西方文化桥梁作用，分析了泰戈尔在英美的文化交流和象征意义。此外，还探究了泰戈尔世界主义观念在英美文化交流的成功经验，希望能为中国文学文化走出去提供启迪和借鉴。

目 录

第1章　泰戈尔世界主义观念的内涵及形成

探究泰戈尔世界主义观念在英美的文化交流，首先需搞清楚什么是世界主义。只有搞清楚世界主义的概念及其与民族主义等相近概念的区别，才能进一步说明泰戈尔的世界主义观念。泰戈尔的世界主义观念不仅吻合世界主义者所强调的世界一体、道义原则、交流合作等核心主张，更鉴于其文学家的身份，强调以文学文化交流为途径的东西方联合。泰戈尔生前多次奔赴英美，致力于英美和印度、东方和西方间的文学文化交流。不管是其英译的文学，还是其在英美的演讲活动，都体现出泰戈尔的世界主义观念。而泰戈尔世界主义观念的形成，则是受英印文学文化影响，以及与其他民族沟通交流的结果。

1.1　世界主义

从词根上讲，世界主义对应的英文单词“Cosmopolite”来源于希腊文 cosmospolis，这个词由 cosmos 和 polis 两部分构成，前者指“宇宙”“世界”，而后者指“城邦”“城市”“市民”。因此它的原意是指“世界城市”或“世界城邦”。后来，世界主义这个概念被斯多葛学派（the Stoics）采用，指对其他城邦表示关爱的人。可见，世界主义最初所关注的核心就是关于个体的地域属性和身份认同，是如何处理自身成长的地域和更广阔的外部世界的关系。城邦和世界、本族和他族、自我与他者的关系，成为世界主义的核心。

在全球化的今天，随着种族交往的日益密切，区域间的流动也愈来愈频繁，世界主义思想再次引起了学人的关注。以下就从世界主义的历史发展演变入手，探讨公元 4 世纪斯多葛学派以来世界主义概念的发展变迁，辨析世界主义和全球主义等概念的异同，以便对世界主义有全面了解，并以此作为泰戈尔世界主义立场的参照。

1.1.1　世界主义的历史发展

世界主义的源头，至少可以追溯到公元前 4 世纪犬儒学派[①]的形成。这一学派的信徒第一次表述了世界主义的思想，即“宇宙公民（citizen of the cosmos)”（阿皮亚，2012：4）。之后，西塞罗[②]、卢修斯·塞涅卡[③]、马可·奥勒留[④]等禁欲主义者采纳并完善了犬儒学派的理念，尤其是奥勒留在《沉思录》中表达了对人性的世界主义态度。此后，以斯多葛学派为代表的古典主义阶段、18 世纪的启蒙主义阶段和当代近三十年

① 犬儒学派是古希腊的一个哲学学派，由苏格拉底的学生安提西尼创立，主张否定社会与文明，提倡回归自然，清心寡欲。

② 马库斯·图利乌斯·西塞罗(Marcus Tullius Cicero)(前 106—前 43)：罗马共和国晚期的政治家、哲学家、雄辩家。

③ 卢修斯·塞涅卡(Lucius Seneca)(前 4—65)：古罗马哲学家、剧作家。

④ 马可·奥勒留(Marcus Aurelius)(121—180)：161—180 年为罗马帝国皇帝，著有《沉思录》一书。

来的世界主义研究，构成了世界主义探讨的三个主要阶段（Heck，2010：31）。

斯多葛学派明确称自己为“世界主义者”，主张以“人类和谐相处”的世界观替代古代政治思想中提倡的“城邦中心”。在斯多葛学派看来，人们生活在两重世界之中，一个是和出生相连的“当地社区”，另一个是由人类理想所支撑的“社群”，而且后者对个体而言远比前者更加重要。个人的忠诚，首先应该献给“人类共同的道德理想”，而非“毗邻的民族集团”。斯多葛学派虽强调超越城邦的人类共同理想，但同时并未忽视“对当地、亲友、家人、朋友和同胞的关怀”。只是从重要性上来看，人类的道德理想更加重要（Heck，2010：40）。可见，斯多葛学派所提倡的世界主义，至少包含着超越城邦的“世界视域”和“道德责任承担”这两方面重要内容（赫尔德、麦克格鲁，2004：40）。

到了18世纪的启蒙主义阶段，世界主义同样是启蒙主义思想的核心，启蒙主义思想中的很多论述都和“世界公民”的概念密切相连。康德（Immanuel Kant）、黑格尔（G. W. F. Hegel）、谢林（Friedrich Wilhelm Joseph Schelling）、赫尔德（Johann Gottfried Herder）等启蒙主义运动的代表人物，都表达过对世界主义的希望和信念，其中尤以康德关于世界主义思想的论述影响最大。康德认为个体有逾越种族、国家政治疆域参与世界对话的权利，并称之为“世界主义权利”（赫尔德、麦克格鲁，2004：42）。世界主义权利强调个体超越种族、国家边界的话语权力的背后，暗含着国家民族间的彼此容忍与和平相处，而这种合作关系和公正的行为准则，也是康德对殖民主义的有力回绝（赫尔德、麦克格鲁，2004：41）。由此，康德倡导建立世界主义秩序，主张所有政治、社会关系都应基于相互沟通的意愿，并以理性、公正、主体认同为原则。只有在这个意义上，个体才能既属于自己的国家，又能被称为世界主义公民。

可见，启蒙运动时期的世界主义观点不仅超越了地域的局限，更涉及世界范围内的政治管理，还提出了理性、公正、彼此认同等具体的普适性道德原则下民族、国家间的沟通交流与合作。康德不仅从宏观上提出建立“世界主义秩序”，保证“主权国家的和平关系”，还从微观上强调陌生人在异国的热情宽待，从世界公民的角度强调跨越国界的博爱的道德核心理念（康德，2005：66-83）。

当代关于世界主义的讨论，则不过最近几十年的事情。在全球化的大背景下，如何协调民族国家利益和国家间相互合作的关系，日益引起了人们的注意。随着全球化进程的加剧，国家、民族间的交往日益频繁，物质产品、人口、信息在世界范围内的流动越来越大。世界所有国家、民族都被纳入了休戚与共、相互依存的命运共同体。经济上，国家经济突破了本国界限，经济全球化使得国家之间形成了无法分割的联系；在政治上，国内政治和国际政治相互交织、互相影响，超越民族国家界限的世界关系成了政治全球化的重要特征；文化上，民族之间的文化交流日益密切，不同民族的思想、价值、规范在交流讨论中相互碰撞、融合、彼此吸纳，跨民族文化特征日益明显（贝克、格兰德，2008：12）。

在全球一体化的大背景下，一方面超越国家界限的经济、政治、文化交流日益密切；另一方面各个民族国家依旧“利”字当头，民族国家本体论下的利己主义思想依然盛行，结果世界共同体和民族利己主义间的矛盾则随着全球化进程的加剧愈演愈烈。一方面，全球化需要国家地区间加强合作，共同面对并处理环境污染、资源能源紧缺、气候灾难、恐怖威胁等全球化的普遍问题；另一方面，各民族国家依然以利己主义为先导，强力优先保护本国自身利益。如何协调民族国家内部和外部间的矛盾，再次摆在了大家面前。正是在这样的社会文化语境下，世界主义再次引发学者们的关注，贝克（Ulrich Beck）、塞缪尔·谢夫勒（Samuel Scheffler）、博格（Thomas Pogge）等政治经济学领域的杰出学者基于自己的学养，站在不同的立场和角度对世界主义做了不同的划分和探讨。

贝克首先对世界主义思想给予了高度评价，声称世界主义是"继历史地衰退的国家主义、民族主义和自由主义思想之后，出现的又一种可望实现的伟大思想。它与建立一个统一、安全、可持续发展的世界目标联系在一起，指出了人类文明走出当前困境的唯一出路"（贝克，2008：84）。然后他围绕对民族国家主义行为和理念的批判，将世界主义划分为"政治的世界主义"和"社会学—方法论的世界主义"：前者是针对民族国家主义的社会个体的"行为期待"，要求社会个体放弃民族国家为中心的行为理念；后者则将世界主义看作反对社会科学领域民族主义倾向的"方法论工具"（贝克，2008：22）。

谢夫勒则以全球化语境下的政治、文化为着眼点，在《世界主义、正义和制度》中围绕"主权概念""文化认同""公平和正义"，把目前世界主义的相关研究划分为：关于正义的世界主义（cosmopolitanism about justice）、关于文化身份的世界主义（cosmopolitanism about culture）、关于主权的世界主义（sovereignty and solidarity）（Scheffler，2008：71）。

博格以建立超越国家、民族的世界秩序为着眼点，把世界主义分为“法律世界主义”（Legal Cosmopolitanism）和“道德世界主义”（Moral Universalism）。前者以“世界的政治理想秩序”为前提，主张个体地位平等，享有相同的法律权利和义务；后者则关注个体道德，以道德主义为前提，强调人们之间互相尊重、彼此承担义务的道德关系。个体不仅要关爱自己同胞和亲人，还有义务去关心陌生人。道德世界主义又被分为“制度世界主义”和“互动世界主义”：前者强调通过建设社会制度结构实现制度正义，消除社会不公，实现人人平等；后者则强调个体间的相互帮助。因此，道德世界主义的明显特征在于强调道德在人际关系上的重要性，而非政治权力对人的外部强制。

世界主义不仅适用于政治经济领域，还被用在全球化背景下的文化交流讨论中。在文化层面的相关研究中，文化世界主义则强调“文化的流动性”，提倡“放弃或消除不同国家实体的文化界限”，期待形成一个“认同的断裂与融合的世界”（Waldron，1995：93）。作为世界主义研究的一个重要方面，文化世界主义（Cultural Cosmopolitanism）反对文化的排他性和地域文化性，鼓励文化多样，欣赏文化融合（Scheffler，2008：70）。

当下世界主义的划分虽种类繁多，研究也渗透到了方方面面，但其核心还是围绕民族内外、自我与他者的关系展开，且道德正义是其主要的依据和原则。世界主义研究共同的理论前提，是“均认为必须将世界看成一个整体”（Scheffler，2008：68）。在此基础上，因对国家和个体的不同关注，不同研究又基于各自的研究兴趣提出了世界主义思想下的交往合作原则。

贝克以国家交往为出发点，归纳了世界主义的四条基本原则：“克服民族主义思维和行为方式，抵制霸权主义行径”“承认并平等地对待差异”“‘民族国家’的自律”“加强国际合作，实现‘世界治国’”。赫尔德的研究更关注个体，坚持以“个体间的平等尊重”为核心，提出世界主义应包含的三个关键方面：①“平等个人主义原则”：道德关怀的最终单位是个体，而非国家或其他任何形式的组织、机构，个体的自由都应该得到平等的尊重和对待；②“互惠认可原则”：个体的价值都应被平等对待，每个人在世界道德领域都占有等同份额，在得到尊重的同时也应该尊重他人；③“行为公正的原则”：所有人都应公正行事。（Heck，2010：44-46）

可见，世界主义的内涵，是在整体世界观的前提下探讨地方与全球、民族与国际的关系，本质是建立自我与他者间的行为规范。因此，世界主义一方面涉及“对差异和他者的价值判断”，另一方面又企图“建立新的不同于民族国家的民主统治形式”（贝克，2008：54）。道德层面的尊重、平等、友爱，常常被视为世界主义视域下处理国家、民族关系的重要原则。由此，世界主义又可以被简单地认为是“对人类整体的爱，或是指对世界上的所有人所应尽的责任，不必区分国家、民族，一视同仁”（Waldron，2006：20）。因此，世界主义的内涵是全球一体化，核心是超越种族、地域、国家限制的平等、尊重、博爱等道义原则，途径是民族、国家之间的交往与融合，目标是建立责任共同承担的人类命运共同体。

1.1.2 世界主义与殖民主义、民族主义

世界主义的优势，不仅体现在强调国家间的合作与民族间的融合，更在于其对民族差异的认可和尊重。世界主义的着眼点是处理民族与国际、地方与全球关系，因而自然衍生出如何看待“他者”“差异”的问题。世界主义的意义在于提出了一种新型的处理地方与全球关系的模式：尊重并承认民族差异，又不使民族差异绝对化；个体既立足自身生长的地域，又着眼世界对全球事务有责任感；依据道义准则，建立地方和全球之间“亦此亦彼”的新型协作。正是以上内涵，造就了世界主义和殖民主义、民族主义等概念的不同，使其体现出了自身独特的优势。

世界主义和殖民主义（Colonialism）的不同，在于其否定了国家、民族间的对立关系，打破了过于强调民族差异的等级化划分，主张建立既承认差异又平等对待他者的理想规范。如何处理民族外部的关系，并不局限于世界主义主张，早在16 世纪东西方民族国家的交往中就建立起了“等级化的支配—从属关系”（Beck，2004：17），最终发展成了殖民主义。殖民主义视域下的民族关系，主张对立和等级从属，这在 19 世纪的东西方交往中得到体现。东方民族国家由于经济的落后而被视为“低贱”甚至“野蛮”，因而在和西方的交往中应该隶属于西方、受西方支配。对待民族他者的等级观念，不但体现了过分强调民族差异性的狭隘心理和民族局限，还为奴役、剥削其他民族提供了理论依据。因为民族等级观念，西方殖民主义者把

对其他民族的剥削、征服视为“文化教化”，为自己的卑劣行径找了个冠冕堂皇的借口。与之相反，世界主义则提倡以“统一的规范取代形形色色的阶级、种族和宗教偏见”（Beck，2004：17），不但接受并承认民族差异，还要打破等级区分，完全平等看待民族间的差异（Beck，2004：18）。

世界主义和民族主义（Nationalism）虽都承认民族差异并强调民族平等，但相比而言，世界主义则坚持得更加彻底，视域也更加开阔。民族主义所强调的民族差异，往往以民族国家为单位，在国家内部和外部奉行双重标准。国家内部的种族差异往往被视为社会不安定的主要因素，因而成为民族主义大力消除的对象。民族主义往往在国内大力消除种族差异，推动国内种族间的融合同化，维护国内稳定团结。对外，民族差异又往往被民族主义者视为一个国家民族意识不可分割的部分，因而不断强调甚至“制造”差异，以凸显民族的不同（Beck，2004：17）。民族主义一旦走向极端，很容易滑落到民族之间的不平等关系，并进行等级划分（Beck，2004：18）。此外，民族主义往往会以民族、地域为限，过于追求自身利益最大化而忽视了和其他民族、国家的共同发展。相对于民族主义，世界主义不管是在国家内部还是外部，都始终坚持尊重并平等对待种族差异的原则，不仅仅关注单个国家、民族的利益，更关注不同民族、国家的共同利益。

需要指出的是，世界主义承认民族差异和他者，但绝不使民族差异绝对化，而是借助普适的道德规范实现与他者的联合，建立新的、跨越民族国家界线的一体化。尊重民族文化差异，是民族交往的前提，但一旦过于强调差异，就会陷入民族差异绝对化的泥沼。结果造成民族文化差异被夸大，在民族差异上建起鸿沟阻碍民族间的沟通与交流。夸大民族差异，只会陷入文化不可通约的窠臼，忽视了文化全球化的社会现实。实际上，民族间的文化差异，只是习俗观念的差异，没有实质的不同。一个民族认为正确或是错误的习俗，其实只是“区域风俗的不同所致”，并非属于“客观真理”的范畴（阿皮亚，2012：28）。世界主义的优势，在于建立民族差异下的国家、民族之间的交流与合作，承认民族差异，更强调民族共通。

世界主义的意义，还在于强调个体对他者所应承担的义务和通过对话模式促进世界范围的民族国家联合。世界主义倡导实现地域联合和全球一体化协作，共同面对全球化所带来的风险和社会问题。这就意味着个体不但对自己所生活的区域肩负责任，还要对世界其他地域的其他种族肩负相同的责任。世界主义的一个核心观念，就是我们对超越亲情关系的他者的仁慈和所承担的义务（阿皮亚，2012：7）。世界主义者共同接受的理念，是既不忘记区域性忠诚，还对区域外的他者负有一份责任（阿皮亚，2012：9）。这就需要人们不再囿于区域性局限，不再有西方和东方的严格划分，承认、平等对待民族差异，推进和“他者”的对话交流，平等对话和交流成了跨地区、跨民族联合的唯一有效途径。这就需要人们回到“对话模式”，尤其是生活方式不同的种族、群体之间的对话，从而建立世界范围内的联合。而且，世界主义主张一种更加包容的胸怀，否定了全球与地方、民族与国家之间的二元对立，主张“亦此亦彼”的包容共存。

总之，世界主义虽被应用到政治、经济、文化等诸多领域，学者们也根据自身学养在不同领域做了深入探讨，但不同领域的世界主义总体蕴含着以下共同内涵：一是尊重并平等对待文化他者和民族差异；二是坚持对话和道义原则，促进超越种族、国家之间的交流合作；三是超越民族、国家局限的人类共同责任的承担。由此，世界视域、博爱原则、交流合作、责任互担构成世界主义概念的核心。

1.2 泰戈尔的世界主义观念：东西一体、道义原则、差异与共通

1861年出生的泰戈尔，在英国殖民统治下的印度长大。泰戈尔从小浸染英印两种文化，17岁时远赴英国留学，及早形成了超越民族局限的视角。泰戈尔一生坚持英国和印度、东方和西方间的交流合作，更将其一生致力于东西方文化交流。他一生多次奔赴英美，通过文学译介、演讲活动等增进英美乃至西方对印度文学文化的了解，倡导东西方文化交流，体现出他的世界主义观念。

1.2.1 世界一体、东西联合

泰戈尔的世界主义观念，始于其世界一体的主张。泰戈尔早在一个世纪前，就已经预言世界一体化的到来。1916年，他在《民族主义》的演讲中曾指出："由于科学的便利，全世界正在变成一个国家"（Tagore，1918：98）。事实上，泰戈尔不但看到了世界一体化趋势，还强调民族联合的力量和民族国家分裂的危害。他在《民族主义》的演讲中进一步指出："彼此

不能结成伙伴关系的民族，一定会灭亡，或是在堕落中生活”“而唯有具备强烈合作精神才能生存，并创造文明”（Tagore，1918：65）。可见，只有坚持不同民族间的联合才能互惠，变得更加强大，而民族国家间的分裂、民族孤立主义只会引发“灭亡”或“堕落”。由此，泰戈尔的世界一体、民族联合的主张和他反对民族孤立、民族分裂的观点是紧密相连的。

而关于东西民族联合的互利互惠，泰戈尔则提出了一个重要主张：东西方文化互补。在泰戈尔看来，东西方文化是存在明显差异的，这在对待人与自然的关系上得到了明确体现。泰戈尔对西方文化的判断是从莎士比亚（William Shakespeare）的悲剧《暴风雨》（*The Tempest*）《麦克白》（*Macbeth*）等入手的。这些剧作在泰戈尔看来都反映了“人类和自然的冲突与争斗”，体现了西方人眼中人类和宇宙之间的“对立关系”（Tagore，1922：29-30）。西方文化正是源于人和自然的对立关系，所以从未停止对自然的征服和采伐。

西方工业文明的发展，更加大了人对自然的征服利用，自然万物被视为毫无生命的个人财富的一部分。从人和自然的对立中，进一步引发了西方文化物质至上、人们的贪欲日益增长。而为了自身物质利益的满足，在民族内部和外部不断引发争抢和掠夺。结果，西方国家内部社会问题日益尖锐，西方民族国家之间围绕物质利益展开争夺，引发世界战争，为人类带来危害。

在泰戈尔看来，以印度文化为代表的东方文化恰恰相反。印度文化一直强调人与自然的和谐统一，这从印度典籍《奥义书》“梵我同一”的思想中就可以得到佐证。而且，印度文化源于森林，印度伟大圣贤都是在静修林中，在人和自然的和谐统一中顿悟开化获得人生智慧，这已成为印度文化经典的重要组成部分。在印度文化中，人和自然万物都是有灵的，人与自然通过精神灵魂间的感知实现融合，从而带来心灵的平静和精神的满足。

需要指出的是，泰戈尔在看到东西方文化差异的同时，也看到了东西方文化的共通性。他通过对比莎士比亚和迦梨陀娑（Kālidāsa，英文为 Kalidasa）的戏剧，发现二者之间有着共通的思想和主题，都感到“王室宫廷生活充满了忘恩负义的背叛和谎言”，并对王室的虚伪感到不满（Tagore，1922：29）。由此，英印文学相同的文学主题和不同民族作家的相同价值观，又让泰戈尔看到了东西文学文化差异下的共通性及英印文学文化交流的可能。

因而，在泰戈尔看来，以精神主义为核心的东方文化和以物质主义为内核西方文化之间，蕴含着文化差异性下的文化共通，而增进东西方文化交流则可使彼此受益。西方文化应学习东方的精神主义文化，摆脱物质对人的束缚，追求精神的满足，强调人与人之间的精神交流和人与自然的和谐相处，最终实现世界的和谐稳定。而东方则应学习西方的物质文明，学习西方的科学知识和工业文明发展成果，改变自身工业发展的落后状态，满足生产落后所造成的物质资料不足。泰戈尔在《民族主义》的演讲中明确指出：“我们必须考虑到，西方对于东方是必不可少的。东西方彼此互补，不同的生活观可使我们看到真理的不同方面。”（Tagore，1918：14）

泰戈尔坚持世界一体，和他反对民族孤立主义紧密相连。泰戈尔虽然生活在英国殖民统治下的印度，但是并不主张彻底断绝英印往来。在泰戈尔看来，“西方来到东方是（东方）幸运的事情”，因而他不主张“抛弃西方文明、闭关自守”，而是强调英印应该“紧密联系起来”，更希望“英国成为联系印度和西方之间的纽带”（Tagore，1918：103）。

泰戈尔坚持世界一体、东西联合，还隐含着每个民族应该为世界贡献自己力量的主张。西方文化中也曾孕育着美和真理，滋养着一切国家和时代。西方的基督教文化，他们心中所洋溢着的“人类之爱”“正义之爱”“为崇高理想自我牺牲的精神”（Tagore，1918：62），都是人类世界的精神财富。东方即使带着厌恶情绪也应该学习它“西方精神”和“人类道义本来性的内在来源”（Tagore，1918：86）。而印度对于处理多种族文化的经验，同样可以为人类提供借鉴。印度若能“吸收同化西方文明中的永恒价值”，“将同样处于协调东西两大世界的重要地位”（Tagore，1918：14）。由此可以看出泰戈尔连接东西，促进世界不同民族相互交流、相互联合的意愿。

1.2.2 道义原则、文化交流

泰戈尔一方面主张东西方联合，另一方面却又对20世纪初的东西方关系感到不满。泰戈尔以英印关系为出发点，他认为当时的英印关系乃至东西方关系，本质上是基于物质利益的民族剥削和民族奴役。基于物质利益的民族联合，实质上缺乏民族之间的精神交流，不能实现真正的民族联合。而且，以物质侵占、财富聚集为基础的民族关系，极易引发民族暴力冲突乃至战争，给全世界带来危害。在泰戈尔看来，第一次世界大战的爆发就是民族间基于物质利益的往来，又受到狭隘民族主义局限的结果。

基于强烈物欲之上的东西方关系，其危害的根源在于遵守优胜劣汰的丛林法则，缺乏道义关爱和情感交流。物质主义、物质崇拜是过分强调科学和工业发展的结果。物质主义为导向，往往会推动科学技术的不断发展，但科学本身是一种缺乏情感的抽象。科学技术发展强调高效、竞争、优胜劣汰，而过分推崇科学技术势必造成人屈从于机械，钝化“完善的人性”，然后“复杂的个人”被解体，个人精神依附于发展、争夺等抽象观念，而变成“残忍、机械”的生物，造成“个人道义感的泯灭”（Tagore，1918：36）。

在泰戈尔看来，这种“非人化”的过程一直在西方上演。个人脱离了周围环境的一切自然联系，人和自然的关系变成了征服和占有，人与人的关系变成了争抢和掠夺，而个人因为脱离了精神追求，自然割断了他“同美和爱以及一切社会责任的活生生的联系”（Tagore，1918：36）。而这种关系进一步扩大到民族之间，势必引发民族之间的争抢和掠夺。结果人类社会变成了弱肉强食、适者生存的丛林，强大民族侵凌弱小民族，而弱小民族又奋起反抗，由此民族矛盾乃至流血冲突不断，给人类带来了毁灭性的危害。

正因如此，泰戈尔强调人类社会不同于自然丛林，“人类世界是道义的世界”，“道义法则”才是人类社会最伟大的发现（Tagore，1918：31）。具体而言，道义包含着爱、互助、正义等精神抱负。爱是泰戈尔一直强调的道义力量，至少包括自然之爱和对他人的爱。自然之爱是指个人和山川、溪流、繁花、树木等自然万物之间建立爱的精神联系，向世界万物敞开胸怀；而对他人心中有爱的人，对其他民族的敌对情感最少，并能设身处地关爱他人并心存怜悯（Tagore，1918：71-101）。在泰戈尔看来，缺乏崇高同情心和互助的民族，一定会灭亡或堕落；缺乏超越民族局限的公正，自然会引发民族冲突乃至战乱（Tagore，1918：100）。

民族联合的道义原则，还包括平等、尊重等其他原则。只有民族间奉行平等原则，才能产生跨越民族的尊重、友爱之情。在泰戈尔生活的时代，英印民族关系就明显不平等。英国人对印度人的总体印象是“肮脏”“野蛮”“落后”“未开化的”，基于对印度民族这样的认知，不列颠民族极易形成对印度民族的偏见，更难以形成友爱之情。在这样的语境下，英国人对印度的援助很容易产生一种“施舍”的民族自豪感，而对印度民族的关爱也更多是出于民族自豪感的“怜悯”与“同情”。因此，英印关系自然容易出现危机。

可见，民族之间的道义联合，需要建立在民族间相互交流、相互了解的基础之上。显然，当时西方对东方的了解太少了。因而泰戈尔认为“要有人向西方介绍东方，使西方相信东方在文明历史的形成方面有其贡献”（Tagore，1918：103）。作为文学家的泰戈尔，更是以文学作为沟通东西方的桥梁，英译自己的孟加拉语文学作品，促进英语世界对印度文学文化的了解。此外，他还多次奔赴英美并发表演说，增进西方对东方了解，促进东西方文化交流与道义联合。面对英印民族冲突暴行，泰戈尔既未囿于民族主义局限而陷入盲目爱国主义窠臼，又未因主张东西方交流合作而对英国统治者在印度阿姆利则惨案中的暴行漠然视之，而是始终坚持友善、互助、博爱等道义原则的东西方交流。

由此可见，泰戈尔的世界主义观念，主要有以下特征：一是始终坚持世界一体，倡导东西方交流合作，坚信东西方文化差异下的文化共通及东西方文化互补互惠；二是倡导超越民族局限的博爱、互助、正义、平等等道义原则，并以此作为东西交流合作的依据；三是作为文学家，泰戈尔主张以文学文化交流为途径展开东西对话，促进西方社会对东方的了解，增进东西方文化交流。

1.3　泰戈尔世界主义观念的形成：英印文学文化润泽

从小在英国殖民统治下的印度长大的泰戈尔，却坚持世界主义观念，这不禁会引发这样的疑问：泰戈尔的世界主义观念是如何形成的？实际上，泰戈尔世界主义观念的形成，是印度宗教哲学文化和西方文学文化共同滋养的结果。《奥义书》《薄伽梵歌》等印度经典先在泰戈尔心中埋下了博爱、友善的道义种子及对精神满足的追求；从小浸染西方文学文化及后来的旅英经历，更让泰戈尔的道义观超越了民族局限，促进了泰戈尔世界主义观念的形成。

1.3.1　印度社会文化影响：博爱、道义、联合

泰戈尔从小在印度孟加拉邦长大，思想上深受《奥义书》《薄伽梵歌》等印度经典的影响。其中宣扬的“梵我同一”“爱的哲学”“宗教虔诚”等观点，孕育了泰戈尔博爱、友善、道义联合等观念的形成。《奥义书》是印度最古老的哲学典籍，主

要论述宇宙和人生的奥秘，人和自然、人和宗教的关系。《奥义书》的梵文是 Upanisad，原意是“近坐”“秘密相会”，后引申为“师生间传授的秘密教义”。《奥义书》内容庞杂，包含着不同时期、不同地区、不同宗教派别的哲学观，但中心始终围绕“梵我同一”“轮回解脱”的思想展开（黄心川，1979：35）。

梵（Brahman）和我（Atman）是《奥义书》的两个核心概念。在梵文中，梵的原意是“圣智”“咒力”“祈祷”，先被引申为“祈祷而得的魔力”，后又被引申为“世界的主宰”“哲学的最高本体”。因而，《奥义书》中的“梵”往往被当作宇宙的本体、生命的根本、万物存在的原因。《奥义书》中，“我”常被解释为“个体灵魂”“万物内在的神妙力量”“宇宙统一的原理”。作为外在的、宇宙终极原因的“梵”，和作为内在的、人的本质的“我”，本性同一：大小宇宙间统一，因而“我”和“梵”实现等同（黄心川，1979：37）。“我”的睿智，应从宇宙万物(“梵”)中去证悟，而现实中的个人或贪恋尘世抑或受物质欲望的遮蔽又或受到业报①的束缚，造成“梵”和“我”分离。当个人摆脱物质占有欲望或对感观刺激的追求、更或物欲的贪念，才能发现“我”的睿智，亲证梵我同一。

此外，梵我同一还是轮回解脱的主要途径。轮回解脱是指个人死后灵魂不灭，并再次复活，决定转世形态的关键则是个人生前的行为——业（Karma）。根据前世业的不同，或转世入“天道”，成为神；或转世入“祖道”，成为婆罗门、刹帝

---

① 业，简单来说，是指一个人过去的行为。业报，基于印度转世轮回的思想，则指一个人生前的行为，会决定转世的时候成为什么样，善业使人转世成善，或入天道成神，或入祖道成高种姓的人；而恶业使人转世成恶，沦于兽道，变为首陀罗或动植物。

利、吠舍等高种姓的凡人；或转世入“兽道”，变成低种姓的首陀罗或虫鱼鸟兽或花草树木。而证悟梵我同一，则成为断灭种姓轮回、获得轮回解脱的主要方法之一①。

《奥义书》对泰戈尔世界主义观念的形成，主要在“梵我同一”的思想。梵我同一，不但追求个人和宇宙间的和谐统一关系，更在于其强调个体精神和世间万物的联系。不管是个人和宇宙和谐统一关系的建立，还是个体和万物的联系，都主要指精神层面的结合。梵我同一，意味着摒弃个体物质欲望、摆脱物质束缚，实现个体灵魂和精神的自由，从而建立宇宙间的精神联系，而这和泰戈尔主张的超越民族国家局限、建立精神沟通和情感交流的世界主义观念密切关联。

《薄伽梵歌》则对泰戈尔形成博爱、摒弃物质追逐、追求精神满足的思想有重要影响。《薄伽梵歌》是印度古代宗教文学名著，同时也是印度著名史诗《摩诃婆罗多》（*Mahabharata*）中最精彩的部分。“薄伽梵歌”对应的梵文是 Bhagauat Gita②，“Bhagauat”意指“世尊”，是对至上神的尊称；“Gita”的意思是“歌”，因而“薄伽梵歌”的意思是“世尊歌”或“神歌”。《薄伽梵歌》中最核心的概念就是“瑜伽”，瑜伽按照其具体内涵，又可大致分为三种：有为瑜伽（Karma yoga）③、虔诚瑜伽（Bhakti yoga）和智慧瑜伽（Jnana yoga）。三种瑜伽紧密相连，最终实现个人最后的解脱：“与神圣存在相互连接而与最高的神圣本质融为一体。”（董平，2010：68）

---

① 获得轮回解脱的另一重要途径，在于从事艰苦卓绝的修行，如苦行、布施、正行、不杀生、实语、禁欲、同情。

② “薄伽梵歌”的英文是“Bhagavad-Gita”。

③ Karma yoga 有时又被翻译成“业瑜伽”。

三种瑜伽的关系如下：有为瑜伽坚持“有为”，强调个人的无私奉献；强调坚持智识的智慧瑜伽，核心是自我实现、自我与世界本质的智识，在坚持智慧瑜伽的过程中并未中断有为瑜伽所强调的无私奉献；坚持虔诚的虔诚瑜伽将最高自我作为崇拜与追求的神圣存在；三者最终转化成智识、有为与虔诚的三位一体。（董平，2010：68）

可以看出，《薄伽梵歌》首先是强调有为的，带有积极入世的思想，因而其坚决反对佛教所宣扬的“出家”“苦修”等苦行僧式的“无为”，也否定婆罗门教的“遁世”思想。有意思的是，有为瑜伽强调有为的同时，又主张以无私无欲的心灵状态从事“达摩（正法）”之业，跳出“达摩（正法）”，解脱业的束缚，达到平静或曰“无为”境界。“无为（平静）”境界只有通过“有为”来实现，而其中的诀窍在于舍弃“有为”的迷恋。众生如果在“有为”中不计较结果的好坏，丢掉追求结果的动机，把结果的好坏看成是一样的，那么，他就可以体会到解脱的甜味了（毗耶娑，1991：35）。可以看出，有为瑜伽强调积极入世，却又强调不计较行为得失，有为的目标不在于个人财富的聚集或是物质资料的增加，而是追求“无为”的心灵平静，从此实现了从个人行为向精神满足的实现及对财富积聚的漠然。从“有为”通向“无为”，表面看起来相互矛盾，但实际上和智慧瑜伽的“等同论”主张密切相连。

智慧瑜伽主张世界万物无差别的等同，你等于我，我等于你；一等于多，多同样等同于一，源于大乘佛教“一切即一”的观点（毗耶娑，1991：24）。一多等同的主张，否定了世界万物的差别，否定了人世间的不平等。《薄伽梵歌》的这种相对主义的观点，在承认现象世界物质性的同时，又否认了主观影响和改造世界的可能性，其目的在于维护印度种姓制度的稳固。在印度，种姓之间有明确的职业划分。种姓不同，所从事职业有别，劳动产生的物质资料回报同样有差别。为了维护社会稳定，避免因种姓制度造成的社会不公而引发社会动乱，有为瑜伽和智慧瑜伽紧密相连。前者强调个体有为，后者否定行为结果的差异，从而抹杀不同种姓之间因分工不同而产生的劳动回报的差异，巩固了社会不同种姓间的稳定。可见，《薄伽梵歌》中有为瑜伽和智慧瑜伽强调个人有为却又不在意物质利益得失的观点，同样促成了泰戈尔摒弃物质财富、追求精神满足的思想。

虔诚瑜伽代表了《薄伽梵歌》中最高的社会和宗教伦理，即对神无私而虔诚的皈依。《薄伽梵歌》不仅是一本宗教著作，还是“一本维护旧社会秩序的伦理学著作”（张宝胜，1991：2）。《薄伽梵歌》强调“爱”“达摩”等道德原则在维护社会秩序上的重要性。有为瑜伽所主张的“有为”，绝不是以个人私利为主导，而是以虔诚为主导，奉行“达摩”原则的。爱、非暴力等道义原则也是《薄伽梵歌》所推崇的行为准则。《薄伽梵歌》第12章的虔诚瑜伽就谈道：

“善于控制诸知根，/并且乐于济助众生，/处处坚持等同观念，/定能与我化为一同。”（12.4）

“对待万有，/友好、怜悯而无仇恨，/等视苦乐宽厚忍让，/既无我所，亦无我慢。”（12.13）

“谁能驱除迷恋，/等同看待荣辱，/谁能等视敌友，/等视严寒酷暑，/谁能沉默无言，等视毁誉，/思想坚定，对我虔信，/事事满意，居无定处，/谁就是我所喜欢的人。”（12.18）（毗耶娑，1991：141-144）

从中可以看出，《薄伽梵歌》不但强调对“我”的虔诚，更注重在伦理上坚持“济助众生”“友好”“怜悯”“无仇恨”“宽厚”等原则。倡导“等同观念”“等视敌友”心怀怜悯友爱等原则，同样影响了泰戈尔博爱、平等世界主义观念的形成。

除了受印度传统经典的影响，印度的多民族环境及在此基础上形成的不同种族之间的联合，为泰戈尔基于民族差异的民族联合的主张提供了借鉴。印度是一个多民族国家，国家内部不同民族之间一直充满纷争。面对国内纷争，印度一直在探究如何增进国内不同种族间的团结合作，而解决的办法就是承认种族差别，即种姓制度。为了避免种姓制度下社会资料分配的不公，印度又不断从宗教、道义原则等精神层面麻痹人的精神，号召人们只讲耕耘、不问收获。印度的种姓制度，的确是在承认种族差别的基础上建立种族团结、社会稳固的一种方式，但同时也掩盖了社会分配的不公。

印度的种姓制度，源于公元前 14—前 13 世纪印度雅利安人（Aryan）对印度河上游地区的入侵，经过长期的战争，雅利安人取得了战争的胜利，当地土族成了他们奴役的对象。雅利安人为了把他们和被征服的土族居民区别开来，开始使用瓦尔那（Varna）一词①进行区分，然后就出现了作为征服者的雅利安·瓦尔那（Arya Varna）和作为被征服者的达萨·瓦尔那（dasa-Varna）。而后，随着雅利安人的社会分化，从事祭祀的僧侣和守卫的武士集团又从雅利安普通民众中脱离出来，这

① 该词语的意思是“色”，因为雅利安人肤色白，而土族都是肤色暗，因而瓦尔那（色）被用来进行种族区分。后来瓦尔那逐渐被“卡斯特”（Caste）所取代，也就是现在所说的“种姓”。

样雅利安人就被划分成三种种姓：婆罗门、刹帝利和吠舍。这三种种姓，加上由被征服的土族所组成的首陀罗，一共构成了印度的四大种姓。

印度处理不同种姓关系、维护社会团结的主要方法，在于对不同种姓所从事的职业做了严格的划分。印度的法典和经书，都对不同种姓的义务和其应该从事的职业做了严格的划分。《摩奴法典》（*The Laws of Manu*）中就明确规定婆罗门“教授吠陀，学习吠陀，祭祀，替他人祭祀，布施和接受布施”；规定刹帝利“保护人民，给予施舍物，祭祀，学习吠陀以及节制感官享受”；规定吠舍的职务是“牧畜，施舍，祭祀，学习吠陀，商业，高利贷以及农业”（摩奴法典，1996：21）。首陀罗的职责则是为其他种姓服务。基于种族差异进行严格社会分工，并由此建立不同种族之间的联合和稳定，构成了印度处理基于民族差异的民族联合的独特方式。

印度社会应对多种族融合的经验，为泰戈尔基于民族差异建立民族间联合的主张提供了参考和借鉴。泰戈尔认为印度种姓制度体现了对种族差异的容忍，不同种族享有自身特殊性的同时，又可以通过印度教结合在一起。种姓制度的优点，在于避免种族间的竞争和摩擦，促进了不同种族间的和谐稳定，而印度种姓制度的缺点，在于承认种族差别的同时，忽视了生命发展所产生的变异（泰戈尔，1986：61-62）。印度种姓制度所提供的保持种族差异、通过共同的精神追求实现团结的种族融合经验，显然对泰戈尔强调承认种族差异下的民族交流合作的思想产生了重大影响，而这又是泰戈尔世界主义思想的重要组成部分。

1.3.2 英国文学文化影响：跨民族文化视域和文化互惠

泰戈尔世界主义观点的形成除了深受印度社会文化影响外，还受英国文学文化为代表的西方文明的熏陶，以及和英国人民的实际接触的影响。世界主义者，往往都有在不同城邦、国家生活的经历，泰戈尔也不例外。正是由于泰戈尔对英国文学文化的实际了解，才使得他面对英印冲突矛盾并非站在狭隘的民族主义立场，而是站在以道义为原则的世界主义立场。泰戈尔始终主张英印、东西方之间以道义为原则交流合作，而这和泰戈尔对英国乃至西方文学文化的学习和深入了解密不可分。

泰戈尔受英国文学文化的浸染，首先始于其家庭的良好氛围。泰戈尔的祖父是最早出访英国的印度人，曾接受过英国皇室的接待，最后客死英国。泰戈尔的父亲曾留学英国，还在泰戈尔少年时期亲自教他英文。泰戈尔的哥哥姐姐都受过良好教育，且都对英国文学怀有极大的兴趣，因而他从小就深受西方文学文化熏陶。兄长维杰德拉纳特（Dwijendranath，1840—1926）是哲学家，了解东西哲学。二哥萨婷德拉纳特（Satyendranath，1842—1923）是最早的英国殖民政府中的公务员，且以对欧洲文学的广博知识而著称。另外一个兄长姚提里德拉纳特（Jyotiridranath）更是兴趣广泛，涉猎范围包括西方音乐、艺术、文学等诸多方面。泰戈尔第一次真正接触英国文学，是他侄子热情洋溢地把《哈姆雷特》（*Hamlet*）独白背给他听，当时泰戈尔还不满 8 岁。

泰戈尔真正开始学习英文，大约在他 8 岁以后。先是他哥哥的同学，医学院大学生巴布（Aghore Babu）辅导泰戈尔学习英文，但似乎收效甚微，泰戈尔并未因此对英国文学产生大的兴趣。后来，泰戈尔和父亲去喜马拉雅山旅行途中，父亲曾将《彼得·帕利故事集》（*The Tales of Peter Parley about America*）①《富兰克林自传》（*The Autobiography of Benjamin Franklin*）等英美读物讲给泰戈尔听。一方面灌输给小泰戈尔道德感，另一方面培养他的性格。早上起床后，泰戈尔会跟着父亲学一小时英文。或许是这段时期，在泰戈尔心中萌发了对英语文学文化的兴趣。从喜马拉雅山郊游回来之后，泰戈尔在新的英语老师巴布（Gyan Babu）的严格指导下学习英国文学。巴布常常带着泰戈尔一遍遍重复《麦克白》里面的内容，还把泰戈尔锁在屋里，直到他能把所学内容翻译成孟加拉语诗歌之后才让他重获自由。

泰戈尔真正对英国文学感兴趣，应该是在 12～16 岁之间。这主要归功于阿卡哈·乔杜利（Akahay Chowdhury）的影响。乔杜利是泰戈尔四哥的同学，获英国文学硕士学位。从乔杜利口中，泰戈尔聆听到了英国诗歌和莎翁戏剧，其中罗密欧、朱丽叶情爱的狂热，李尔王无能的悲痛，奥赛罗的嫉妒之火，都让泰戈尔陶醉不已（克里巴拉尼，1984：96）。或许是受乔杜利的影响，泰戈尔对英国文学产生了从未有过的憧憬和喜爱。

---

① 《彼得·帕利故事集》，是由古德里奇（Samuel Griswold Goodrich，1873—1860）所写，其中包括《古代名人传》（*Famous Men of Ancient Times*，1843）、《现代名人传》（*Famous Men of Modern Times*，1848）、《生命的恩人》（*Lives of Benefactors*，1848）等。

从1878年9月到1879年，泰戈尔第一次踏上了英国的土地。在英国长达1年多的时间，本来父亲让他学习法律，但泰戈尔怀着对英国文学的热爱，把时间都用来学习英国文学。泰戈尔在伦敦大学（University of London）学习期间，特别喜欢哈姆莱·玛雷（Hamlet Marry）的英国文学课（克里巴拉尼，1984：99）。这段读书经历，对泰戈尔的文学创作和文化观都产生了极大影响。后来在《回忆录》中描述这段经历时，他不断提及莎士比亚、弥尔顿（John Milton）、拜伦（George Gordon Byron）等人的名字，还称拜伦为“文学之神”，因为他的诗歌最能激发泰戈尔的“激情”（克里巴拉尼，1984：182）。后来在印度国内，很长一段时间泰戈尔都被称为“孟加拉的雪莱（Percy Bysshe Shelley）”①，尽管泰戈尔后来回应这是对雪莱的侮辱，只能让他哭笑不得。

英国作家中，布朗宁（Robert Browning）对泰戈尔的影响非常大。布朗宁的诗歌给他带来了“喜悦”和“希望”的信息。在泰戈尔看来，布朗宁诗歌的乐观主义，不仅仅是诗意的迸发，更是建立在高尚的教化之上，规劝读者朝着完美进军（Aikat，1921：328-329）。此外，泰戈尔还受到济慈（John Keats）的影响，他经常引用《古瓮颂》中的经典诗句：“真即美，美即真。”在一次谈话中他坦然承认：“我非常喜欢《古瓮颂》，它最吸引我的地方，在于美的事物会触及永恒。”（Thompson，1926：308）

英国文学对泰戈尔的影响，鲜明地体现在他的文学创作

① 印度当时有把印度国内作家和英国作家比拟的习惯，除了把泰戈尔称为“孟加拉的雪莱”之外，很多其他作家也有相类似的比拟。

中。创作初期，泰戈尔不但翻译了大量的英国诗歌，还创作了很多十四行诗形式的孟加拉语诗歌。泰戈尔翻译的英国诗歌，主要来自莫尔、拜伦、彭斯（Robert Burns）、莎士比亚、雪莱、丁尼生（Alfredlord Tennyson）、罗塞蒂①、勃朗宁（Elizabeth Browning）、马修·阿诺德（Matthew Arnold）、斯温伯恩②等人（Shahane，1963：60）。从泰戈尔的诗歌《月圆之夜》（*Full Moon Night*）中，也可以看到西方作家对泰戈尔的影响。原文如下：

> 读了学者撰写的文艺评判专著，
> 什么叫美，方能领悟，
> 方能知道诗歌艺术中有哪些种子，
> 雪莱、歌德、柯勒律治在诗坛的地位。［泰戈尔，2000（Ⅱ）：251］③

英国文学所承载的英国文化不但影响了泰戈尔的文学创作，更影响了其平等对待其他民族的价值观。泰戈尔在《回忆录》中写道："我们的思想，从小到大都受到英国文学的塑造。"（Tagore，1917b：183）正是因为泰戈尔从小就浸染于西方文学文化，而后又远赴英国学习英国文学文化，所以他了解西方文明的优秀文化成果。时隔多年，泰戈尔在美国围绕"民族主

① 罗塞蒂(Christina Rossetti，1830—1894)，英国诗人，被认为是最重要的英国女诗人之一。

② 斯温伯恩(Algernon Charles Swinburne，1837—1909)，英国诗人、剧作家和文学评论家，有代表作诗剧《卡里顿的阿塔兰达》(*Atalanta in Calydon*，1865)。

③ 此处引自《泰戈尔全集》第 2 卷，全集共 24 卷，为便于查找，特将卷号标出。

义”的演讲，犀利批判20世纪西方文化的同时，仍然不忘赞誉“西方精神”，不忘中世纪欧洲人的“淳朴”“炽热的激情”和“完善的道义人格”（泰戈尔，1986：18）。正是因为泰戈尔了解西方文明，并从中获得滋养，所以他认为西方文化对东方“必不可少”。他主张东西方文化互补，因为正是东西方不同的价值观念，才使人能够看到真理的不同方面（泰戈尔，1986：8）。因此，以英国为代表的西方文化来到印度，在泰戈尔看来是印度的“幸运”。他反对“闭关自守”，反对“抛弃西方文明”的民族孤立主义，希望“英国成为东西方交往并建立密切联系的桥梁”（泰戈尔，1986：58）。对西方文化的浸染和所受滋养，让泰戈尔看到了不同民族间沟通交流的必要性和文化的相互促进作用，促发了泰戈尔东西方交流合作观念的形成。

泰戈尔在英国留学的一年多时间，不但让他深入了解到了英国文学文化，更使其和英国民众有了实际接触。这也使泰戈尔认识到英印之间缺乏了解，但不同民族本性相通，而增进交流可以消除西方对东方民族的隔阂。泰戈尔在英国虽然也有过糟糕的经历，但他寄宿在司格脱（Scott）教授家里的那段时光，让他对英国人有了全新的认识。虽起初司格脱教授的孩子囿于对印度人的偏见，不敢和泰戈尔见面，但真正接触之后，泰戈尔和司格脱教授一家人的相处非常融洽。司格脱太太像母亲一样疼爱、照顾泰戈尔，司格脱太太的女儿还教他唱英格兰歌曲。这段寄宿生活使泰戈尔认识到，英国人虽然在印度殖民统治已达百年，但英国民众还是对印度缺乏客观认识和全面了解。尽管如此，还是让泰戈尔认识到人类心性相通（克里巴拉尼，1984：100），只要增进沟通了解，英印之间必可实现友好合作。

1878 年至 1879 年在英国生活和学习的这段经历，不但使泰戈尔从英印女性差异身上看到了英印文化的不同，更让他看到了英国文化的优越性。去英国之前，泰戈尔一直对英国女性怀有偏见，观察英国女性总是带有“讥讽”“挖苦”“批评”的眼光（克里巴拉尼，1984：101）。他一直认为印度妻子的忠诚举世无双，是欧洲人绝对不可办到的。泰戈尔在英国的亲身经历彻底改变了他对英国女性的认识。他不但看到了性格坚强、心灵可爱的英国女性，还意识到英印女性间的巨大不同：英国女性是“社会力量的源泉”，而印度女性则是“软弱的象征”（克里巴拉尼，1984：101）。正是英印社会不同的文化造成了两国女性间的差异，这不禁让泰戈尔对英国的社会文化感到由衷的赞叹。

对英国文化的赞叹，让泰戈尔形成了文化互补、文化互惠的观念，但是泰戈尔生活的时代却是印度受英国殖民统治的时代，英印日益尖锐甚至不断激化的民族矛盾冲突，使得印度国内不断出现脱离英国、断绝英印交往的主张。比较典型的就是 20 世纪初期在印度爆发了反洋货运动，从最初的支持国货、振兴印度民族工业的主张逐渐演变成了暴力冲突事件和对在印英国统治者的暴力恐怖袭击。当然，英国殖民统治者在印度的暴力打压事件也层出不穷，最典型的当数 1919 年在印度爆发的阿姆利则惨案。不管是印度民众对英国殖民统治者的暴力反抗，还是英国殖民统治者在印度的野蛮镇压，都体现了英印民族尖锐的民族冲突，并引发了印度国内高涨的民族主义运动和断绝与英国往来的主张。

尽管如此，泰戈尔始终未产生对英国的仇视态度抑或是敌对情绪。究其原因，除了印度传统经典的影响和英国文学文化的滋养之外，泰戈尔和英国友人之间的真挚友谊，也是泰戈尔对英国一直心存友爱的重要原因。这对泰戈尔世界主义立场的形成也起了积极的推动作用。

毫不夸张地说，泰戈尔是从英国走向世界的。泰戈尔一生中旅英次数最多，在英国待的时间最长，英国友人真挚的情感更是让他难以忘怀。泰戈尔能走进西方，固然离不开其深厚的文学造诣和优秀的文学作品，但是英国友人的帮助也至关重要。谈到英国友人对泰戈尔的帮助，最广为熟知的便是叶芝。实际上，罗森斯坦（William Rothenstein）、穆德（William Vaughan Moody）夫人对泰戈尔的帮助，同样让他铭记在心。这些超越民族、地域局限的友谊很大程度上促进了泰戈尔世界主义观念的形成。

泰戈尔和英国画家罗森斯坦间的友谊，一直被泰戈尔视为生命中最珍贵、最真挚的情感。泰戈尔获得诺贝尔文学奖，往往被认为离不开叶芝的功劳，实际上，罗森斯坦的帮助同样不可小觑。没有叶芝的赞誉，可能泰戈尔的诗集不会在英国产生那么大的影响；但若没有罗森斯坦的帮助，泰戈尔可能都根本不会被英国人知晓。

受罗森斯坦相邀，泰戈尔才会在50岁时英译自己的诗歌。英译本《吉檀迦利》到英国之后，同样是由罗森斯坦不断推荐给英国作家学者，才使泰戈尔的作品为英国知识分子所关注。正是因为罗森斯坦的力荐，叶芝才最终答应和泰戈尔见面。此外，他还同时邀请了庞德，威尔士著名诗人、编辑欧那斯特·莱斯（Ernest Rhys），小说家梅·辛克莱（May Sinclair），剑桥大学教授查尔斯·弗里尔·安德鲁（Charles F. Andrews），资深记者亨利·伍德·奈文森（Henry Wood Nevinson）等人，并在自己家里举办了以“泰戈尔之夜”为题的聚会。此后，在罗森斯坦的安排下，泰戈尔还见到了罗伯特·布里季（Robert Bridges）、约翰·高尔斯华绥（John Galsworthy）、约翰·曼斯菲尔德（John Masefield）、莫尔、萧伯纳（Bernard Shaw）等一大批英国一流作家，从而使泰戈尔迅速在英国文学界被大家知晓（Hurwitz，1959：32）。罗森斯坦还帮助泰戈尔获得印度学会资助，使得《吉檀迦利》的英文版得以出版。后来，泰戈尔和罗森斯坦成了一生挚友，一直保持书信往来①。

叶芝也曾无私地帮助过泰戈尔。他为《吉檀迦利》的英译文润色，还为译文作序。叶芝的序言对《吉檀迦利》在英语世界的传播和接受起到了极大的推动作用。叶芝还亲自负责泰戈尔剧作《邮局》（*The Post Office*）的彩排，并推荐其在爱尔兰上映；他曾带病为《邮局》审校（Kelly，2003：184）；还为《邮局》作序，并负责校改泰戈尔的另外两部诗集《采果集》（*Fruit-Gathering*）和《情人的礼物》（*Lover's Gift*）。

英国朋友中，还有为泰戈尔做传的汤普森（Edward Thompson），给泰戈尔提供翻译帮助的伊芙琳·安德希（Evelyn Underhill）等人。泰戈尔在美国的行程，同样受到《诗刊》（*Poetry*）编辑哈丽特·门罗（Harriet Monroe）、为泰戈尔安排演讲的旁德（Jams B. Pond）、悉心照料泰戈尔的穆德夫人、在国际大学担任教职的美国友人恩厚之（Leonard Elmhirst）等的帮助。泰戈尔和英美人士之间的深厚友谊，让泰戈尔感受

---

① 后来他们间的书信被结集出版，书名是《不完美的碰面》（*Imperfect Encounter*）。书名特别容易引发歧义，泰戈尔和罗森斯坦一生关系密切，但是书名却令人以为他们心存芥蒂。拉戈用这个书名主要是想说明英国对泰戈尔的误解，因而将泰戈尔和英国友人的会面，视为“不完美的碰面”。

到跨越种族的爱和不同种族间建立真挚友爱的可能。泰戈尔在晚年曾说道，虽然英国人在印度犯下很多恶行，但是他和英国人在实际接触中建立起了深厚的友谊，并诱发了他对域外民族的友爱之情。建立跨越民族的友爱合作，恰恰成了泰戈尔世界主义观念的重要组成部分。此外，泰戈尔的世界主义观念还可以从泰戈尔的文学作品、在英美的演讲及其他社会活动中看到。下文就基于此展开探讨，进一步揭示泰戈尔思想中的世界主义观念。

第2章　泰戈尔世界主义观念与其英译文学

泰戈尔是第一位在英美产生巨大影响的印度作家，在英译泰戈尔作品传入英美之前，英美的印度书写全都由英美作家执笔，其笔下的印度多带有殖民主义特征。从1600年到1920年的这三百多年间，英国关于印度的描述主要经历了“奇妙的”“怪异恐怖的”“崇高的”“风景如画的”和“丛林茂盛的”五个阶段（Nayar，2008：4）。从英国人登上印度这片大陆开始，他们对印度的讲述都是失真的。起初为了证明英国在印度的成就，往往故意夸大印度宗教、道德、科学方面的独特性，把印度描述成混乱、黑暗、缺乏人性的，从而为英国国内民众勾勒了一副奇妙但又恐怖的印度景象。随着英国在印度殖民统治的加剧及对印度传统经典的发掘，印度又被描述为一个有着辉煌历史和崇高古代文化的国度。自18世纪末至20世纪初，印度又被描述为冒险家的乐园，茂密的丛林、充满异域情调的狩猎经历，都让普通英国民众着迷（Nayar，2008：5-6）。

19世纪末，吉卜林的小说更充满了对印度丛林、宗教神秘等异域风情的描述，并在英美成为畅销书。吉卜林给英国民众留下了这样一种关于印度的印象：“明亮、刺眼的阳光，空旷的地域，艰苦的生活，背信弃义的民众，妻子陪葬，遍地饥荒。”（Briggs，1913：6）因此，他的小说让英国读者觉得东西方之间泾渭分明，且永远不可能实现融合，在英印之间建立起了巨大的文化鸿沟。泰戈尔文学正是在这样的社会文化语境下进入英美的。

而英译的泰戈尔文学作品①，自始至终都以促进东西方文学文化交流为导向，从翻译策略到英译文的主题，都体现了在文学文化差异性的基础上寻求共通性的努力，而这恰恰体现了泰戈尔的世界主义观念。此外，促进不同民族间的沟通、对话，是世界主义的核心内涵，而作为文学家的泰戈尔，其世界主义观念就体现在通过文学作品的翻译传播，促进不同民族文学文化间的交流。因而，泰戈尔的世界主义观念，在其孟加拉语文学的英译策略、最终的英译文学中都有体现。此外，泰戈尔文学作品在英美的兴衰，同样和他在英美世界主义观念下的文化交流密不可分。下文从泰戈尔文学作品的英译策略、英译泰戈尔文学作品主题、泰戈尔文学作品在英美的兴衰三方面，探讨泰戈尔世界主义观念在翻译、翻译文学方面的体现，以及和文学在英美兴衰间的关联。

2.1 世界主义观念在文学英译策略中的体现

泰戈尔把自己孟加拉语文学作品译成英文在英语世界传播，这本身就属于文学文化交流行为，而促进不同民族、文化的交流沟通更是世界主义的核心原则。因而泰戈尔文学作品的

---

① 在英美出版的泰戈尔文学作品虽多是由泰戈尔自译而成，而且英语译文和孟加拉原文相比改动较大，但是泰戈尔的英语文学还是被视为翻译文学而非原创。这不仅仅因为泰戈尔的译文经过了叶芝等英语为母语的英国作家的修改，如果承认泰戈尔英语作家的身份，显然很难解释一位英语表达尚需他人润色的英语作家却能够获得诺贝尔文学奖这一事实。而且，泰戈尔本人也从未承认自己“英语作家”的身份，反而一直强调自己为孟加拉语作家。

英译，本身就体现了泰戈尔的世界主义观念。如做进一步探讨则会发现，为了促进其英译文学在英语世界的传播和接受，从而增进英印文化交流，泰戈尔英译其孟加拉语文学的过程中，不但选译了宗教、自然、友爱等主题的文本，还求助叶芝等英语作家为其译文修改润色，凸显了泰戈尔的世界主义文化观。

泰戈尔英译策略上所凸显的世界主义观念，具体而言，即基于英印文学差异下的文学共通性探求。文学差异性的保留，主要体现在保留印度诗学独特的诗学观，比如毗湿奴诗派（Vaishnav poetry）所强调的“梵我同一”的思想；追求英印文学的共通性，体现在诗学主题文本的选择和翻译中的改写。鉴于英译泰戈尔文学作品就体裁而言，诗集所占比重最大①，因而以下分析主要从泰戈尔诗集的英译展开讨论，并聚焦于诗集《吉檀迦利》的英译展开对泰戈尔翻译策略的分析，探究其世界主义观念的体现。之所以关注《吉檀迦利》的英译而进行翻译策略的探讨，根本原因在于这部诗集在英美产生了前所未有的轰动，不但后来被重印达 20 次之多，更成为泰戈尔在英美最具代表性且最具影响力的著作。而且，该诗集的英译最典型，也最能全面反映泰戈尔文学作品的英译策略。

2.1.1 翻译选目与改写：寻求差异下的互通

泰戈尔世界主义观念在文学翻译中的体现，最突出的便是

① 自从 1912 年 12 月泰戈尔的第一本英译诗集《吉檀迦利》在英国出版，到 1941 年泰戈尔去世，一共在英美出版了 10 部诗集、6 本戏剧、3 部长篇小说和 3 部短篇小说集，10 部诗集中《飞鸟集》是泰戈尔直接用英语创作的。

对英印文学共通性的探求，具体体现在选译更具共通性的主题的诗歌文本。需要指出的是，此处的共通性是指不同民族文学中共同、永恒的主题，比如爱情、希望、死亡等。泰戈尔对孟加拉语文学的英译，往往偏向选择宗教、自然、友爱等主题的文本，从而体现了泰戈尔翻译过程中对文学共通性的追求。

泰戈尔一生用孟加拉语创作了两千多首诗歌，被编撰成了五十多部诗集，戏剧达二十余种，短篇小说近百部，中长篇小说 12 部。然而，英译的泰戈尔文学作品仅包括 10 部诗集、6 本戏剧、3 部长篇小说和 3 部短篇小说集。可见，英译作品的数量明显少于其孟加拉语文学作品。而从选译作品的主题来看，选译的诗歌大都聚焦于宗教虔诚、神秘主义、友爱等英印诗歌共通的主题。

其中，尤以宗教虔诚、神秘主义主题的诗歌最为突出。宗教主题诗歌最大的特点，就是对上帝的虔诚、对上帝和个人关系的探讨，这在泰戈尔的大部分英译诗集中都有体现。《吉檀迦利》中，上帝并非高高在上，而是“和我一起”：你（上帝）“是我的父亲”“我的弟兄”（泰戈尔，2010a：163）。《园丁集》（*Gardening*）的开篇就明确表示，诗人别无所求，只愿“做您（上帝）花园里的园丁”。诗人要把“剑矛扔在尘土里”，不去“遥远的宫廷”，不做“新的征讨”，“只求做花园里的园丁”（泰戈尔，2009：13）。宗教虔诚，还表现在对无限永恒的向往。《渡船》（*Crossing*）中就表现了诗人对“渡过”生命之河、从有限走向无限的探索：“我坐在路边凝望着你划动你的船……大声呼唤你带我渡过河去。”（泰戈尔，2013b：311）

然而，如对比泰戈尔的孟加拉语文学，则会发现孟加拉语文学的主题要丰富很多。仅就泰戈尔的诗歌而论，主题至少涉及爱情、自然、社会与民族、宗教和神秘主义、印度神话传说和历史故事等方面（克里巴拉尼，1984：150）。在泰戈尔的孟加拉语诗歌中，还有描写情欲的诗歌，表现了诗人对尘世的眷恋。然而这些孟加拉语诗歌在印度国内就曾引起过轩然大波，自然不会被译成英文在英美出版。而除了宗教和神秘主义主题的诗歌外，英译泰戈尔诗歌中最突出的主题就是爱，表现了诗人对自然、人类及周围一切深深的爱。选译宗教虔诚、神秘主义、友爱等主题的诗歌，同样出于文学文化交流的考虑。选译共通性主题的英语诗歌，同样可以增进诗歌在英语读者中的接受，从而促进英语世界对印度文学文化的了解，促进英印民族间的沟通交流，促进东西一体。

此外，泰戈尔还通过翻译改写促进其英译文学在英美的传播和接受，促进英语读者对印度文学文化的了解，增进英印沟通交流。长久以来，国内学者和读者多以为英译泰戈尔文学作品都是泰戈尔自译的成果，殊不知，其译文手稿多由英国作家修改和润色。叶芝曾为《吉檀迦利》《采果集》《情人的礼物》等诗集的英译文修改润色（Kelly，2003：184）；英国著名诗人莫尔曾为泰戈尔的《新月集》和戏剧《花钏女》修改润色（Lago，1972：159）；伊芙琳·安德希和威尔士著名诗人欧那斯特·莱斯等人也都曾为泰戈尔的英译文修改润色。

关于这些英国作家对其英译文的润色，泰戈尔本人也不讳言，并深表感谢。在 1913 年 8 月 12 日泰戈尔给好友罗森斯坦的信中，他曾这样说道："我的审校稿还需要莱斯的帮助，我新近准备出版的手稿，同样需要门罗女士或是叶芝的帮助。”（Lago，1972：118）有关叶芝对《吉檀迦利》英译文的修改润色，泰戈尔更是一直心存感激。1932年，当时泰戈尔已经年过70，但他在写给罗森斯坦的信中依然对叶芝心怀感激：

> 我和叶芝一起工作的那段日子非常美妙。我相信，是他笔的魔力，帮助我的英语获得了永恒的品质。……请再次代我向叶芝表达感谢，是他的帮助使我的诗歌开启了冒险之旅，在另一种语言获得再生。请他放心，我从未低估和他的文学友谊。（Lago，1972：346）

由此也可看出，泰戈尔对增进其译文在英语读者接受、促进英印文学文化交流方面所做的努力。言之无文，行之不远。在翻译过程中，通顺流畅的译文，往往更容易实现在目标语文学文化中的传播。泰戈尔显然深谙此道，因而多次请英语母语作家为其译文修改润色。当然，也有资料指出，泰戈尔请求母语作家为译文润色的原因，是因为其英文水平有限。的确，泰戈尔曾有过类似的表达：

> 英语中总有一些不容易拿捏的地方，如冠词、介词、shall和will的区分，这都不是仅凭常识就会正确使用的，是需要长期体会才能掌握。我感觉它们就像地下的蠕虫隐藏在我意识中的某个地方，当我坐下来、闭上眼睛大胆用英文去写的时候，他们就会不知不觉地冒出来。最终，我还是发现它们靠不住。这就是为什么说，我不了解英语。（Lago，1972：148）

然而，如果站在翻译的角度看待这一问题，就会发现这背后其实体现了翻译策略上的目标语读者接受导向，以及对翻译文化交流功能的凸显。因为在翻译的过程中，译者完全可以站在保护原语文本诗学特征的角度，采取异化的翻译策略，从而把翻译视为一种语言文化实践行为。通过向译入语输入新的、陌生化的语言形式来挑战译入语的语言表达，从而促进译入语语言表达的革新。不管是本雅明（Walter Benjamin）的《译者的任务》（*The Translator's Task*），还是韦努蒂（Lawrence Venuti）的《译者的隐身》（*The Translator's Invisibility*：*A History of Translation*），都主张通过陌生化特征的翻译策略，增强译文的异质性和译语读者的陌生感。显然，泰戈尔并未选择陌生化翻译策略，而是选择了向目标语言文化的顺应，增进翻译对英印文化交流的促进作用。

实际上，英语作家对泰戈尔英译文的润色，不仅仅体现在语法表达的修改方面，还体现在对译文的调整。以《吉檀迦利》第 36 首诗歌为例，对比泰戈尔手稿上的译文和叶芝修改后英译文间的异同，便可看出二者之间的明显差异。泰戈尔手稿中的诗歌是这样的：

> This is my prayer to thee, my lord—strike, strike at the root of all poverty in my heart. Give me the strength to lightly① bear my joys and sorrows. Give me the strength to make my love fruitful in service. Give me the strength never to disown the poor and bend my knees before insolent might. Give me the strength to raise my mind high above all daily trifles. And give me the strength to surrender my

① 下划线是为了读者便于查找，原文中没有，下同。

strength to thy will with love. (Radice, 2013: 22)①

而最终麦克米伦公司 (Macmillan Publishers Limited) 出版的版本中是:

> This is my prayer to thee, my lord—strike, strike at the root of all poverty in my Heart.
>
> Give me the strength lightly to bear my joys and sorrows.
>
> Give me the Strength to make my love fruitful in service.
>
> Give me the strength never to disown the poor or bend my knees before insolent might.
>
> Give me the strength to raise my mind high above all daily trifles.
>
> And give me the strength to surrender my strength to thy will with love. (泰戈尔, 2010a: 68)
>
> 译文:
>
> 这是我对你的求, 我的主——请你铲除, 铲除我心里贫乏的根源。
>
> 赐给我力量使我能清闲地承受欢乐与忧伤。
>
> 赐给我力量使我的爱在服务中得到果实。
>
> 赐给我力量使我永不抛弃穷人也永不向淫威屈膝。
>
> 赐给我力量使我的心灵超越于日常琐事之上。

---

① 泰戈尔的手稿由罗森斯坦保存,目前存于哈佛大学(Harvard University)图书馆。本书引自威廉·洛戴斯(William Radice)著 *Rabindranath Tagore——Gitanjali*,第 22 页。

再赐给我力量使我满怀爱意地把我的力量服从你意志的指挥。（泰戈尔，2010a：69）

出版前后的这两个版本，既有段落编排上的调整，又有语言表达上的修改。从体例编排上来看，手稿中的版式更像是朋友之间的书信；而麦克米伦公司出版的版本，则更像是在公共场合用以祈祷的经书（Radice，2013：22）。语言表达方面，两个不同版本一共做了两处修改：一处将“to lightly”改成了“lightly to”；另一处是将“and”改成了“or”。后者的表达，显然更加准确。手稿中用“never... and...”表示否定前者而肯定后者，原文意思就变成了“使我不抛弃穷人而向淫威屈膝”，而根据上下文语境，这显然违背了泰戈尔本来意图。“never... or...”显然更符合上下文语境，表达也更加准确。

英译的泰戈尔诗歌，除了从语法层面对译文语言的修改，还会为了译文表达地道而修改和润色，这在《萤火集》[①] 中也有出现。比如：

第 8 首诗歌

之前的英译文：

The butterfly counts does not count years but moments

and therefore has enough time. [Tagore, 2007 (Ⅱ): 441][②]

---

① 《萤火集》(*Fireflies*)，国内也有版本将其译为《火花集》，在吴岩选译的《心笛神韵：泰戈尔诗集》中将其译成了《流萤集》。

② 引文出自 *The English Writings of Rabindranath Tagore*，8 卷本第 2 卷，为便于查找特标出卷号。

汉译文：

蝴蝶计算，计算刹那而非年岁
因而有更多时间。①

修改后：

The butterfly counts not months but moments,
and has time enough! [Tagore，2007（Ⅱ）：441]

汉译文：

蝴蝶计算的，
不是月份
而是刹那。[泰戈尔，2013b：444]

第188首

之前英译文：

I have the prayer to the sun
from the myriad buds in the forest：
open your eyes. [Tagore，2007（Ⅱ）：462]

汉译文：

我向太阳的祈祷
来自森林中的繁花
睁开双眼。

修改后：

Listen to the prayer of the forest
for its freedom in flowers. [Tagore，2007（Ⅱ）：462]

① 没有标明出处的译文，来自作者自译。与P41第188首相同。

汉译文：

且听大森林萧萧瑟瑟，

为自由开放繁花而祈祷 。（泰戈尔，2013b：487）

从《萤火集》第 8 首和第 188 首修改前后的对比中可以看出，第 8 首诗歌中先是删掉了“counts”和“therefore”，修改后的译文更简洁流畅。而且，将先前的“years”改为“months”也更符合客观实际，蝴蝶不大可能以“年”为单位计算时间，因而改成“月”之后译文更加客观。第 188 首的改动就更大，修改前的“我代森林中的繁花向太阳祈祷”，变成了“森林自己祈祷”，增添了译文中自然的神秘，且修改后的译文突出了西方价值观所强调的“自由”，使英语读者更感亲切。

翻译过程中，译者常常会面临选择，或选择忠实于原作，译文中再现原作主题、文学文化特征、原文的陌生化语言表达；或选择对译语文学文化的顺应，使译文语言文化特征顺应译语文学范式和语言表达，促进译文在译语读者中的接受，促进原语和译语文学文化间的交流。《吉檀迦利》《萤火集》等文本的翻译，都体现了翻译策略上对英语文学文化的顺应，而顺应的背后则体现了泰戈尔文学作品英译的文化传播导向，以及借助其英译文学促进英印文化交流的愿望。

2.1.2 《吉檀迦利》英译策略：文化交流导向

表面看起来，英语作家对泰戈尔译文的改写润色似乎在其英译文基础上做了很大改动，实际上，泰戈尔本人在英译其孟加拉语文学过程中，改动幅度更大。首先就诗集的选目而言，英文诗集《吉檀迦利》中所收录诗歌不但来源广泛，而且选目数量上也有英国作家叶芝等人的参与。1912 年由麦克米伦公司出版的《吉檀迦利》，一共收录了 103 首诗歌。这个版本也是最广为人知的版本，汉语版诗集《吉檀迦利》也都基本上译自这个版本①。然而，诗集中所收录的 103 首诗歌，却是来自泰戈尔先前的 9 部孟加拉语诗集和 1 部孟加拉语剧本中的诗歌。其中，53 首来自孟加拉语版的《吉檀迦利》（《献歌集》②），而其余 50 首中，16 首来自《花环集》（*Gitimalya*），15 首来自《祭品集》（*Naibedya*），11 首来自《渡口集》（*Kheya*），3 首来自《儿童集》（*Sisu*），诗集《怀念集》（*Caitali*）、《幻想集》（*Kalpana*）、《收获集》（*Smaran*）、《献祭集》（*Utsarga*）和剧本《坚固堡垒》（*Achalayatan*）中各占 1 首。由此可见，诗集《吉檀迦利》的构成是经过精心挑选的，而其中也有叶芝的功劳。

起初，泰戈尔在 1912 年 6 月份递给罗森斯坦的《吉檀迦利》手稿，一共只收录了 86 首诗歌，这也是叶芝最初所见到的版本。手稿中的这 86 首诗歌，也并非全部被收入到后来的 103 首之中，而是只收录了 83 首，有 3 首并未选入。前面已经谈到，手稿中所收录诗歌和麦克米伦版本中诗歌体例的不同，

① 在国内影响力最大的汉语版《吉檀迦利》，就是由冰心依据这个 103 首版本所译。2001 年由河北教育出版社出版的《泰戈尔全集》和 2016 年出版的《泰戈尔作品全集》中，有根据泰戈尔孟加拉语诗集《献歌集》（*Gitanjali*）所译的汉语版本。

② 《吉檀迦利》是 Gitanjali 的音译，其孟加拉原文的意思是“献歌集”。为了方便讨论，孟加拉语诗集的名称取其意译《献歌集》，而英译文取其音译《吉檀迦利》。

不仅如此，两个版本中诗歌的编排顺序也有很大的不同。比如，手稿中的第 1 首诗歌，在麦克米伦版本中是第 44 首，手稿中的第 2 首对应的是 89 首，第 3 首对应的是第 1 首，每首诗歌的顺序基本都做了改动①。重新编排之后，《吉檀迦利》围绕人对上帝的虔诚而展开，诗歌顺序则按照生命由生到死的自然演变而展开。

其次，在具体的翻译过程中，诗集《吉檀迦利》中收录的英语诗歌和孟加拉语原文之间的差异也相对较大。“吉檀迦利”这四个字，是诗集名称的音译，意译过来的意思是“给神的献歌”。显然，从英文诗集中，是很难体会到歌的感受的。威廉·洛戴斯为了再现《吉檀迦利》中孟加拉语原诗的音乐性，对诗集中的诗歌根据孟加拉语原作重新做了翻译。下面就以麦克米伦版本中的第一首为例，和再现孟加拉语原诗音乐性的新译进行对比：

麦克米伦版本：

Thou hast made me endless, such is thy pleasure. This frail vessel thou emptiest

again and again, and fillest it ever with fresher life.

This little flute of a reed thou hast carried over hills and dales and hast breathed through it melodies eternally new.

At the immortal touch of thy hands my little heart loses its limits in a great joy and gives birth to utterance ineffable.

---

① 详见 2012 年由企鹅公司出版、威廉·洛戴斯按照泰戈尔手稿重新翻译的诗集《吉檀迦利》。

Thy infinite gifts come to me only on thses very small hands of mime. Ages pass and still thou pourest and still there is room to fill. (泰戈尔，2010a：2)

汉译文：

你使我万世永生，这是你的快乐。你一再倒空我的心杯，又一再斟满崭新的生命。

你携带着小巧的苇笛，翻过高山，越过深谷，吹出永远新鲜的乐章。

在你甘露的抚摩下，我这颗小小的心，在欢乐中突破局限，唱出难以言喻的歌词。

你无穷的赐予，只放在我小小的手中，一个个时代消逝，你不停地赐予，我的手总可以受纳。（泰戈尔，2010a：3）

威廉·洛戴斯根据泰戈尔孟加拉语原诗的重译版：

You've made me limitless,
　It amuses you so to do
You exhaust me, then fill me up again with new life
You've made me limitless,
　It amuses you so to do
You've roamed so many mountains and riverbanks
　with this little flute
You've roamed so many mountains and riverbanks
　with this little flue
You've played so many flourishes, round and round a-

gain

*Whom shall I tell how many?*①

You've made me limitless,

it amuses you so to do

At that nectar-touch of yours

my heart has lost its edges

and with that vast ecstasy

words gush out

At that nectar-touch of yours

my heart has lost its edges

and with that vast ecstsy

words gush out

You fill my single cupped hand

With gifts day and night

You fill my single cupped hand

With gifts day and night

Never used up, hovever many ages run

Always more for me to take

You've made me limitless,

it amuses you so to do

You exhaust me, then fill me up again with new life

You've made me limitless,

---

① 此处和后面的斜体由译者标出，为了表示两部分拥有相同的曲调。

it amuses you so to do（Radice，2013：5）

汉译文：

你使我永生
这使你快乐
你使我力竭，又给我新生
你使我永生，
这使你快乐

你走过群山，走过河畔
带着小小的竹笛
你走过群山，走过河畔
带着小小的竹笛
你演奏了多少乐章，一遍一遍
我将与谁诉说？
你使我永生，
这使你快乐

你甜蜜地触碰
我的心儿融合
狂喜
言语倾泻而出
你甜蜜地触碰
我的心儿融合
狂喜
言语倾泻而出

你填满我手杯
日夜的礼物
你填满我手杯
日夜的礼物
从不枯竭，岁月流转
馈赠总是太多
你使我力竭，又给我新生
你使我永生，
这使你快乐①

麦克米伦版《吉檀迦利》的第一首诗歌，选自泰戈尔的孟加拉语诗集《花环集》（又译《歌之花环》）。孟加拉语原文是可以吟唱的“歌”，因而原文中就会有韵律相同的迭唱。洛戴斯的译文中为了再现孟加拉语原诗中的迭唱，有很多重复。诗歌中“You've made me limitless，/It amuses you so to do”重复出现了五遍，此外，“You've roamed so many mountains and river-banks/ with this little flute” “You fill my single cupped hand/ With gifts day and night”等诗行都重复了两遍，而且诗歌的开头和结尾又相互重复。

对比两个不同的英文译本，可以看出泰戈尔的译文删除了孟加拉语原诗中的迭唱，从而使译文顺应了英语诗学规范。如果泰戈尔坚持再现孟加拉语原文中的诗体风格，在 20 世纪初英语读者对孟加拉语文学知之甚少的情况下，显然很难被英语读者所接受，更难在英语世界产生大的影响。因而泰戈尔在英

① 威廉·洛戴斯新译的《吉檀迦利》诗集，目前国内尚无汉译本，因而由笔者自译而成。其中标点，模仿原作，因而时有时缺。

译过程中选择了对英语文学文化的顺应，通过其英译诗集促进了英印间的文学文化交流。

此外，《吉檀迦利》中诗歌的翻译，还删改了地域性浓厚的语汇，从而可以跳出地域和国家的藩篱，增强译文在英语读者中的共鸣，促进译文在英美读者中的接受和传播。以《吉檀迦利》中第 35 首诗歌为例，诗中最后两句是这样的：

泰戈尔原译：

Into that heaven of freedom, my Father, let my country awake.

泰戈尔的这几句英文诗翻译成汉语是："进入那自由的天堂。我的父啊，让我的国家觉醒吧！"（泰戈尔，2010a，67）然而，2012 年企鹅出版社出版的威廉·洛戴斯根据泰戈尔孟加拉语原诗的重译本却和泰戈尔的英译本有很大的不同。以下是威廉·洛戴斯的译文：

With pitiless blows, Father, from your hand,
Bring India to that heaven; wake this land.

洛戴斯的英译文翻译成汉语，就变成了：天父啊，用你双手无情的打击，/把印度带入天堂，唤醒这片土地。[①] 泰戈尔的英译文和洛戴斯的英译文，都是基于泰戈尔孟加拉原文的英译，而英语译文却表现出很大的不同。其中最显著的，便在于泰戈尔的英译文中出现的是"my country（我的祖国）"，而洛戴斯的英译文中却是"India（印度）"。泰戈尔的英译文，用"我的祖国"代替了"印度"，减弱了原文中地域的局限，使译文产

① 汉语译文，出自笔者自译。

生超越地域限制的爱国之情。英语读者读到的，不再是印度的觉醒，而是自己祖国的觉醒。“印度”和“我的祖国”间的替换，表面看起来是仅是词语的替换，意义却有很大不同。替换后的英译文，明显增强了诗歌主题的共通性，增强了译文在英语读者中的接受，让英语读者感受到了英印文学间的共通。

从《吉檀迦利》的英译中还可以看出，从诗歌的选目、诗集的编排，再到翻译过程中对孟加拉语原文的删改调整、叶芝等英语作家对诗集的润色，整个翻译过程都体现了向英语语言文学文化的顺应，以及促进译文在英语读者中接受的努力。促进译文接受而偏离原作，恰恰反映了泰戈尔文学作品英译过程中的文学文化传播导向，以及增进英语读者了解印度文学文化的意图。当然，这也和泰戈尔的翻译观紧密相连。关于翻译，泰戈尔曾有过下面这段论述：

> 每次打开我的译文，都会有这样的感受。你可能知道，小牛犊死后，母牛就不愿分泌奶汁。此时剥去小牛犊的皮，里面填上稻草，就可仿制出牛犊的形貌。仿制的牛犊，因其相似的外貌和气味，就能够诱骗奶牛分泌新的奶汁。翻译就像那只冒牌的牛犊：没有任何真实的吸引力，完全是种诱骗。想到此，不仅让我脸红。如果我的文学作品不是暂时守旧的，那么其优点，都应该从原文中去找。(Radice，2013：34)

对于翻译，泰戈尔更加关注的是译文语言是否真正表达出有生命的文学，而非对文学“生命律动的阻断”，否则译文将变得“呆滞”“毫无生气”，变成了“冒牌的牛犊”。正是泰戈尔对其英文表达能力的怀疑，才引发了他对其译文的怀疑，并将其视为“毫无生气”“冒牌”的文学。而在他看来，有生命的译文必须依赖活生生的语言。从中可以看出，泰戈尔更加注重译文在目标语环境下的重新改写，这恰恰和泰戈尔在具体翻译实践中对英译文修改润色的做法遥相呼应。

泰戈尔用“翻译就像是冒牌的牛犊”的比喻，进一步映射了他所赋予翻译的文学文化传播功能。他认为翻译就像假扮的小牛，一方面会诱发原作者产生新的活力，让奶牛出奶，另一方面又会起到引发读者阅读原文的作用。从这个比喻中也可以看出，泰戈尔对译文的关注，并非译文和原文之间的忠实，也并非译文再现原文的语言表达，而是赋予译作“诱”“媒”的功能，希望通过其英语译文诱发出英语读者对孟加拉语文学的兴趣，从而凭借英译的泰戈尔文学作品增进英美世界对印度文学文化的了解，增进英印间的沟通与交流。

2.2 泰戈尔世界主义观念在其英译文学中的体现

上文已经谈到，泰戈尔在英译孟加拉语文学作品的过程中，体现了他促进东西方文化交流导向的世界主义观念。为增进英印文学交流，促进英语读者对印度文学文化的了解，泰戈尔在翻译过程中选择了顺应英语文学文化范式的策略。而顺应接受语境诗学规范的翻译策略，又极易和当时英印的殖民语境相联系，很容易误认为英译的泰戈尔文学作品迎合了英语读者对印度的殖民想象抑或是助推了英国对印度的殖民形象构建。

下文就从英译的泰戈尔文学作品出发，探究其中所蕴含的宗教、精神、友爱、道义、人性等主题，而英译泰戈尔文学作品中对此类主题作品的选择，目的是说明英印、中西之间虽存在民族文学差异，但是人同此心，不同民族文学之间可以创作出相同主题、蕴含永恒精神的文学著作。通过对文学差异性下文学共通性的探求，泰戈尔意在向英语世界表明，东西文学文化并非截然对立、亦非存在鸿沟不可逾越，而是存在文学文化的共通性。探究英印、东西文学共通性，增进英印间的沟通交流，由此泰戈尔的世界主义观念得以体现。

英译的泰戈尔作品，主要包括诗歌、戏剧、小说三部分①。就数量而言，诗集数量最多，一共10部，包括《吉檀迦利》(1912)、《园丁集》(1913)、《新月集》(1913)、《飞鸟集》(1916)、《采果集》(1916)、《情人的礼物》(1918)、《渡船集》(*Crossing*，1918)、《逃避集》(*The Fugitive*，1921)、《萤火集》(1923)和《儿童集》(1931)。戏剧和小说各6部。戏剧包括《齐德拉》(*Chitra*，1913)、《暗室之王》(*The King of the Dark Chamber*，1914)、《邮局》(1914)、《牺牲和其他戏剧》(*Sacrifice and Other Plays*，1917)、《春之循环》(*The Cycle of Sping*，1917)和《夹竹桃》(*Red Oleanders*，1925)②。6部小说，其中长篇3部，包括《家与世界》(*The Home and the World*，1919)、《沉船》(*The Wreck*，1921)和《戈拉》(*Gora*，1924)；短篇小说集3部，包括《饥饿的石头》(*The

---

① 此处不包括泰戈尔在英美的演讲集，原因在于：一方面英美出版的泰戈尔文学作品都是从孟加拉语翻译而来，而泰戈尔在英美的演讲集则多是直接用英文创作；另一方面，二者的主题和表述方式也存在明显不同。因而这一部分只探究英译的泰戈尔诗歌、戏剧等更狭义概念的文学作品。

② 需要指出的是，此处只列举了在英美由麦克米伦公司出版的英译剧本，而由印度“现代评论”出版的3部英译戏剧并未囊括其中，包括《秋天的节日》(*Autumn Festival*，1919)、《审判》(*The Judge*，1920)和《瀑布》(*The Waterfall*，1922)。

Hungry Stones and Other Stories，1916）、《马西和其他故事集》（*Mashi and Other Stories*，1918）和《泰戈尔故事集》（*Stories from Tagore*，1919）。鉴于体裁的差异，下文讨论中将诗歌单独列出，然后把戏剧和小说合在一起分析，探究泰戈尔世界主义观念在其英译文学中的体现。

2.2.1 英译泰戈尔诗歌：差异与共通、促进平等交流

英译的泰戈尔文学作品，对泰戈尔而言不仅意味着诗学审美，更是促进英语世界了解印度文学文化的重要途径和手段。鉴于以英国为代表的西方对印度当时文学文化所固有的偏见，因而英译的泰戈尔文学作品往往体现了共通性的文学主题，这在英译的泰戈尔诗歌中表现尤为明显。前面关于翻译策略的讨论中已经谈到，泰戈尔诗歌的翻译选目方面，本身就体现了对共通性主题的偏向，因而英译的泰戈尔诗歌往往和英语诗歌间有共同的主题。寻求文学差异下的文学共通，本身就体现了泰戈尔增进英印文化交流的意图及他的世界主义观念。

对上帝①的虔诚和爱是英译泰戈尔诗歌的核心主题。《吉檀迦利》中上帝无处不在："他（上帝）是在锄着枯地的农夫那里，在敲石的造路工人那里。太阳下，阴雨里，他和他们同

① 麦克米伦公司出版的《吉檀迦利》中，常常出现 God 一词，国内的很多译本都将其翻译成"上帝"，此处为了和国内译本统一仍然采用了"上帝"的说法。需要指出的是，泰戈尔英译文中出现 God，完全是为了便于英语读者理解而采取了顺应的翻译策略。实际上，泰戈尔孟加拉语原诗中是指"梵天"，对应的英文是"Brahma"。详情可进一步参照白开元编译的《吉檀迦利》的序言部分，北京：商务印书馆，2011。

在”（泰戈尔，2010a：21），表达了诗人对博爱的追求，并将其视为联系上帝的纽带。第 17 首诗中，诗人不断强调：“我只在等候着爱，要最终把我交在他手里。”（泰戈尔，2010a：33）爱成为连接个人和上帝的纽带：“我和你（上帝）的旨意锁在一起的脚镣，……这脚镣就是你的爱。”（泰戈尔，2010a：65）而上帝的伟大也在于他给予我自由的爱：“你的爱比他们（世间）的爱伟大得多，你让我自由。”（泰戈尔，2010a：61）

《园丁集》开篇就明确表示，诗人别无所求，只愿“让我做您（上帝）花园里的园丁吧”，诗人要把“剑矛扔在尘土里”，不去“遥远的宫廷”，不做“新的征讨”，“只求您让我做花园里的园丁”（泰戈尔，2009：13）。然而，对上帝的虔诚，并不意味着诗人主张放弃尘世而去苦修，诗人明确表明“我将永不做一个苦行者”（泰戈尔，2009：111），因为“流浪的疯子”不断向远方“寻找点金石”，殊不知“点金石”就在日常的尘世中（泰戈尔，2009：153）。泰戈尔诗歌中的宗教虔诚，以及其中所表现的对有限尘世的依恋，不但极大改变了英国人心目中“遁世”苦行僧①的印度宗教形象，更通过对文学文化相同性的强调，为东西方文学文化的平等交往提供依据。

此外，摒弃物质束缚，追求和谐统一等精神愉悦，同样是泰戈尔所倡导的东西方关系的重要原则。诗人在《吉檀迦利》中明确表达了物质财富对人的束缚：“我以为我的财富与权力胜过世界上一切的人，我把我的国王的钱财聚敛在自己的宝库里”，然而，“一觉醒来，我发现我在自己的宝库里做了囚人”

---

① 苦行僧，是印度佛教徒的一种，主张物资极度匮乏之下的苦修，而且过着离群索居的生活。他们往往衣不蔽体、食不果腹，以此表现自己的宗教虔诚，从中寻求精神的满足。

（泰戈尔，2010a：59）。因而，诗人主张融入自然，追求心灵的愉悦："这迷茫的（花）温馨，使我想望得心痛，我觉得这仿佛是夏天渴望的气息，寻求圆满。"（泰戈尔，2010a：39）自然万物则是诗人快乐的源泉："阴晴无定，夏至雨来的时节，在路旁等候瞭望，是我的快乐。……我衷心欢畅，吹过的风带着清香。"（泰戈尔，2010a：87）而且，生与死、有限与无限还汇合成和谐的统一："生和死两个孪生弟兄，在广大的世界上跳舞的快乐"（泰戈尔，2010a：121）；"我要挑拨我的琴弦，和永恒的乐音合拍"（泰戈尔，2010a：209）。

此外，带有共通性的"永恒的爱"，同样是泰戈尔《飞鸟集》等诗集中的重要主题。《飞鸟集》① 中充满着自然之爱、尘世之爱、亲情等主题。

对自然的爱：

上帝对大帝国会厌倦
对小花
从来不会（泰戈尔，2008：38）

对尘世的爱：

我的心啊
你要从世间常事中
寻找美丽。（泰戈尔，2008：137）

对孩子的爱：

我爱他并不因为他好，

---

① 需要指出的是，《飞鸟集》是泰戈尔唯一一本直接用英语写成的诗集。诗集写于赴日旅行途中，受俳句影响很大。

只是因为他是我的小小的孩子，

只有热爱人的人才可以惩戒人（孩子）。（泰戈尔，2011a：29）

而且，自然万物也都像人一样，心怀爱意。比如：

雾

就像爱

在群山的胸怀间漫游

展现出令人惊叹的美丽。（泰戈尔，2011a：24）

爱是最深沉、最珍贵的情感，“因着爱/生命才变得有价值”（泰戈尔，2011a：20），“当我们爱这个世界/才算是活着”（泰戈尔，2011a：149）。诗歌中表达的爱，是对自然、世界、他人最纯粹的爱恋，是诗人内心最纯真的情感。只有内心有爱的人，才能写出这样充满爱的诗篇。泰戈尔是在经历丧妻、丧子之痛后，写下了《新月集》中充满爱的诗篇。诗集中的诗歌不但充满了孩子的天真以及对世界的幻想，更表达了深沉的爱。

对瞬间与永恒、有限与无限、物质与精神等哲学思想的探讨，同样成为英译泰戈尔诗歌的一大主题。《萤火集》中充满了“萤火”“蝴蝶”“阳光”“露珠”“云霾”“沙漠”等自然意象，泰戈尔在亘古不变的自然万物中探寻“永恒”“无限”等主题。“信念是鸟”“感觉到了光明”“唱出了歌”（泰戈尔，2013b：488）；我“歌唱之时”“常常找到我的永恒”（泰戈尔，2013b：504）。

英译泰戈尔诗集中收录的宗教、博爱、自然、无限等主题的诗歌体现了印度诗歌和英语诗歌间的共通性。追求英印文学的共通性，一方面，更容易让英语读者接受，促进印度诗歌在英语世界的接受和传播，促进英印沟通交流和文化融合；另一方面，文学共通性暗含了英印文化上的平等性，印度文学文化并非英国殖民主义文学所描述的“落后”“未开化”，从此证明英印文学文化之间根本不存在等级关系，从而借助其文学推进英印间的公平交流，促进东西方文化交流与融合。

而且，泰戈尔诗歌不但包含英印诗歌的共同主题，还有其自身文学的独特性，文学独特性和共通性并存，体现了泰戈尔的世界主义观念。其中，泰戈尔诗歌中民族独特性最明显的体现，就在于其中所蕴含的梵我合一、和世间万物建立爱的联系的主张。梵我合一的思想，不但是印度经典《奥义书》的核心主张，更是毗湿奴诗派的典型诗歌主题。毗湿奴教派的抒情诗人，常常以爱来歌颂神，并认为诗人和生命之神的结合意味着诗人生命的完成（郁龙余、董友忱，2011：107）。而其中，个人和世界万物建立精神联合，在万物中亲证上帝存在的观点，又让英语读者感到新奇并深受吸引。

由此看出，文学差异性与文学共通性在英译的泰戈尔诗歌中得到体现。博爱，宗教虔诚，摒弃物质束缚、追求心灵愉悦，是泰戈尔诗歌中常见的主题，这也是体现英印文学共通性的主题；梵我合一，则是印度宗教文化、印度文学特有的特征。借助文学的共通性和差异性，不但给英语读者美学享受，更向他们传递了东西方交流合作的原则。英印文学差异性部分，更能吸引英语读者对印度文学文化的兴趣，而文学共通性的部分，更容易顺应英语读者的情感认同和接受，从而以文学为媒促进英印交流联合。此外，英印文学的共通性，不但让英语读者认识到英印民族、文化差异下的相同性，更因此引发了英印民族文化差异下民族平等的思考，从而促进英印民族平等交流、文化融合。由此，泰戈尔的世界主义观念在其英译的诗歌中得到传达和显现。

2.2.2 戏剧/小说：反民族主义暴行、倡导东西方道义联合

与诗歌相比，泰戈尔的小说更加贴近印度社会现实，他通过小说和戏剧不但向西方读者展现了真实的印度社会，矫正了印度在英语世界的歪曲形象，促进西方世界对印度文学文化的了解，更通过其小说向英语世界传递了民族交往所应依据的博爱原则。英译的泰戈尔戏剧、小说，不但具有文学审美功能，更肩负文学文化交流传播的重担。泰戈尔通过其戏剧、小说向英语读者介绍印度社会，批判盲目爱国主义暴行和民族主义的危害，倡导英印、东西方间的道义合作，由此泰戈尔的世界主义观念同样在其英译的戏剧、小说中得以体现。

泰戈尔笔下的印度，“不是土王与暴徒、耍蛇人和裸体圣徒的虚妄怪诞的印度，也不是吉卜林笔下的印度或旅游指南中的印度。他所描绘的印度是现实的印度，是那些世世代代扎根在自己土地上的印度人的印度，是过渡时代的印度”（克里巴拉尼，1984：183）。英译的泰戈尔小说和戏剧，不仅让英语读者了解到真实的印度人民和印度社会文化，还反映了泰戈尔倡导世界一体、东西方道义原则下的交流联合，反对民族主义和盲目爱国主义暴行。

当然，英译的泰戈尔小说也不乏为了满足英美读者审美期待而选译的神秘主义色彩浓厚的短篇小说，以满足英语读者对印度的神秘想象，促进英语读者了解到多彩的印度文学文化。短篇《饥饿的石头》就是一个极好的例子。小说讲述了一个老人在巴利奇的一座具有百年历史的神秘宫殿中的神奇经历。小说开篇对宫殿的描述就充满了神秘主义色彩：宫殿里“有许多无法满足的欲望，有许多疯狂的享受”，而这些“如火焰般熊熊燃烧”；“整个宫殿大厦像一个有生命的机体，把我吞进胃里，用迷人的津液仿佛要把我一步一步地消化掉似的”（郁龙余、董友忱，2011：579）。而且，在大厦里面，还会让人感受到绝色美貌的阿拉伯女郎深情的召唤。她们散发着迷人的芬芳，却在帝王的淫威与血迹斑斑的脚镣下发出撕心裂肺的恳求，述说着帝王的荒淫无道、凶残蛮横。宫殿的立柱、基石，沾染了人的血泪和欲望，化作饥饿的石头，上演着鲜血、毁灭与复仇。总之，整个故事充满神秘主义色彩。

然而，英译的泰戈尔戏剧和小说，更多则是对印度文化的介绍和对民族主义和盲目爱国主义的批判，体现了泰戈尔促进民族交流合作的世界主义立场。以泰戈尔广为人知的戏剧《齐德拉》为例，该剧的故事以印度史诗《摩诃婆多罗》为基础，“反映了人和自然的和谐”，探究了“什么是爱、什么是美、什么是男女关系真正永恒的基础等恒久话题”（克里巴拉尼，1984：163）。《摩诃婆多罗》的故事大概这样：伟大的英雄阿周那四处漂泊，走到了印度东部的曼尼普尔，然后和国王唯一的女儿齐德拉公主结婚，并在翌年生下了一个孩子。这么一个简单的故事，却因为泰戈尔乘火车途中看到窗外花团锦簇的树丛而受到激发，随即把花的美和女性之美联系起来，以阿周那和齐德拉的恋爱为原型，探讨恋爱中“心灵美”和“外在美”孰轻孰重的问题。戏剧以印度经典中的虚构故事为依托，探究了“爱”“美”等永恒的主题。

以永恒的爱和美为准则，泰戈尔的小说和戏剧还让英语读者了解到印度的社会文化风情，并温和批评了印度的社会问题。小说《沉船》就表达了对印度包办婚姻的批判。《沉船》主要讲述了由一场暴风雨造成的沉船事件，及由此引发的爱情和婚姻的纠缠。小说一开始，男主人公罗梅锡便被父亲从加尔各答拉回乡下，完成父亲指定的婚姻。罗梅锡的婚礼也极为仓促，且未等夫妻双方看清彼此长相，迎亲队伍已踏上归途。途中却不幸遭遇暴风雨，行船被水浪打翻，等罗梅锡醒来，发现独自躺在沙滩，还看见了躺在自己身边不远处的新娘。罗梅锡救醒新娘之后，发现父亲和迎亲的队伍都已经遇难，只好独自带着新娘回家。几天之后，罗梅锡却发现带回来的女子并非自己的新娘，而是另一对新婚夫妇中的新娘。罗梅锡偷偷托人打听带回来女子的来历及家人的同时，又去找自己先前的意中人海敏丽妮。当罗梅锡得知自己带回来的“妻子”是可怜的孤儿，他不得不在道义和爱情之间艰难抉择，最终他站向道义的一边，向海敏丽妮解释了这一切。然而，罗梅锡的“妻子”格姆娜在得知这一切之后，却无法接受罗梅锡。机缘巧合下，格姆娜发现自己真正的丈夫纳里纳可希不仅在那场事故中根本没死，还是个有名的医生。纳里纳克希也正在找格姆娜，在得知这一切之后，两人重新走到了一起。

泰戈尔似乎想通过这个故事抨击印度包办婚姻及种姓制度对印度婚姻的影响，并由此传达轻物质利益得失、重精神平和与满足的印度传统文化思想。小说中人物追求内心的平静，相信上天，觉得一切都是上天的安排。小说还表达了对得失的辩证思考："世上无所失便无得，纵有所得非谓全得。惟先失而后得，方可谓得之无愧。若对应得之物视若无睹，避而失之，谓之可惜。实乃将失之东隅，收之桑榆。此种天性，皆存于人心灵。"[泰戈尔，2000（12卷）：413][①] 最终，泰戈尔在小说中表达了对精神满足的追求和对失去的平和态度。"如果我们能以虔诚之心看待所失之物，忍着眼泪和痛苦，以弃舍之心献出一切，则卑微也能化作高大，短暂亦可变为永恒。"（郁龙余、董友忱，2011：413）

短篇小说《莫哈玛娅》（*Mohamaya*）则触及了印度的种姓制度和殉葬习俗。莫哈玛娅是一个没落的名门之女，虽然和出生卑微婆罗门的拉吉波两情相悦，却因为种姓的差异而不能在一起。莫哈玛娅的哥哥最终把她嫁给了一个垂死的老婆罗门，结婚第二天，那个年迈的婆罗门就去世了，而莫哈玛娅则面对殉葬的命运。一场突如其来的大雨浇灭了殉葬的大火，而莫哈玛娅的面容也被大火毁坏。最终她找到了拉吉波，但终日面对戴着面纱的莫哈玛娅还是让两人心生隔阂，最终莫哈玛娅离开了拉吉波，再也没有回来。可以看出，泰戈尔对印度种姓制度和殉葬习俗虽心存不满，但是其文学作品中的批判相对温和，不过给读者一种伤感和遗憾之感。实际上，种姓尤其是殉葬的习俗，对印度女性的戕害绝非止于毁容，常常是要付出生命的代价。

泰戈尔对印度国内盲目爱国主义暴行的批判，在小说《戈拉》《家与世界》中得到了明确的体现。《戈拉》探究了爱国主

① 此处引文出自《泰戈尔全集》，共24卷，为了便于查找，特将卷号标出。

义和宗教信仰之间的矛盾。戈拉是印度爱国者协会主席、印度教教徒青年领袖，更是一位刚正不阿的爱国知识分子。起初，戈拉严格遵守印度教的一切戒律：为种姓制度辩护，行触脚礼，不喝异教徒拿过的水，反对和异教徒恋爱。然而，当他实际接触到了教派纷争的危害，目睹了劳动者摒弃宗教偏见反对殖民统治的事实，他的宗教信仰开始动摇。对梵教[①]姑娘苏乔丽塔的爱慕，苦行时和低种姓的接触[②]，使其萌发了举行赎罪仪式的念头。此时，戈拉的养父母告诉戈拉，他是爱尔兰人的后裔而非印度人，至此，他彻底甩掉思想包袱，从一个狭隘的民族主义者变成了真正的爱国主义者。《戈拉》是一部真正爱国主义的颂歌。泰戈尔通过戈拉的形象表达了对未来印度的期望，主张摆脱种姓制度的陋习和局限，克服狭隘的宗教观，主张超越种姓、宗教信仰差异的交流沟通，促进印度国内不同种族的融合。

《家与世界》则写于 1915 年甘地（Mohandas Karamchand Gandhi）访问圣地尼克坦（Santiniketan）并和泰戈尔交谈后的 1916 年。小说以 1905 年至 1908 年的印度民族解放运动为背景，讲述了泰戈尔对 10 年前的这场“反洋货运动”的思考。松迪博是尼基莱什的好友，也是国货运动的倡导者。松迪博在尼基莱什的领地宣扬国货运动，并迷恋上尼基莱什的妻子碧莫拉。他想尽办法接近碧莫拉，并使其对他产生好感。松迪博为

① 梵教是罗易（Raja Rammohun Roy）倡导并发起的一场印度教改革运动，倡导摆脱种姓束缚，倡导不同种姓间的交流往来。然而，由于违背印度的种姓制度，梵教中的成员往往受到非梵教成员的鄙视甚至不齿。

② 印度有严格的种姓制度，高种姓不能和低种姓的人接触，否则会毁坏自身种姓的纯洁。

了阻止英国货物在印度的流通，指示人弄沉了一艘英国船，并烧毁了船上的货物。船主找松迪博赔偿，松迪博让碧莫拉从她丈夫那里给他偷出 6 000 卢比。随后，碧莫拉丈夫的金库又被抢，案件告破后发现原来同是松迪博指使他人所为。后来，印度教和伊斯兰教之间发生冲突，尼基莱什为了帮助松迪博而受伤，碧莫拉也看清了松迪博的本来面目，与尼基莱什又和好如初。

"民族主义英雄"在泰戈尔的笔下，变成了"自私"、为一己私利出卖他人的卑劣小人。小说反映了泰戈尔对极端民族主义的批判，以及企图实现英国和印度之间公平、平等往来的意愿。此小说一出版便在印度社会引起了轩然大波，并引起国内舆论对泰戈尔的谴责和批判。实际上，泰戈尔一开始是印度"反洋货运动"的积极拥护者，他不但积极参与其中，还带头创办企业试图振兴民族工业。然而，当"反洋货运动"的参与者以振兴民族工业的口号烧毁英国货物、袭击在印度的无辜英国民众时，盲目爱国主义暴行让泰戈尔感到无法接受。准确来讲，泰戈尔反对的是印度人民违反道德准则的暴行，以及暴行背后的民族孤立主义。泰戈尔主张发展民族工业，但反对民族孤立主义，更反对彻底断绝和英国间的往来。泰戈尔主张超越种族局限、以道义原则实现不同民族交流合作的思想，恰恰体现了他的世界主义立场。

泰戈尔主张和英国之间的交流合作，但同时又反对英印之间所建立的以殖民统治和物质掠夺为基础的英印关系。实际上，泰戈尔不断抨击以英国为代表的西方国家在世界各地的物质掠夺，以及给世界所带来的危害。《文明的危机》(*Crisis in Civilization*) 中，泰戈尔既赞誉了西方精神和西方民族的优秀文化，又尖刻批判了西方的物质崇拜和贪婪物欲。对此泰戈尔曾坦言："少年时代我曾在英国学习，在议会内外的会议上听过约翰·布莱特（John Bright）的演讲。我从中听到了英国人隽永的心声。那演讲中昭示的宽广胸怀，超越一切民族的狭隘界限，影响深远，我至今记忆犹新。"（郁龙余、董友忱，2011：1157）泰戈尔赞扬超越民族"狭隘界限"的宽广胸怀，因为"人最美好的东西，不可能囿于某个狭隘的民族范围内"，更非"守财奴关闭的库房里的财物"（郁龙余、董友忱，2011：1157）。英国文化中超越民族局限的思想，让泰戈尔为之感叹，但是面对英国的物质主义贪婪及凭借自身工业发展而掠夺其他民族财富的恶行，他又明确表达了内心的不满和批判。他还指责英国对中国的欺凌："英国仗着机器动力维持世界霸权，印度却被剥夺了充分使用机器的权利。……英国为牟取暴利，凭借武力，用鸦片毒害像中国那样幅员辽阔的文明古国，攫取中国的一部分土地。"（郁龙余、董友忱，2011：1159）由此，泰戈尔超越民族主义局限、主张民族道义交流的世界主义观念，在小说《家与世界》中得到了充分体现。

2.3　泰戈尔文学在英美兴衰与其世界主义观念的关联

1912 年泰戈尔凭借英译诗集《吉檀迦利》走进英美并引发关注，次年获得诺贝尔文学奖，更使其在英美引发更大范围的社会关注和影响。而遗憾的是，获得诺奖之后不久，英译的泰戈尔文学作品在英美的反响便逐渐衰落。1920 年后，麦克米伦公司更因泰戈尔文学作品销路不畅而几乎停止出版发行。泰戈尔文学作品在英美由盛转衰的历程，实际上和泰戈尔世界主义观念下的文化交流密切相关。

《吉檀迦利》在英美的兴起及在英美引发的“泰戈尔文学作品热”，很大程度上源于其诗歌中所体现的文学差异与共通。而20世纪20年代后泰戈尔文学作品在英美的衰落，虽有英美主流诗学范式转变的原因，更因为泰戈尔将关注点放在了更大范围的东西方文化交流活动当中，从而使文学文本质量下滑。

2.3.1 《吉檀迦利》在英美的成功：文学差异与共通

泰戈尔文学作品在英美的巨大成功，始于《吉檀迦利》，基本上也终于《吉檀迦利》。因诗集《吉檀迦利》走进英美文坛，并在英美学界获得前所未有的赞誉，然而之后泰戈尔其他的所有作品都未在英美获得如此大的成功。英国作家们在读完《吉檀迦利》之后，都被诗中的意象、语言打动，并给予其诗歌高度的评价。英国作家梅·辛克莱在听完叶芝朗诵的《吉檀迦利》之后，曾给予了诗集这样的评价：

> 我想说的是，不管我是否能再次听到那些优美诗歌的朗诵，而那些诗歌给我留下的印象却是不可磨灭的。这不仅是因为这些诗具有绝对的美——诗的完美，而且还因为它们把我只能偶然瞥见，往往在痛苦和令人琢磨不定的感觉下才能见到的东西变成了现实。你用如此尽善尽美的东西（即在英语或其他语言已无望见到的那些优美的东西）丰富了明澈的英语。（克里巴拉尼，1984：266）

叶芝也毫不避讳对《吉檀迦利》的喜爱之情，在诗集的序言中这样表达自己对泰戈尔诗歌的感受：

> 这些天我一直随身携带这些翻译原稿，不论是在火车上、汽车上，还是在饭店里，我都会沉浸其中，以至于好些时候，我都因为怕被陌生人看见我是怎样为之动容而不得不合上它。我的印度友人告诉我，在这些诗行的原文中随处可见设计巧妙的韵律，无法传译的精细色调以及诗律的创新。而其中所蕴含的思想和构建出来的世界已让我为之神往，这些表达了至高文化的作品，却像野草一样从普通的土壤中生长出来。(叶芝，2008：158)

庞德听完泰戈尔读诗之后，他为发现了一位伟大的诗人而激动不已，立刻给《诗刊》的编辑门罗女士写信①，希望能在《诗刊》上为泰戈尔的诗歌留下版面。他在信中指出："我亲眼见到这些诗歌在文学圈内部所引发的兴奋和狂热，我们《诗刊》杂志至少得到了6首诗，这将是独家报道。"（Monroe，1938：262）泰戈尔诗歌在1912年的《诗刊》上刊登之后，庞德还亲自作评，将其视为"英语诗歌和世界诗歌历史上的一个事件"，并赞誉泰戈尔的诗歌达到了古希腊诗学的成就，是"希腊文学"的复兴（Pound，1912：92-94）。庞德在评论中曾写道：

> 值得一提的、最易懂的东西是即兴的光辉短句。有时在"晨曦用右手挎着金灿灿的篮子"里，我们像是看到了

① 当时《诗刊》创办不久，庞德是杂志的国外通讯员，主要为新办的杂志联系合适的撰稿人。

古希腊人，有时则像听到了德哥尔芒特或是鲍德莱在侃侃而谈。这种深邃的、宁静的精神压倒了一切。我们突然发现了自己的新希腊。像是平稳回到文艺复兴以前的欧洲一样，它使我感到，一个寂静的感觉来到我们机械的轰鸣中。……我这样说绝不是敷衍搪塞，也不是一时的感情冲动，更不是想哗众取宠。我花了一个月的时间来思虑这个问题。……他（泰戈尔）的诗歌具有自然的宁谧。这些诗似乎不是风暴或激越的产物，而只是显示了他往常的脾性。他与大自然混为一体，没有任何矛盾。这一切与西方的时尚形成了鲜明的对比。(Pound，1912：92-94)

除了叶芝和庞德这两位20世纪最伟大的英美诗人的赞誉，当时英语报刊对《吉檀迦利》也不吝赞美之词。诗集中的宁静、情感和思想的和谐，同样深深打动了普通英国读者。《泰晤士报·文学副刊》(*The Times Literary Supplement*)曾这样评价：

阅读泰戈尔的诗歌，我们感受到的不是思维怪异者的奇思妙想，而是英语诗歌的预言。只有当英国诗人同样能够达到这种情感和思想的和谐，在英格兰才会出现同样的诗歌。英语诗歌当下普遍存在的宗教和哲学的分裂，是我们在这方面失败的表现。我们总是将情感停留在具体事物上，却不能推而广之、陷入对宇宙的沉思。然而，这位印度诗人却做到了。(“Mr. Tagore's Poems”，1912：492)

实际上，英国的《泰晤士报》(*The Times*)从1912年7月起，就曾多次发表评论，高度赞扬泰戈尔诗歌的文学成就。

1912 年 11 月 6 日的《民族报》（*The Nation*），1913 年 1 月 14 日的《曼彻斯特卫报》（*Manchester Guardian*），1913 年4 月 1 日的《环球报》（*The Globe*）等多家报纸都声称“这是泰戈尔时代”。随后，泰戈尔获得 1913 年度诺贝尔文学奖，进一步表明了西方对《吉檀迦利》这部诗集的喜爱和认可。

英美学界对《吉檀迦利》的一致赞誉，和其诗歌所体现的英印文学共通性紧密相关。诗集《吉檀迦利》往往给英语读者一种似曾相识的感受，不仅让英语读者感受到了《圣经》（*Bible*）的影响，还感受到了诗作中济慈、雪莱等浪漫主义作家的印迹。《泰晤士报·文学副刊》曾这样评论阅读《吉檀迦利》的感受：阅读泰戈尔的诗作，“让人感受到《大卫诗篇》（*Psalms of a David*）中大卫向上帝的诉说”，并通过“自己虔诚的行为和生活的经历感受到上帝的存在”（“Mr. Tagore's Poems”，1912：492）。《每日新闻领袖报》（*The Daily News and Leader*）则认为泰戈尔的《园丁集》是明显受到了西方诗人的影响：从泰戈尔的诗歌中，明显可分辨出他“受到济慈和斯温伯恩的影响，泰戈尔的诗歌还让人想起了雪莱和罗塞蒂”（“Mr. Tagore's Poetry”，1913：4）。而且，泰戈尔通过自己的文学让英国读者相信：“民族间的不同，看起来关乎本质，实际上只是表象的不同”，而且泰戈尔始终坚持“民族间的融合与统一”（“Books and Bookmen”，1913：7）。

此外，《吉檀迦利》中所蕴含着印度文学文化的独特性，同样成为引发英语读者喜爱并获广泛赞誉的重要原因。诗歌表达的“梵我合一”神秘主义宗教观，也让英国读者着迷。因此，《曼彻斯特卫报》曾这样评价诗集：诗歌中所蕴含的异域风情，同样让英语读者迷醉；泰戈尔诗歌中的异质性，并非像其他的东方诗歌那样让人难以接受，他是一位深受西方诗学影响的东方诗人，而西方的影响完全被他“东方化”（“The Indian Poet”，1913：6）。

当然，《吉檀迦利》在英美的成功，还和叶芝的推介、英美的诗学语境等诸多原因密切相关，这将在下文详细讨论。但就文本层面而言，诗集中所收录诗歌所表现的英印文学差异和文学共通间的张力，成了《吉檀迦利》在英美备受推崇的重要原因。而文学差异和文化共通，恰恰体现了泰戈尔促进英译文学文化交流融合的努力及背后的世界主义观念。

2.3.2 泰戈尔文学在英美衰落：重社会交流活动、轻文学译介

泰戈尔文学作品在英国的声誉衰落，早自 1914 年起就初见端倪。1914 年 1 月 24 日的《民族报》在评论其戏剧《齐德拉》（又译《花钏女》）时指出：剧中过多的氛围渲染而行动力不足，剧情发展纯粹依靠情绪和精神的推进。尽管《民族报》最终把不足归结为“翻译”，认为是翻译造成“剧本含混”，“达不到《吉檀迦利》的水准”（“From the Unreal to the Real”，1914：716）。而对剧作《暗室之王》的评价就更加直接：仰慕泰戈尔的英语读者们可能要感到失望了，该剧不但“主题怪异”“意思含混”“语言表达也差强人意”（“The Drama of Tagore”，1914：7）。由于对泰戈尔剧作的不断失望，《曼彻斯特卫报》开始断言：“离开诗歌，泰戈尔变得不会创作。”

(“The King of the Dark Chamber”，1914：4）1914 年 5 月 14 日，曾经给予泰戈尔高度评价的《泰晤士报·文学副刊》也发表评论，认为泰戈尔的文学声誉“火焰般飙升”之后，会同样“急速陨落”(“East and West”，1914：236)。

除了报纸杂志对泰戈尔文学作品的批判，英国作家劳伦斯是最先抨击英国国内的泰戈尔文学作品热的个人。他在给朋友的信中写道：“意识到印度人是多么堕落、印度人通过各种丑陋的方式回到野蛮主义的行径，会使人感到愉悦。我们曾对此坚信不疑。但是骗取对印度人的仰视，尤其是对泰戈尔的可怜崇拜，是令人厌恶的。”（Huxley，1932：140）劳伦斯把印度人视为“极端堕落”，认为印度人的行为“丑陋”“野蛮”，因而“仰视”堕落的印度民族、崇拜泰戈尔的行为，是“令人厌恶的”。然而稍加分析便会发现，劳伦斯的批判不过是安格鲁撒克逊民族的心理优势使然，更是他的欧洲中心主义心理在作祟，和泰戈尔文学作品本身关系不大。

紧接其后的，是曾经给予泰戈尔诗歌高度赞誉的庞德、叶芝等人对泰戈尔文学作品的不满。1917 年，庞德认为继《吉檀迦利》之后，泰戈尔在英美出版的文学作品，语言过于粗糙，疏于斟酌。庞德曾这样说道：

> 我现在来批评泰戈尔，我必须先声明我是在他为大众所知之前最早赞誉他的人之一。泰戈尔的堕落，必须被指出来。他最初的译本是叶芝修改润色的，后来的译本是由伊芙琳·安德希润色……然而，据说他现在已经开始用英文写作，而他对英语是没有特别天分的。如果初稿中包含“我灵魂中的阳光（sunshine in my soul)”这样的陈词滥

调，当时他还至少能意识到自己的不足。起初他的诗歌能获得称赞，是因为完美展现了孟加拉语原文的特点：语言简洁客观，韵律有趣且多变。（Hurwitz，1959：144）

对泰戈尔之后英译文学的质量，叶芝也表达了自己的担忧。他曾这样评判泰戈尔之后的文学："糟糕的泰戈尔，我们一起［包括泰戈尔和斯特奇·穆尔（Sturge Moore）］曾出版了三本好书，现在他（泰戈尔）却出版些伤感的垃圾，毁掉了文学声誉。"（Hurwitz，1959：146）实际上，连泰戈尔一生的挚友罗森斯坦，后来也觉得泰戈尔在英美出版的作品只图数量而不重质量。他在给泰戈尔的信中无不痛惜地说道：

麦克米伦公司虽说是你文学声誉的守护者，但现在任何东西只要贴上你的名字，对他们而言都是金子。……我不禁怀念以前由叶芝、欧那斯特·莱斯、福克斯·斯特兰韦斯（Fox Strangways）和我一起为你作品出谋划策的日子。出版商关心的是你书籍的销售额，但是你所在意的，绝不应是作品的商业利润。……我相信你会和我们一样，希望自己的作品以最佳的形式在最适宜的时刻出版。（Lago，1972：171）

不难看出，英美学界对泰戈尔《吉檀迦利》之外的英译文学作品多持否定态度，且多将背后原因指向了文本质量。但英译泰戈尔文学作品在英美的衰落，实际还涉及英美主流诗学范式的转变和英美社会文化语境的转变等原因。比如 20 世纪 20 年代的英美诗学，恰恰经历了从维多利亚诗学向现代诗学的转变，而现代派的诗学范式和泰戈尔诗歌显然格格不入。此外，第一次世界大战的爆发，使得英美民众对文学的态度也发生了很大转变，而英译的泰戈尔文学作品还延续着第一次世界大战前的风格，这显然不太容易得到广大英语读者的喜爱。

而如果从泰戈尔身上寻找其英译文学在英美衰落的原因，那么显然和他在世界主义观念下的文化交流活动密切相关。获诺奖之后的泰戈尔并未将所有精力都投入到文学创作之中，而是凭借诺奖所带来的世界声誉，开始在世界范围内进行文化交流。自 1912 年至 1941 年泰戈尔去世的这不足三十年间，他的足迹遍布世界各地。仅以 1920 年、1924 年和 1926 年为例，泰戈尔就走访了世界三十多个国家。1920 年，泰戈尔走访了英国、法国、荷兰、美国、瑞士、德国、丹麦、瑞典、奥地利和捷克等欧洲国家。1924 年，泰戈尔去了马来亚、中国、日本和意大利等国。1926 年 5 月，泰戈尔再次受邀去意大利，之后他还去了瑞士、奥地利、法国、英国、挪威、瑞典、丹麦、德国、捷克、匈牙利、南斯拉夫、保加利亚、罗马尼亚、土耳其、希腊和埃及诸国。

泰戈尔所到之处，一直都在不知疲倦地宣扬自己的世界主义立场。他主张世界一体，反对民族间的野蛮暴力行径、物质奴役和物质掠夺行为，主张不同国家民族间的沟通交流，倡导基于友爱、道义原则的民族合作。而且，泰戈尔为了促进东西方间的交流与合作，还在 1921 年 12 月筹建了国际大学，将“世界相会在鸟巢（where the world finds its nest）”作为国际大学的校训（克里巴拉尼，1984：352）。泰戈尔在世界各地的文化交流，促进世界不同民族交流合作的努力，势必会消耗其文学创作的时间与精力，进而造成其后期文学作品质量的下滑及其英译文学作品影响在英美的衰落。

第 3 章　泰戈尔世界主义观念与英美演讲文化交流

泰戈尔世界主义观念，不仅体现在凭借其英译文学促进西方对印度文学文化的了解、增进东西方文化交流，更体现在他凭借其在英美的文学声誉在英美各地演讲，传播印度宗教哲学思想，促进英印、美印乃至东西方之间的文学文化交流。相对而言，泰戈尔在美国的演讲活动，在社会影响和关注度方面都胜于英国。可喜的是，泰戈尔在英美传播印度宗教文化思想的演讲内容，都由麦克米伦公司出版，并同在英美发行。其中结集成册的主要包括《人生的亲证》、《民族主义》、《人格》(*Personality*)、《创造的统一》、《人的宗教》等。

泰戈尔从世界一体化视角出发，提出东西方文化互补的主张。东方精神主义文化能有效补充西方物质崇拜、物质贪欲的危害；西方科学技术和工业文明的高速发展又值得东方学习借鉴，从而弥补自身物质资料生产的不足。东西方文化互补，背后反映了泰戈尔世界一体的主张，且东西方的交流合作应坚持友爱善行等道义原则，促进民族交流和文化互惠。由此，泰戈尔的世界主义观念得以显现。

3.1　泰戈尔在英美通过演讲促进东西方文化交流

从 1912 年泰戈尔赴英引起英国社会关注开始，到 1941 年泰戈尔去世，在这近三十年的时间里泰戈尔曾 6 次到访英国、5 次到访美国。从文化传播的角度来看，泰戈尔的演讲活动在英美社会的影响很大。尤其是泰戈尔 1916 年在美国的演讲活动，横跨美国东西海岸的各大城市，在美国社会影响巨大。这一章就从泰戈尔奔赴英美的经历入手，探究泰戈尔在英美借助演讲活动对东西方文化交流的促进。

3.1.1 泰戈尔在英国的文化交流

泰戈尔的世界影响始于英国，同时他和英国的接触也最密切，在英国的时间也最长。泰戈尔 1878 年 9 月第一次赴英，于 1880 年 2 月离开，一共在英国待了 17 个月时间。泰戈尔此次赴英本来是学习法律的，然而他到了英国之后却痴迷于英国文学，并把所有精力都投入英国文学的学习之中。泰戈尔此次来英国，虽未在英国社会产生任何影响，但这段在英国学习的经历却让泰戈尔本人受益匪浅。一方面使他对英国文学文化有了更深入的了解，这对他日后的文学创作产生了重要影响；另一方面，也让他感受到当时英国对印度社会的误解和偏见，但同时也让他感受到普通英国民众的善良、友好，英印人民心性相同①。

泰戈尔真正在英国社会引起关注，始于他 1912 年赴英。

---

① 《泰戈尔自传》中谈到泰戈尔在司格脱教授家寄宿时，两个女儿因为听说有印度人来，躲在了亲戚家不敢回家。从中可见英国普通民众对印度的偏见，但通过后来的接触和了解，泰戈尔和司格脱一家产生了深厚的情感，这对日后泰戈尔英印交往中世界主义立场的形成，影响重大。

泰戈尔赴英，一方面因为身体不适去英国接受治疗，另一方面也想通过旅游来调解内心烦闷的情绪（Hurwitz，1959：27）。泰戈尔这次来英国，是由英国画家罗森斯坦接待。罗森斯坦是泰戈尔哥哥的朋友，曾经在孟加拉文杂志上读到过英译的泰戈尔诗歌，读后非常喜欢。听说泰戈尔要来英国后，希望泰戈尔能把先前写的孟加拉语诗歌再翻译一些给他看。就这样，泰戈尔在去英国之前的几个月里和去英国的途中，开始着手翻译先前的孟加拉语诗歌。

1912 年 5 月，泰戈尔偕同儿子、儿媳三人一起从印度出发，6 月份来到英国。到了英国，泰戈尔先住在罗森斯坦家中，晚上他把自己英译的诗歌给罗森斯坦看后，罗森斯坦先是感到震惊，随后便大为赞赏。而泰戈尔由于当时和罗森斯坦并不熟悉，以为这只是罗森斯坦礼貌性的客套，对罗森斯坦的赞誉并没有太放在心上（Hurwitz，1959：27）。随后，罗森斯坦先是把诗歌让评论家、文学史专家布鲁克（Stopford Brooke）欣赏，他看完之后同样大为赞赏。然后，罗森斯坦还邀请到很多著名诗人、作家、学者与泰戈尔见面，并在罗森斯坦家中举办了以“泰戈尔之夜”为名的聚会。当晚到场的除了诗人叶芝外，还有庞德、威尔士著名诗人欧那斯特·莱斯、小说家梅·辛克莱、剑桥大学教授查尔斯·弗里尔·安德鲁、《曼彻斯特卫报》的资深记者亨利·伍德·奈文森等。当晚，叶芝亲自为大家朗读泰戈尔的诗歌，泰戈尔的诗歌给当晚在场的诗人、作家、学者都留下了深刻的印象，并得到大家的一致好评。

在此之后，罗森斯坦①还把泰戈尔介绍给当时其他的一流

---

① 需要注意的是，罗森斯坦虽然是画家，但是他爱好文学，和英国作家、学者交往频繁，且学界朋友甚多。

英国作家、学者、评论家，并邀请他们一起读泰戈尔的诗歌。这段时间，泰戈尔见到了安得烈·布拉德利（Andrew Bradley）、桂冠诗人罗伯特·布里季、英国著名小说家约翰·高尔斯华绥、英国著名作家曼斯菲尔德、英国著名诗人莫尔、英国著名剧作家萧伯纳等（Hurwitz，1959：32）。随后，在伦敦还多次举办了泰戈尔接待会，比如7月12日在特罗卡迪罗大酒店（Trocadero Hotel）举办的泰戈尔接待会，7月30日在伦敦的皇家艾伯特厅剧院（Royal Albert Hall Theater）印度戏剧学会（Indian Dramatic Society）举办的泰戈尔晚宴等。

随着泰戈尔的诗歌引起英国学界越来越广泛的赞誉和关注，泰戈尔参加的接待聚会等活动也越来越多。英国媒体的频繁报道，也使泰戈尔成了英国学界乃至英国社会关注的焦点，这一切都使他感到疲惫不堪。最后他和儿子、儿媳于1912年10月离开英格兰，去了美国的伊利诺伊州。

就在泰戈尔离开英国的这段时间，他的诗集《吉檀迦利》得以出版，并受到读者青睐和好评。《吉檀迦利》的首个英译本，经由好友罗森斯坦联系，最后由印度学会资助于1912年出版①。而由于印刷数量有限，出版不久就迅即售罄。关于这一情况，泰戈尔是从罗森斯坦的信中得知的。

1912年的整个冬天，泰戈尔都在美国。到了1913年4月，泰戈尔再次乘船，几个星期之后回到了英国。由于诗集《吉檀迦利》的出版使泰戈尔的知名度在英国迅速提升，虽然此时的泰戈尔还没有获得诺奖，但当他一回到英国便被卷入一系列商业、社会活动之中。也就是在这一时期，泰戈尔的剧作《邮

① 印刷时间写的是1912年，真正和读者见面已经到了1913年初。

局》在叶芝的帮助下，在英国不同的剧院上演①。先是1913年春天，《邮局》在都柏林的艾比剧院（Abbey Theater）上演，演出受到了观众热烈的好评。7月10日晚上，《邮局》还在伦敦的皇家艾伯特厅剧院（Royal Albert Hall Theater）上演。两次演出，都是由叶芝指导、爱尔兰演员表演完成。

1913年春天，泰戈尔不但在英国走访了旧友，还结识了新的英国朋友。这期间尤其和威尔士著名诗人欧那斯特·莱斯过从甚密。五六月间，泰戈尔在威斯敏斯特（Westminster）发表演讲。演讲内容，主要是谈印度宗教思想对印度人们行为的影响和在他们具体生活中的显现。泰戈尔希望通过演讲能够让西方读者"有机会接触到印度的古代精神"（泰戈尔，1915：1），从而增进对印度文化的深入了解。后来演讲内容的英文经欧那斯特·莱斯修改润色，以"人生的亲证"为名于1913年整理出版。

值得一提的是，泰戈尔非常擅长公众演讲，很多英国听众听完他的演说都会被其深深打动。莱斯曾这样描述泰戈尔演讲的场景：

> 泰戈尔在演讲中姿态优雅，轻易就可以抓住观众的注意力。他的声音很感人，演讲起来滔滔不绝，语调很有穿透力。他演讲中所透露的活力，是从英国人的演讲中听不到的。他演讲风格富于变化，使我不断回想起他在威斯敏斯特的这场演讲。他就是古老东方智慧的播撒者，他凭借娴熟的技艺，使整个伦敦大厅里的西方听众都被其演讲深

① 叶芝非常推崇《邮局》这部戏，他觉得这部戏搬上舞台之后，"结构精美"，还向观众传达了"温情""和平"的情感（详见《邮局》的前言）。

深深吸引。(Rhys，1915：116-117)

从以上描述中可以看出泰戈尔演讲的魅力以及对西方听众所产生的影响。然而此次泰戈尔赴英，频繁的社会活动还是让他感到疲惫，遂产生返回印度的念头。他在写给查尔斯·弗里尔·安德鲁的信中这样说道："是时候离开英格兰了，西方的社会活动已完全将我占据，耗费了我太多的精力。因此，我一刻也不能停留，必须回到籍籍无名的状态，让鲜活的种子找到萌芽的真实土壤。"（Tagore，2015：37-38）于是泰戈尔乘船离开英国，于1913年10月回到了印度。

1913年11月泰戈尔获得诺贝尔文学奖。1912年泰戈尔的英国之行，是他人生的重大转折。在此之前，泰戈尔只是一个享誉印度孟加拉邦的孟加拉语诗人，甚至在印度国内都不为大众所熟知。然而，1912年泰戈尔因为其英译诗集《吉檀迦利》，先是引起英国社会的广泛关注，随后又获得诺奖，使其成为享誉世界的作家。因而某种意义上来说，泰戈尔是从英国走向了世界。

自1913年获得诺贝尔文学奖，到1920年6月近七年的时间里，泰戈尔一直没有再去英国。这期间发生的和泰戈尔相关的重大事件包括：1915年6月，泰戈尔被乔治国王授予了骑士爵位；1916年泰戈尔去了日本，在船上写下了《飞鸟集》；离开日本之后，泰戈尔于1916年9月到了美国，并发表了以"国家主义"（"Nationalism"）和"人格"（"Personality"）为题的演说；1918年泰戈尔在圣地尼克坦筹建"国际大学"，旨在促进印度和以英国为代表的西方国家的联系和交流；1919年4月13日，印度发生了骇人听闻的阿姆利则惨案，当时英国军队将枪口朝向了手无寸铁示威游行的印度民众，造成 314 人死亡，近 1 000 人受伤；同年 5 月 30 日，泰戈尔写信给印度总督，宣布放弃英国国王授予的骑士爵位。

在这七年里，泰戈尔虽未能踏上英国的土地，但是他的很多文学作品被译成英语并在英美出版。为了能从诺奖给泰戈尔带来的文学声誉中获得最大的商业利润，麦克米伦公司在 1913 年及随后的几年里，出版了多部泰戈尔诗集、戏剧和演讲集。仅在 1913 年，就同时出版了《园丁集》和《新月集》两部诗集，还出版了泰戈尔在英美的演讲集《人生的亲证》。1914 年又出版了 3 部戏剧，分别是《花钏女》《暗室之王》和《邮局》。1915 年出版了泰戈尔翻译的《卡贝尔之歌》（*Song of Kabiir*）、故事集《饥饿的石头》。1916 年，出版了《飞鸟集》。1917 年，出版了诗集《采果集》《情人的礼物》《渡船集》，戏剧《牺牲》《春之循环》，演讲集《民族主义》《人格》，第一部个人自传《我的回忆》（*My Reminiscences*）①。1918 年，出版了《马西和其他故事集》，其中收录了 14 篇英译的泰戈尔短篇小说。

1920 年 6 月，泰戈尔再次抵达伦敦。这次来英国，泰戈尔不仅见到了很多英国友人，还在英国发表演讲，结识了新的朋友。6 月底，泰戈尔见到了著名哲学家、数学家罗素（Bertrand Russell），政治历史学家迪金森（Goldsworthy Lowes Dickinson），三人在剑桥大学国王学院（King's College，Cambridge）的花园有过愉快的交谈（Aronson，1943：15）。在这

① 在 1917 年之前，已经有英美人士写过有关泰戈尔的传记，但《我的回忆》是泰戈尔首部自传。

个夏天，泰戈尔还参加了多项社会活动。在一场见面会上，英国著名女演员西碧尔·索恩迪克（Sybil Thorndike）为表达对泰戈尔的崇敬之情，当场背诵了泰戈尔的一首诗歌。后来她在回忆这场谈话时曾说："这次谈话让我此生难忘，他让我从不同视角看到了不一样的事物，这是我作为基督徒曾一直努力从其他民族伟人的慧眼中去发现、去理解的事物。"（Chatterjee，1931：253）

1920 年 7 月，泰戈尔还在英国议会参加了阿姆利则惨案的英方负责人戴尔（Dyer）① 的相关辩论。议会和英国公众对戴尔的偏袒②，让泰戈尔非常不满，随即他选择了离开伦敦。泰戈尔曾在给友人的信中表达了这一不满。在泰戈尔看来，英国议会偏袒戴尔的背后，反映的是对阿姆利则惨案中受害印度民众的"轻蔑"与"麻木"，区别对待英国和印度民众让泰戈尔"十分悲痛"，于是泰戈尔离开了英格兰（Tagore，2015：11）。7 月 29 日，泰戈尔在伦敦威格摩尔音乐厅（Wigmore Hall）发表了题为"神秘的孟加拉乡村歌曲（Some songs of the village mystics in Bengal）"的演讲之后，于 8 月 6 日离开伦敦去了巴黎，开始了他的欧洲之行。

1920 年 10 月 8 日，泰戈尔再次回到伦敦。这段时间，泰戈尔还是围绕音乐和乡村神秘主义做了演讲。10 月 28 日，泰戈尔再次离开伦敦，然后去了美国。在泰戈尔看来，"他们必

---

① 戴尔就是阿姆利则惨案的直接发起人，就是他命令英国军队把枪口朝向手无寸铁的印度民众，从而引发惨案。

② 政府对戴尔的判决，是宣布戴尔退休，并在退休后终身领取每年 900 磅的退休金。这在 20 世纪 20 年代的英国是一大笔钱，他可以凭此安享晚年。让泰戈尔不解的是，英国公众还为戴尔筹得一大笔捐款。

须听到东方的声音”（Hurwitz，1959：137）。1921 年 4 月 10 日，泰戈尔再次回到英格兰。这次英国之行，因为有了和英国著名记者奈文森的会面和亲切交谈而使得泰戈尔的情绪有了极大好转。阿姆利则惨案的发生，英国政府对责任人戴尔亲善的态度，都让泰戈尔感到极度失望。尽管如此，泰戈尔对于英国并没有仇恨、报复的心理，相反，每次和英国友人的接触、交谈，都会使泰戈尔重新对英国和英国人民心怀好感。泰戈尔在写给查尔斯·弗里尔·安德鲁的信中这样说道：“我可以毫不犹豫地说，友好的英国人是世界上友好民族的典范。怀着对英国政府的悲痛，我却忍不住对你们的国家充满爱意，因为我在这里结识了我最珍贵的朋友。”（Tagore，2015：152-153）泰戈尔这次只在英国待了一个星期左右，然后又在 1921 年4 月离开伦敦去了欧洲。

1926 年，泰戈尔在结束自己的欧洲之行后，再次来到伦敦，并做了简短停留。在英国媒体的报道中，只见到有关泰戈尔去女王大厅（Queen’Hall）听贝多芬演奏会的报道。随后，泰戈尔就去了挪威、德国等国，开始了新的欧洲之旅。

1927 年 8 月接受了来年在牛津大学（University of Oxford）演讲的邀请。但由于身体原因，泰戈尔 1930 年 5 月（第 6 次）才来到英格兰，并于 5 月 19 日晚在曼彻斯特学院（Manchester College）发表了第一场演说，像以往的演讲那样反响热烈。牛津大学教授德拉蒙德（W. H. Drummond）评价这场演说“有趣”且“令人难忘”，并做了如下描述：“现场的听众肯定都不会忘记这次讲座的场景——诗人身着白袍，气质高雅，坐在讲台上，坐在他面前的是一片急切、深深陶醉的听众。”（Hurwitz，1959：175）演讲涉及宗教、哲学、艺术等内容。泰戈尔这次演讲的内容，最后结集成册，以“人的宗教”为名在英美出版。“人的宗教”的主题，则是针对上帝的人性抑或是永恒的人的神圣，体现了印度经典《奥义书》中“梵我同一”的思想。

结束了在牛津大学的演讲，6 月 4 日泰戈尔还去了伯明翰，不仅展出了自己的画作，还作题为“文明和进步”（Civilization and Progress）的讲座。伯明翰的艺术评论家约瑟夫·萨斯豪（Joseph Southhall）看了泰戈尔的画作后深受触动：“泰戈尔的画作充满了丰富的想象，用线条和色彩看待事物的方式体现了最优秀的东方眼光……他对颜色的感悟力非常了不起。”（Hurwitz，1959：178）

泰戈尔大概在 1930 年 6 月底 7 月初的时候，再次离开伦敦去了德国。7 月 14 日和爱因斯坦（Albert Einstein）在他柏林的住处做了交谈。然后，泰戈尔又去了丹麦、日内瓦、俄国。1930 年 12 月份在泰戈尔返回印度的途中，只在伦敦做了短时间停留。在伦敦，泰戈尔会见了伊夫林·兰琪（Evelyn Wrench）、叶芝、萧伯纳、马克斯·比尔博姆（Max Beerbohm）、罗森斯坦等人。这也是泰戈尔最后一次的英国之行。1931 年元月，泰戈尔离开英格兰回到了印度。

在泰戈尔生命最后的 10 年里，再也未曾踏上英国的土地，但并未彻底和英国断绝往来。1931 年 5 月 6 日，泰戈尔的 70 岁大寿上，泰戈尔不但收到本国朋友的祝贺，还收到世界各国朋友们的贺词。英国友人叶芝、罗森斯坦、罗素、曼斯菲尔德、霍斯曼（Laurence Housman）等著名作家和知识分子，都对泰戈尔表示祝贺。贺词最后收集在《泰戈尔金色书》（*The Golden Book of Tagore*）中，并于同年出版发行。

最后值得一提的是，1940 年泰戈尔受到英国最著名学术机构牛津大学授予他崇高的学术荣誉。2 月 27 日，牛津大学一致同意授予泰戈尔荣誉博士学位。鉴于泰戈尔不能亲自赶赴英国，仪式最终在泰戈尔的住所孟加拉邦的圣地尼克坦举行。8 月 7 日，印度大法官毛里斯・格怀尔（Maurice Gwyer）代表牛津大学将这项荣誉授予了泰戈尔。泰戈尔的好友汤普森说道："没有什么能比这项荣誉更让泰戈尔开心了。"（Thompson，1926：287）1941 年，泰戈尔躺在病床上写下了《文明的危机》，这几乎是泰戈尔生前的最后一本书。8 月 5 日，泰戈尔严重昏迷，两天后，泰戈尔离开人世。

3.1.2 泰戈尔在美国的文化交流

泰戈尔一生中一共五次赴美，分别是在 1912 年至 1913 年间、1916 年至 1917 年间、1920 年至 1921 年间、1929 年和 1930 年，共计 17 个月。在其过程中，泰戈尔曾在美国各地发表演说，演讲内容最后收录在《人生的亲证》《民族主义》《人格》《创造的统一》等书籍中。泰戈尔的五次美国之行，在美国社会产生了重大影响。

1912 年 10 月 27 日，泰戈尔、儿子、儿媳一行三人抵达美国。这是泰戈尔第一次赴美，当时他还没有获得诺贝尔文学奖，还不太为美国公众所知，因而他的这次美国之行相对安静、惬意。到了美国之后，因他的儿子曾在伊利诺伊大学（University of Illinois）学习农业，泰戈尔一行就先在伊利诺伊的厄巴纳（Urbana）暂时住了下来。当地自然环境优美，立刻让泰戈尔感到很放松。不久，厄巴纳当地三位一体（Unitarian）①教派的牧师阿尔伯特·维尔（Albert R. Vail）就找到泰戈尔，并邀请他为当地的教众演讲。

在伊利诺伊的这段时间，泰戈尔和《诗刊》杂志编辑哈立特·蒙罗（Harriet Monroe）② 取得联系，并受邀去芝加哥。到了芝加哥之后，泰戈尔一行三人就住在了诗人穆迪（William Vaughan Moody）的遗孀家里。在芝加哥，泰戈尔除了在亚伯拉罕·林肯中心（Abraham Lincoln Center）发表演讲外，其他的时光主要是在穆迪夫人家为蒙罗和穆迪夫人等人“朗诵他写的诗歌”，或是谈论东方宗教教义，让她们感受到东方“佛陀”的形象和泰戈尔的“主教风范”（Monroe，1938：321）。此外，泰戈尔还在哈佛大学发表演讲，演讲内容后来结集出版为《人生的亲证》。1913 年 1 月，泰戈尔离开美国，结束了第一次美国之行。

1916 年 9 月，泰戈尔第二次赴美，1917 年 7 月离开，此次共在美国待了十个多月。泰戈尔这次赴美，和四年前的情形完全不同。泰戈尔第一次赴美时，还不为美国大众所知，从伊

---

① Unitarian 是基督教内部的一个教派，是基督教改革运动的产物，由于其和现代印度之父罗易在 1828 年创立的梵社有共通之处。加上泰戈尔家三代都和 Brahmo Sahaj 运动关系密切，而且诗人泰戈尔本人在 1912 年的时候还被认为是阿谛达至尊教派（Adi Samaj sect）的领袖，这自然会引来维尔的注意，并邀请泰戈尔为当地的教会演讲。

② 泰戈尔和蒙罗联系的缘由，是他儿子向《诗刊》杂志的编辑蒙罗写信，希望能多收到几本刊载父亲诗歌的《诗刊》杂志，便于送给友人。泰戈尔和《诗刊》结缘，还要从 20 世纪最伟大的美国现代诗人庞德说起。庞德曾在 1912 年夏天，和叶芝一起与泰戈尔有过会面，而且泰戈尔的《吉檀迦利》引起了庞德强烈的兴趣。庞德曾激动地给芝加哥《诗歌》杂志编辑蒙罗写信，说：“这是独家报道，希望能为泰戈尔留点版面。”然后，泰戈尔的诗歌就发表在《诗刊》1912 年最后一期上。

利诺伊州到芝加哥再到纽约的整个行程，只有他的好友知晓，并不为外界和新闻媒体所关注。1913 年泰戈尔获得诺贝尔文学奖，让整个西方世界感到震惊，1916 年泰戈尔的美国之行是他获奖之后第一次赴美，因而泰戈尔此次在美国的行程引起了美国各界的广泛关注。

泰戈尔于 1916 年 9 月 18 日抵达美国的西雅图。之后，泰戈尔在美国的一切行程和演讲活动，由旁德先生一手安排。此次泰戈尔在美国的演讲之旅，计划从美国西部的西雅图出发，然后到南部的洛杉矶，再到东海岸。泰戈尔的此次美国之行，不管走到哪儿，总是能够吸引到一大批听众和美国报纸杂志的争相报道。

泰戈尔在旧金山的演讲，获得了当地民众的热烈欢迎。《旧金山检察官报》（*San Francisco Examiner*）曾这样写道："当代没有哪个作家的思想，能够在美国掀起如此大的波澜，泰戈尔的影响是暴风雨式的。"（"A Traveller"，1996：6）在南加利福尼亚州，优美的自然风光让诗人的内心充满喜悦，泰戈尔不禁感叹："这是一个美丽的国家，我相信它会有一个伟大的未来"；"美国不受妨碍，为了人类的进步可以自由尝试"；"美国是人类西方理想的最佳倡导者"（"Tagore's Message"，1916：8）。之后，泰戈尔还去了盐湖城、得梅因、芝加哥、印第安纳波利斯、底特律、克利夫兰、纽约、波士顿等城市。这些城市的民众对泰戈尔的到来也都表示了热烈的欢迎。

耶鲁大学（Yale University）校长在致泰戈尔的欢迎辞中说道："我们欢迎你（泰戈尔）作为寻求光明、真理的最伟大的伙伴，而您作为成千上万探寻者的一员，我们向您致敬。"（Hay，1962：451）耶鲁大学还为泰戈尔送上了耶鲁大学两百周年奖章，并安排泰戈尔在卫斯理大学演讲。泰戈尔此次在美国各大城市掀起了一股文化热潮，美国的文学组织带头讨论泰戈尔的生平和作品。同时，美国的很多城市都举办了泰戈尔诗歌朗诵会，还为泰戈尔的诗歌配上西方音乐传唱（Mukherjee，1963：133）。泰戈尔此次在美国各地演讲的会场，更是吸引了大量的美国听众。12 月 12 日，泰戈尔在卡耐基音乐厅（Carnegie Hall）的演讲因为听众太多，很多听众站着听完了他的演讲。这种场面在美国是罕见的。演讲过程中，很多美国听众更是被感动得潸然泪下。（“How Tagore Found Us”，1917：340）

泰戈尔此次在美演讲的内容，收录在《人格》和《民族主义》之中。《人格》主要是有关泰戈尔的文学创作思想，而《民族主义》则辛辣批判了西方物质主义文化所引发的物质崇拜和物质掠夺，以及给全世界带来的灾难。泰戈尔对西方民族主义的批驳，自然引发了美国媒体的强烈不满和反驳。而泰戈尔在美国东海岸引发的反对和批驳最为强烈。由于美国东海岸民众参战情绪高涨，普遍支持美国加入欧洲战场，故而泰戈尔演讲中的反战主题自然不可能得到当地听众的认同。不仅如此，泰戈尔还遭到当地报刊的猛烈批驳，批评他通过“鼓吹和平主义”危害美国青年的价值观（Mukherjee，1963：135）。此次美国之行所遭遇的种种反对，是泰戈尔没想到的，让他感到痛苦不堪。面对美国媒体的误解和尖刻的言论，泰戈尔临时决定取消后面的演讲安排，提前于 1917 年 1 月①结束了他在美国的演讲。

1920 年 10 月，泰戈尔第三次来到美国。纽约，成了泰戈尔第三次赴美的第一站。起初，人们得悉泰戈尔的到来，社会集

---

① 此次演讲之旅原计划 1917 年 4 月结束。

会、演说活动和宣传广告还是“接踵而至”，在布鲁克林讲厅（Brooklyn）发表演说时，听众还是“蜂拥而至”，甚至“由于过分拥挤”“几百名听众不得不失望而归”（克里巴拉尼，1984：352）。然而好景不长，不管是从《时代》（*Times*）报纸的报道数量，还是泰戈尔公众演讲的次数来看，都和上一次赴美情形相去甚远。《时代》报纸除了报道泰戈尔赴美和新戏剧出版的消息之外，泰戈尔在纽约三个月的时间里，只有零星几篇关于他的报道。美国听众似乎不愿再听到泰戈尔对美国文化的批驳，因而此次他在纽约的大部分欢迎活动都是晚宴接待，发表公众演讲的次数却相对较少，一共只有四次（Mukherjee，1963：148）。

在纽约时，泰戈尔还因身体欠佳，情绪一度非常失落。随后，泰戈尔便离开纽约去了芝加哥。在芝加哥期间，泰戈尔还得到消息，旁德①已经在得克萨斯州给他安排好了一系列讲座，便随即去了得州。他在得州的演讲非常成功，再加上泰戈尔是第一次去得州，一下子让他的精神振奋起来。泰戈尔在信中这样表达了自己在得克萨斯的感受：“天空接纳了我，温暖的爱抚给我喜悦，让我振奋。”（Tagore，2015：124-125）

总体来讲，泰戈尔的第三次美国之行，他的整个心情是悲痛的。“此刻，我无法描述自己是多么痛苦，多么渴望回到自己平静的生活之中，彻底从我的头脑中清除掉促进东西方融合的雄心壮志……”（Mukherjee，1963：153）值得欣慰的是，泰戈尔此次在纽约结识了恩厚之。这个年轻的英国人当时还是在康奈尔大学（Cornell University）学习农业的研究生，后来

---

① 此处的旁德并非意象派诗人庞德，而是美国的一位牧师。

给泰戈尔在圣地尼克坦的农村重建工作提供了极大的帮助。

泰戈尔此次在美演讲的内容，后来都收集在《创造的统一》中出版。从内容上来看，这次演讲的内容和他前两次并没有大的不同。泰戈尔就像古代东方的预言家，敦促美国人民朝着他理想的目标前行。尽管泰戈尔在美国的演讲活动让他悲喜交加，但是他在美国的社会活动对促进东西方之间的交流合作还是有着积极的推动作用。泰戈尔在美国的演讲，为东西方之间的合作与融合指出了除物质奴役、殖民统治之外的道路，即通过博爱、和谐等崇高精神的联合实现个人内心的解放和东西方之间的合作。

1929 年 4 月 18 日，泰戈尔第四次来到美国。这距离上次访美已有八年的时间，在这八年里，泰戈尔于 1924 年去了中国，1924—1925 年去了阿根廷，1926 年去了欧洲。然而，泰戈尔此次在美国停留的时间最短，一共只有三天时间，于 4 月 20 日就离开了。行程取消是由泰戈尔的护照引起的。原来泰戈尔此次赴美之前，先是去加拿大参加了在温哥华举办的世界教育研讨会。由于泰戈尔在加拿大期间弄丢了护照，他在向驻温哥华的美国移民局申请重新办理签证的过程中，却因为他的东方面孔而受到移民局人员极不友好的对待。美国移民局的工作人员问他的问题，其中包括“你能支付起回国的费用吗?”这让泰戈尔的民族自尊心受到了极大伤害，同时也感受到来自美国移民局工作人员深深的“歧视”（Hay，1962：45)。这一事件让泰戈尔深深感受到美国对亚洲民族的歧视，并给他带来了极大的不快。因此，泰戈尔从温哥华乘火车 4 月 18 日抵达洛杉矶之后，于 4 月 20 日离开了美国。

1930 年 10 月 9 日泰戈尔第五次来到美国，这也是他最后一次赴美。这次泰戈尔在美国一共待了三个多月，于 1930 年 12 月 14 日离开。泰戈尔此次赴美，受到前所未有的隆重接待。美国尽一切可能使泰戈尔的这次美国之行办得既隆重又成功。早在泰戈尔赴美之前，美国就成立了“泰戈尔接待委员会”（Tagore Reception Committee），并由前美国驻土耳其大使亨利·摩根索（Henry Morgenthau）担任接待委员会主席。11 月 29 日，英国大使罗纳德·林德赛（Ronald Lindsay）还安排泰戈尔在华盛顿的白宫受到当时美国总统胡佛（Herbert Hoover）的接见。

这次泰戈尔刚一到美，就表明了自己的态度：“希望大家能够明白，他（泰戈尔）并未因为去年的事件而对美国有任何不满。”（“Tagore in America”，1930：10）和以往不同的是，泰戈尔此次赴美，还多了一个画家的身份。他虽然从 1926 年才开始作画，但其画展在巴黎、柏林、莫斯科等地所取得的成功，给了他极大的自信。泰戈尔此次带来了自己的一百多幅画作，在波士顿、纽约、费城等地举办了画展。展览的画作，尽管未能引起艺术评论家的注意，但还是吸引到不少美国民众的围观。

值得注意的是，泰戈尔此次在美受到的礼遇，并非因为泰戈尔文学家的身份，更多是出于政治方面的考虑。首先，泰戈尔是在结束了在苏联为期 15 天的走访之后来到美国的。泰戈尔接受美国记者采访时因对共产主义政权极富热情的评说，以至于被美国记者冠上了“苏联宣传员”的称号（“Tagore—Russia’s Friend”，1930：19）。或许是看到了泰戈尔访美的政治意义，美国政府才高度重视泰戈尔这次在美的行程，并举行了隆重的接待仪式。而负责泰戈尔此次在美行程的美国公谊服务委员会（American Friends Service Committee），更是用了 10 个月的时间和泰戈尔协商，保证泰戈尔这次美国之行如期顺利进行（Mukherjee，1963：172）。而且，美国公谊服务委员会还对泰戈尔的行程和活动安排做了周密部署，从中也可以看出，泰戈尔此次美国之行所具有的重要政治意义。

值得欣慰的是，泰戈尔此次美国之行让他结识了不少美国作家、学者。泰戈尔在马萨诸塞州的威廉斯敦（Williamstown）见到了著名美国诗人罗伯特·弗罗斯特（Robert Frost），并进行了愉快的交谈（Chakravarty，1961：392）。泰戈尔还见到了美国著名学者、历史学家威尔·杜兰特（Will Durant），美国诺贝尔文学奖得主辛克莱·刘易斯（Sinclair Lewis，当时刘易斯尚未获奖）、海伦·凯勒（Helen Keller）、爱因斯坦等人，并与他们建立了良好的友谊。而且，泰戈尔此次赴美，还促成了“美国泰戈尔协会”（American Tagore Association）的成立，该协会旨在促进和泰戈尔创办的国际大学在文化、财政上的合作，虽然最终落成是在泰戈尔离开美国后的 1931 年 5 月 6 日（时值泰戈尔 70 岁大寿）。泰戈尔得知“美国泰戈尔协会”成立时曾回复：“不断前行、充满活力的理想主义，将会在融合东西方天赋、实现人类精神统一的过程中趋于圆满。”（“Ambassador Extrordinary to America”，1931：26）

泰戈尔离开美国之前，还在百老汇（Broadway Theater）的剧场上最后一次和美国公众见面。当晚，泰戈尔站在剧场中央，演出的孩子们给诗人戴上花环。泰戈尔之后把演出的所有收入捐给“市长救济基金”（Mayor's Relief Fund），用来帮助纽约的失业人员。然后，于 1930 年 12 月 15 日凌晨，泰戈尔离开了美国。

3.1.3 泰戈尔在英美：以演讲为核心、促进东西方交流

从泰戈尔在英美的文化交流活动中可以看出，泰戈尔在英美的演讲是其中的核心内容。尤其是 1916 年至 1917 年泰戈尔在美国的演讲，更是在美国社会产生了前所未有的反响，这对促进美国了解印度文学文化意义重大。泰戈尔在英美的演讲活动，对增进英印、美印间的文学文化交流产生了深远的影响。泰戈尔在英美的英语演讲，主要被收录在《人生的亲证》《人格》《民族主义》《创造的统一》《人的宗教》中，并由麦克米伦公司整理出版发行。

1913 年出版的演讲集《人生的亲证》，其中所收录内容主要是泰戈尔 1912—1913 年间在英美的演讲。其中包括泰戈尔在厄巴纳对“三位一体”教众的演讲，在芝加哥亚伯拉罕·林肯中心发表的演讲，还有受邀在罗切斯特大学（University of Rochester)、哈佛大学发表的演讲。泰戈尔于 1913 年 1 月离开美国后，在英国威斯敏斯特发表演讲的内容，也收录在《人生的亲证》中。其中的英文表达，是经欧那斯特·莱斯修改润色后出版。

《人格》和《民族主义》则收录了泰戈尔 1916—1917 年间在美国的演讲内容。时值第一次世界大战期间，泰戈尔把世界大战的恶果都归结于西方文化的物质主义崇拜，以及围绕物质而引发的民族间的争抢掠夺。泰戈尔在美国以“民族主义”为题发表演讲的原因，是因为在他看来“美国不受物质资源匮乏的阻碍，可以成为人类自由进步的试验田”，而且“美国是人

类西方理想的最佳体现”（“A Voice form the East”，1916：8）。由此，他此次在美国的演讲，是想通过美国在东西方文化交流合作中起表率作用，促进中西交流与联合。泰戈尔此次在美国的演讲活动，引发了美国民众和美国报刊的密切关注，自然极大促进了美国对印度社会文化的了解，增进了美印文化交流。

《创造的统一》则收录了泰戈尔 1920—1921 年间在美国纽约、芝加哥、得克萨斯州等地的演讲内容。从内容上来看，泰戈尔就像古代以色列的先知，敦促美国人民朝着他的高目标前行。泰戈尔在美国演讲中积极的一面，是指出了另一条可选择的道路：通过创新、爱、美、与自然的和谐、与宇宙崇高精神的融合，实现个人解放和自我实现的道路。然而，由于泰戈尔在美国的演讲中不断批判英国文化，《创造的统一》引发了英国读者们的强烈不满，对这本书在英国的广泛接受造成了不利影响。一方面，该书大量引用华兹华斯（William Wordsworth)、济慈、雪莱、莎士比亚、弥尔顿、马修·阿诺德等人的诗歌和著作，显示了泰戈尔对英国文学文化的深入了解；另一方面，泰戈尔又对美国乃至西方社会文化的各个方面做了犀利的抨击，批判西方过于强调人和自然的冲突，而且还对西方女性强调和男性的不同表示不解。

泰戈尔最后一本演讲集《人的宗教》中收录的，是1927 年8 月他在牛津大学的演讲。演讲涉及宗教、哲学、艺术等内容，其主题则是针对上帝的人性抑或是永恒的人的神圣，体现了印度经典《奥义书》中“梵我同一”的思想。

泰戈尔在英美传播印度宗教哲学思想的初衷，是由于以英美为代表的西方世界对印度文学文化缺乏了解，甚至是充满误解。虽然，西方学者自 18 世纪末的“东方文艺复兴”（Oriental Renaissance）运动以来，就开始研究《奥义书》《薄伽梵歌》等印度古代经典，但是在泰戈尔看来，“印度伟大的宗教盛典对于西方学者来说，只具有怀旧与考古的兴趣，但是对我们（印度人）却具有生活的重要性”，而且把人类思想的木乃伊标本“陈列在带有标记的柜子里时”，“尽管在博学的外衣下永远保存起来也会失去它们的重要意义”（Tagore，1915：1）。泰戈尔认为西方对东方文化的兴趣不应仅仅停留在学术研究，更应该在他们的实际生活中去体验、证悟，应该把印度文化中的精神主义作为西方人的行为准则。由此，1912 年至 1913 年间泰戈尔在纽约罗切斯特大学、哈佛大学，在英国威斯敏斯特等地发表的演讲《人生的亲证》，都是围绕印度人实际生活的宗教证悟而展开的。

后来，《人生的亲证》由麦克米伦公司出版并在英美发行，序言中泰戈尔明确指出：“我（泰戈尔）希望这些论述能让西方读者有机会接触到印度的古代精神。”（Tagore，1915：1）泰戈尔在英美传播印度文化，是希望印度的古代文化经典对西方而言，不仅具有研究的价值，更重要的是能够体现在英美人的实际生活中，在生活中去“亲证”（Tagore，1915：1）。因此，在《人的宗教》中，泰戈尔指出印度宗教“不仅仅是一个哲学问题”，而是一种“宗教体验”，即“人的宗教”，并希望读者能体会到他所触及的“宗教理念的理想价值”（Taogre，1931：1）。

因此，泰戈尔在英美的文化交流传播，一方面，是想通过在英美传播印度文化经典，增进英美对印度文学文化的了解，促进印度和英美之间的双向交流，而非仅仅是印度对英美文化的单向了解；另一方面，意在通过印度精神主义文化弥补西方物质主义文化的不足，从而在东西方之间建立起基于道义原则的精神沟通与交流，替代当时东西方之间所建立的物质掠夺和奴役关系。这两方面都体现了泰戈尔在英美文学交流活动背后的世界主义观念。

3.2 泰戈尔英美演讲：倡导东西方文化互补

泰戈尔在英美演讲中对印度文化的传播，是从英印文化中对待人与自然的不同态度为出发点的。东方文化强调人与自然的和谐，追求人与自然的精神感知与融合；西方文化则凸显人与自然的冲突，强调人对自然的征服，并试图将自然据为己有、作为个人财富的一部分。由此，印度文化表现出精神主义为核心，而西方文化则表现出物质主义为核心的特点。

西方的物质崇拜和物质竞逐，驱使着西方科学技术的不断进步和工业革命的飞速发展，然而由于强烈的物质贪欲和民族主义局限，不但引发西方不同民族国家之间的利益争夺和物质抢掠，还引发了西方民族对东方民族的物质奴役和剥削。正是极度贪婪的物欲和民族主义的局限，引发了世界范围内的利益争夺，由此引发了世界大战，给人类带来危害。因此，泰戈尔在英美的演讲，主要围绕东方文化中的和谐、友善等精神主义追求展开，希望西方能借鉴东方精神主义文化，抛弃物质的束缚，奉行道义原则，追求精神层面的满足，实现人与自然万物的和谐统一；而东方应学习西方先进的科学技术和物质主义文明，弥补自身物质资料生成的不足。

3.2.1 宣扬和谐统一的东方文化

东西方民族关系，是泰戈尔在英美演讲的核心内容，而对东西方关系的探讨，又是从人与自然、人与万物的关系入手的。在泰戈尔看来，人与物的关系，这也构成了东西方文化[①]最大的不同。泰戈尔在《人生的亲证》中专门探讨了东西方关于人与自然关系的不同：西方文化往往把人与自然看成是对立、纯粹功用性的关系，因为西方常以征服自然为荣，人和自然被视为生活在"敌对的世界里"（泰戈尔，1992：4）[②]。究其根本，在于自然万物被看作是毫无生命的兽类，和人之间完全是屈从或被占有的关系。对自然的实用主义态度，引发了人们极强的占有欲，结果造成西方对自然的不断采伐破坏。对自然的不断开采、利用，不过是增强了人的贪婪，结果人类的精神被物质欲望所蒙蔽。正是由于西方文化缺乏人与自然的精神交流，结果造成西方的物质贪欲不断加剧。

然而，人和自然的关系在印度文化中却有很大不同。印度文明诞生于森林，森林给印度人民提供了日常所需和生活的庇

---

① 需要指出的是，泰戈尔在英美演讲中所谈论的东方文化，是以印度文化为核心并以印度文化为代表的东方文化。因而在他的演讲中，会发现东方文化和印度文化交互使用，因而在论文的讨论中，也常常出现东方文化和印度文化相互替代。泰戈尔以印度文化代表东方文化的讨论，还可参阅王向远的论文《泰戈尔的"东方—西方观"及"东方文化论"》，同济大学学报（社会科学版），2017，28(05)。

② 这一章节中，引用文献多来自中文译本，因而文献时间和泰戈尔在英美演讲时间相距较远。1913 年泰戈尔《人生的亲证》的演讲，选用了 1992 年出版的宫静的译文；1916 年至 1917 年《民族主义》的演讲，选用了 1986 年出版的谭仁侠的译文；1927 年《人的宗教》的演讲，选用了 2017 年曾育慧的译文。

护，因而形成了印度人看待宇宙自然的不同方式。从雅利安人入侵印度开始，人们就生活在森林地带，森林的生活环境不但没有压抑古代印度人的思想，还赋予人们特殊的生活倾向。自古印度以来，伟大的印度先哲都从森林的静修中得到启迪，并从中实现人类和宇宙精神的伟大和谐。因而，人和自然宇宙的和谐成了印度人重要的精神追求，同时也成为印度文化的重要传统。

人和自然的和谐统一，源于印度传统文化中“万物有灵”的思想。《奥义书》中最核心的就是“泛神论”的思想，即世界万物都被神所包围，神存在于万物之中，梵天无处不在。在印度人看来，自然万物都是有生命的。自然万物和人一样，不仅仅是物质或肉体的实体存在，还有其各自的“灵魂”。与自然相比，人的优越性不在于自己所拥有的力量或是能借用科技手段使自己更加强大，而是在于其“联合的力量”和“对其他灵魂的感知”（泰戈尔，1992：6）。

印度传统思想不但强调万物有灵，更强调人和自然相互依存，构成不可或缺的整体。大地、水流、阳光、鲜花、果实等宇宙万物，对印度人来说不仅仅是物质实体，也不仅仅是功利性的用则取、不用则弃的关系，而是“像单个音符完成整个和音一样必须”，世间万物对人来说都具有“生死攸关的意义”，人和自然构成“不可或缺的整体”（泰戈尔，1992：5）。

人和自然的关系，并非占有或征服，而是通过精神交流带给人超越个人私利的精神满足。物质层面的占有只会激发人的贪欲，不但不会带来个人精神的满足，反而会让人陷入更深的贫困。竞争和排他是物欲的两个典型特点。物质欲望的满足诱发对个人利益的不断追逐，这一方面需要不断同他人竞争，获取最大化的个人利益；另一方面又意味着对利益的个人独占，并引发人与人之间的物质利益争夺，给社会带来不稳定因素。由此，印度传统思想主张人和自然的关系应超越物质层面的占有，实现二者精神的感知。

在《人生的亲证》中，泰戈尔借鉴印度哲学文化，明确指出摆脱物质私欲的必要性：只有摆脱物质束缚才能突破个人局限，实现个人与宇宙万物的融合。追求身体的物质所需，个人精神就容易被私欲、物质财富所限制，更容易被物质欲望所蒙蔽。热心于财富的积聚，只会造成自我的不断膨胀。“利己主义的冲动”“自私的欲望”，都会使个人“灵魂的真实景象模糊不清”，从而表现出“狭小的自我”（泰戈尔，1992：16）。狭隘的个体因其精神受到物质的束缚和局限，因而不能进入“完全和谐、容纳一切的精神世界的大门”（泰戈尔，1992：10）。而只有当人们超越了物质束缚，把灵魂从“狭小的自我”中解放出来，才能实现个人精神之灵与宇宙之灵合二为一的无限之境，实现人与自然万物的和谐统一。

泰戈尔强调人与自然的和谐统一，实际上和《奥义书》中“梵我合一”的思想一脉相承。梵我合一的思想强调梵天（神）无处不在，人则在自然万物中感受到梵天的存在，从而在精神层面上和梵天合二为一。因此，二者都强调人与自然精神层面的交流与融合，个人超越肉体、物质的束缚，追求个人之灵与宇宙之灵的和谐统一。其背后体现了个人对宇宙的顺应及人应顺天的主张。“个人与万物的联合，意味着个人意志服从普遍意志的统治，而对宇宙力量的顺从，则可以使我们‘变得更强有力’，而且为了幸福，我们也不得不使个人意志服从普遍意志的统治。”（泰戈尔，1992：37）

3.2.2 批驳西方民族主义

在泰戈尔看来，物质崇拜给世界带来的危害，是和民族主义局限同谋的结果。正是由于过多追求民族国家内部的最大利益，才引发了对其他民族国家的剥削和掠夺，导致世界大战的爆发。因而，泰戈尔在批判西方物质主义的同时，更把矛头指向了西方的民族主义。

泰戈尔在《民族主义》演讲中首先对“民族”的概念做了明确界定。民族，在泰戈尔眼中，是“居民为了机械目的组织起来的政治与经济的结合”（泰戈尔，1986：4）。这背后至少暗含着三层意思：①“民族”这个概念，是以追求物质繁荣、物质满足为目标的，并不涉及个人精神层面的诉求；②“民族”并非一个自然的概念，而是人与人之间的一种物化关系，大家为了共同的物质利益或是物质追求，团结在了一起；③由于“民族”是以追求物质满足为目标的社会化组织，因而会借助科学的帮助和完善的组织在短时间内“聚集大量财富”，造成邻近民族“相互妒忌”，“惧怕对方强大而使自己利益受损”（泰戈尔，1986：5）。

可见，在泰戈尔看来，民族①并非简单的身份认同关系，

---

① 泰戈尔将“民族”视为“机械的”利益联合，把“种族”视为“自然的”情感维系，而根据现代汉语词典对“民族”的解释，民族指“具有共同语言、共同地域、共同经济生活以及表现于共同文化上的共同心理素质的人的共同体”。由此，民族多指以国家地域为参照的文化身份认同。论文中的相关讨论，因涉及不同国家种族间的文化交流，而超越国家边界的种族差异，用种族的概念似乎不妥。为了便于讨论，论文中民族的概念被视为超越国家边界的种族，一定程度上和泰戈尔对民族的定义稍有出入；泰戈尔所界定的以物质利益为核心、蕴含物质崇拜和财富掠夺的机械组织等民族内涵，文中用“民族主义”表示。

而是为了共同的物质利益在人与人之间形成的利益组织，是以“物质利己”为基础的社会合作。而且，民族主义是一种“排他的”文明。因为民族主义是以物质掠夺为目标，其奉行的原则自然是“优胜劣汰”。因而每个民族在不断增强自身物质力量，企图从他者身上获得更多物质利益的同时，却又惧怕其他民族强大而使自身利益受损，或使自己沦为被掠夺、被征服的对象。因此，民族主义下的民族关系，是一场充满竞争的物质掠夺，全然不顾情感和道义等精神层面。与之相对，泰戈尔认为种族则是以文化为特点的，完全是精神、情感的维系。

因此，泰戈尔眼中的民族关系是一个以物质追逐为目标的结合，民族之间不能真诚交流且合作希望渺茫，还极易诱发相互之间的物质争夺与奴役，最后则演变成“优胜劣汰”的丛林法则。一个民族的强大，必然引发对另一个民族的侵略和剥削，这也就是 19 世纪末 20 世纪初以英国为首的西方国家不断在世界各地殖民掠夺的原因。既然是以对财富和权力的贪欲为出发点，民族就变成了一个完全的权力组织，“就很少会有其干不出来的罪恶勾当”(泰戈尔，1986：6)。

西方文明的贪婪，对物质、权力的贪欲，不但引发了西方国家间的战争冲突，还引发了西方国家内部的社会问题。雇主与雇员间的劳资问题、性别歧视的问题、物质贪欲和个人精神生活的矛盾、自私自利和崇高理想之间的冲突，等等。由此，狂热的物质崇拜，诱发了西方文明在物质和精神之间的脱节，对物质的狂热追求引发了“物欲”和“人性”间协调的缺失，并进一步促使人和自然、人和社会、人和上帝等人和宇宙万物之间关系的物化。由此个人脱离了他的生活环境和社会生活，被“割断了他和美、爱以及社会责任的一切活生生的联系”，变成为“大规模制造财富的机器的各种零件”（泰戈尔，1986：20）。“这犹如将一棵活生生的树，变成木头，可以用来烧火，却再也不能开花结果。”（泰戈尔，1986：20）

正是如此，泰戈尔在《民族主义》的演讲中指出，印度有值得西方借鉴的不同民族之间和平相处、沟通交流的经验。印度和西方不同，长期以来其所面对的困难不在“外部自然环境”抑或是“强大邻邦的威胁”，而在于“社会内部”。印度一直就是一个多种族国家，不同种族之际的矛盾、冲突，一直是印度社会必须面对的问题，而问题的最终解决，却一直依赖于“同情心”“人类团结”和“对神的觉悟”。因此，人与人之间的情感交流和宗教的虔诚，一直是解决种族问题的主要途径（泰戈尔，1986：2）。而印度承认种族差异下的相互合作，应该是值得英国乃至西方借鉴的重要原则。

因此，泰戈尔在英美的演讲中不断提醒西方，“完满的人”不是其力量的强大，而在于其“完善”和“协调”（泰戈尔，1986：20）。人和自然的关系，不应该是纯粹的占有或掠夺，而是人与自然的和谐与精神感知。面对西方社会的物质和精神冲突，泰戈尔认为西方需要东方思想中“纯真的爱”“对社会义务的认识”等“精神力量”，为“笨重的”西方车辆“开辟新的道路”（泰戈尔，1986：30）。东方将在“有机器的地方注入生命”，“用人心代替冷漠的功利”，轻权力、重“和谐”和“富有生气的发展”，重视“真和美”（泰戈尔，1986：30）。由此，泰戈尔提出东西方文化互补的主张，西方虽然在物质文明方面高度发展，但还是应该借鉴东方的精神主义文化，促进社会和谐和个人精神的完善。

3.2.3 在爱、善中实现“人生的亲证”

泰戈尔不但在英国宣扬印度文化，更强调西方应将印度的精神文化在其实际行动中去亲证。从 18 世纪末东方文艺复兴以来，英国知识分子就未停止过对印度文化的探究。在泰戈尔看来，印度的宗教哲学思想和印度文化，对西方而言只具有研究的价值与意义，只是东方学者关心的内容，和西方人的实际思想行动之间毫无关联。然而在印度国内，印度宗教哲学思想则活生生地体现在人们的实际生活和日常行动之中。正因如此，泰戈尔才在英美宣扬印度文化在个人行为中亲证的意义。

泰戈尔在《人生的亲证》中专门强调，印度传统宗教哲学思想不仅是简单的哲学思辨，更需要个人在生活中去亲历、去感受，从具体行动上亲证人与宇宙的伟大和谐。因而，泰戈尔同样希望印度的宗教文化能对西方人的实际行动产生影响。这首先要从印度人对物质的感受谈起。在印度人看来，个人对自然的认识并非物质的抽象，而是精神上的感受。印度传统思想认为，人对自然的认识并非透过事物表象去抓住本质，更不同于科学研究，把对事物的认识视为纯粹的知识积累，而是注重个人精神对宇宙之灵的感受。印度传统思想关注人与万物超越物质实体的精神，主张通过个人灵魂对宇宙灵魂的感知来认识外界事物。因而在印度，伟大圣贤的人生目标，就是“与万物结合进入宇宙生命中”（泰戈尔，1992：9），实现人生的亲证。而善、美等永恒的道德法则，则是实现人生亲证的根本途径。

“善是灵魂与无限交往的渠道”，在宁静与和谐中，“在善与爱中，我们与万物相结合”（泰戈尔，1992：24）。“了解任何事物，就是从中发现我们自己的某些事物，这是在我们自己之外发现我们自己，因此他使我们高兴。理解的关系是部分的，而爱的联系则是全部。在爱中差别的意义被忘却，人类的灵魂充满了完美的意愿，超越自身的局限而进入无限”（泰戈尔，1992：17）。正是通过我们意识的升华而达到爱，并将它遍及全世界，从而我们能得到梵中之喜，共享无限的欢乐（泰戈尔，1992：61）。善、爱等道德能力之所以会成为联合个人灵魂和宇宙意识的桥梁，是因为道德力量可以使人们懂得自己的局限，领悟到只局限于自我之中的个体“是不真实的”，是狭隘的。只有超越自我，融入宇宙万物，才能让我们感受到个体的无限并从中为个人带来精神的愉悦。

超越个体局限，在爱和善中实现个体与宇宙的联合与统一，实现个体从有限向无限的转变。个体与宇宙的联合，“使得事物变成我们自己的，扩大了我们的界限”，而且人类最大的欢乐是通过与万物更加密切的结合而成长得越来越伟大（泰戈尔，1992：35）。《奥义书》说，最高的存在（梵）遍布于万物，而最高存在的梵，同样是万物中固有的善。我们在认识、爱和奉献中与万物真正结合的过程，同样是在遍布万物的梵中亲证自己善的本性（泰戈尔，1992：14）。善、爱等道德准则是无限、永恒的，个体在亲证无限、永恒价值的过程中，同样使自己的生命通向无限。

在《人的宗教》的演讲中，泰戈尔又指出善不但是实现人生亲证的途径，还应是我们的宗教：个体都会费尽心力去营造一个没有行动限制、个人私利得到满足的世界，但是自我的真正实现，应该是“透过克己与自我牺牲”而达到完美的层面

（泰戈尔，2017：136）。个人只有在人类价值的道德与精神基础之上，才能发现自身的真正价值。行善的意涵，在于“人的灵魂脱离自我本位，借由利他行动表达对人性的认同”（泰戈尔，2017：137）。在泰戈尔看来，“宗教是人性中的个体性解放”，而善行如同爱，“象征着个体的自由”（泰戈尔，2017：136-137）。在善行中，个人不但能获得自由，还能拥有超越人生的自由生活。

由此，善不但是个人亲证宇宙万物的途径，更是将个人融入人类命运共同体的重要原则。在泰戈尔看来，孤立的个人常常“怅然若失”，而个体在集体中则会发现更伟大、真实的自我。而且，个体是弱小、有限的，而个体的集合则是强大、无限的。只有抱着“共同体”的理想，才能感受到生命不朽、爱无止境（泰戈尔，2017：3）。而善行、友爱、互助等道德法则，则是实现个人融入人类共同体的重要途径。

道德法则可以突破个体私欲的局限，在助人利他的过程中获得心灵的愉悦和精神的满足。在印度，不同时代的先知们都明白天下之人心意相通，个体灵魂也从中获得自由。可是不同民族因为外在的地理条件割据一方，形成了“利己的心态”与民族间的割裂（泰戈尔，2017：109）。然而道德力量可以使个体形成这样一种感受：“为了他人而牺牲自己私欲”，“为了使他人快乐而忍受损失和烦恼”，并因此而感到快乐（泰戈尔，1992：32）。高尚的道德力量，不仅可以让个体逾越利己私欲而更容易感到善行所带来的快乐，而且还可以让人感受到人类不是互相分离的生物，还具有整体的一面（泰戈尔，1992：32）。由此，个体行为的动力并非来自欲望，而是在于善行所带来的快乐。爱的力量也与此类似。我们对生命的爱，实际上是希望延续我们和伟大宇宙的关系，这种关系就是爱的结合（泰戈尔，1992：64）。

由此可见，泰戈尔在英美演讲不断宣扬印度文化经典，却极少指出印度文学文化的不足，而对于西方文化泰戈尔则是批判多于赞同。他在英美的演讲中不断宣扬印度宗教哲学和精神主义文化，强调人与宇宙的和谐统一，在爱和善中实现人生证悟；谈到西方文化时却不断批判其物质主义崇拜和民族主义局限给人类带来的危害。以偏概全的西方文化观，不禁让英美听众觉得泰戈尔过于鼓吹印度文化而贬低西方文明，在英美掀起了轩然大波。然而其背后传播印度文化、促进西方了解印度，从而增强东西方交流合作的愿望则体现了泰戈尔的世界主义立场。

3.3 泰戈尔英美演讲：倡导东西方一体、文化交流、道义合作

泰戈尔在英美演讲中强调东西方文化差异，主张东西方文化互补，恰恰体现了世界主义所倡导的基于民族差异下的民族联合的主张。泰戈尔在英美演讲，不但强调东西方文化互补，更是强调在爱、善中实现人生的证悟，体现了世界主义立场下的文化交流传播。其文化传播意义在于树立了更积极正面的印度形象。截至 20 世纪初，英美人眼中的印度，还是善冥想、缺乏行动力的形象，英美对印度宗教的印象也多是遁世的苦行僧。然而，泰戈尔在英美的演讲中不断强调印度积极入世、乐于践行的一面，这对在西方树立积极正面的印度形象，无疑具

有重要意义。而泰戈尔在英美演讲中的世界主义立场，则表现在对东西方一体、善、爱等道德原则的强调，并主张基于道义原则下的东西方交流、互助合作。

3.3.1 东西方一体观

泰戈尔在英美的演讲，宣扬《奥义书》《薄伽梵歌》等印度古代文化经典的同时，虽然也批驳了西方的物质主义文化和物质崇拜，但并无任何“文化等级”的思想抑或是对东西方文化作孰优孰劣的评判。泰戈尔宣扬印度精神主义的和谐，批驳西方的物质主义崇拜，并非出于东方文化优于西方文化的主张，而是基于东西方一体、东西方文化互补的视角。

正如当代世界主义者所强调，不管我们是否承认，世界一体化都在形成。泰戈尔在《民族主义》演讲中也曾表达了同样的主张：“由于科学提供的便利，全世界正在变成一个国家。”（泰戈尔，1986：52）不管是否承认，东西方之间的交流、沟通都不可避免。而泰戈尔更是以人类共同体为出发点，综合比较东西方文化，提出东西方文化互补的主张。

泰戈尔在《民族主义》的演讲中，以“民族主义”为题尖锐批判了西方民族主义，从中表达了自己的世界主义观念。泰戈尔强烈批判西方民族主义，但不排斥西方文化或主张民族孤立主义，而是主张东西方文化不可或缺、相互补充。泰戈尔对西方民族主义的批判，从本质上讲，反对的是西方文明中的“物质崇拜”和“个人利己主义”。正是由于“利己主义”和“贪婪的物欲”，不但促发了欧洲对东方的殖民剥削和掠夺，还将“魔爪伸进欧洲的要害”，“使欧洲的财富在战火中化为灰烬”（泰戈尔，1986：18）。泰戈尔批判西方文明，提倡西方应学习印度的古代文化经典，但并不意味着泰戈尔持东方文明优越论，或是主张对西方的忽视。相反，泰戈尔明确指出西方对于东方的价值：“对于东方来说，西方是必不可少的”，正是由于西方的存在和“不同的生活观”，使“我们（印度）看到真理的不同方面”（泰戈尔，1986：8）。

泰戈尔批判民族主义视域下世界的四分五裂，主张世界一体、民族间交流合作。因此，对于英印关系，泰戈尔并不反对“西方来到印度”，反而认为“是幸运的事情”（泰戈尔，1986：58）。一方面，泰戈尔希望西方国家明白，“印度不是向西方乞讨的国家”，无论如何，泰戈尔都“不想抛弃西方文明，闭关自守”，而是主张和英国“紧密地联系起来”（泰戈尔，1986：58）。而且，泰戈尔还特别乐意接受英国作为联系印度和西方之间的桥梁。同时，泰戈尔又主张以英国为代表的西方国家和印度的交往，应基于人类本性的善，并从中发现自身真正使命，而非为了一己之私对印度进行剥削与奴役。西方国家和印度的交往，应当自觉承担其历史文化使命：“教育无知者，帮助弱者，使弱者获得足够的力量抵抗它的入侵。”（泰戈尔，1986：58）西方不应把实力主义当作他的终极目的（泰戈尔，1986：58），而应站在世界一体的立场上，摆脱物质主义束缚，基于道德为印度提供帮助，促进民族国家间的互助合作。

泰戈尔之所以相信欧洲国家在世界一体化中能承担历史重任，并为东方国家提供人道援助，主要是泰戈尔深信伟大的欧洲文明，深信基督教文化曾孕育出伟大的欧洲精神和满怀仁爱之心的欧洲人民。他在《民族主义》的演讲中，曾给予欧洲精神极高的赞誉：

> 它（欧洲）的文学艺术像瀑布似的源源不断地倾泻着美和真理，滋养着一切国家和一切时代；这个欧洲，有一种力量无穷的巨人意志，正在跨越宇宙的高山和深谷，……运用它全部的伟大智力和心灵恢复病者的健康，解救人类的苦难；这个欧洲，正在使大地出产出远超预期的果实，诱导或强迫大自然的伟大力量为人类服务。
>
> ……
>
> 在欧洲的心中，洋溢着最纯洁的人类之爱、正义之爱和为崇高理想作出自我牺牲的精神。多少世纪的基督教文化，渗进了它的生命的内核。在欧洲，我们看到高贵的人，他们维护人权而不分肤色和信仰；他们在为人类事业奋斗的过程中勇敢地面对来自本民族的诽谤和侮辱，并且大声疾呼，反对疯狂的穷兵黩武，反对无情报复的狂热或者有时将整个民族攫为己有的掠夺……现代欧洲担负着这种豪迈的使命，它们对自由的无私之爱，对不承认地理界限或民族私利的理想，都没有丧失信心。（泰戈尔，1986：36）

对于伟大的欧洲精神传统，泰戈尔发出了由衷的赞叹：“我们情不自禁地钟爱它，对它表示最崇高的敬意。”（泰戈尔，1986：35）然而，让泰戈尔失望的是，现代欧洲却因囿于民族主义局限，盛行着“排他性”的物质主义崇拜。物质崇拜和贪婪的物欲，对内不断引发民族内部的矛盾冲突；对外，促发了民族国家之间的争抢掠夺，尤其是欧洲国家之间激烈争抢以获取优势地位，进而展开对东方民族国家的压迫剥削。为了稳固民族主义私利，民族主义恶行又会被冠以“爱国主义”头衔，其实质不过是“背信弃义、无耻编织谎言的罗网”“在自己的庙堂里供奉巨大的贪婪偶像”，不过是为了物质满足、贪欲的不择手段和对“理想道义”的公然损伤（泰戈尔，1986：32）。

正因如此，泰戈尔才基于世界一体，强调印度应为西方的民族纷争贡献自己的力量，体现了泰戈尔的世界主义观念。在泰戈尔看来，“种族问题”在印度和欧洲有着不同处境。欧洲各国人民一开始就拥有种族团结，然而由于国内的自然资源常常不能满足本国居民的需要，因而欧洲文明天然具有向外的政治侵略性质。国家内部的团结稳定免去了欧洲各国民族内部纷争，然而民族之间的争斗往往变成了欧洲民族不得不面对的问题。一方面需要不断增强本民族实力，另一方面又需要谨防邻国的强大，他国的强大则意味着本国的危险处境，且极有可能引发物质掠夺甚至侵略。因此，对于欧洲民族国家而言，他们或是需要不断自我完善并警惕邻国的虎视眈眈，或是团结自身民族剥削全世界（泰戈尔，1986：51）。当然，美国的情况和欧洲国家又略有不同。在泰戈尔看来，美国国内种族矛盾更加突出，美国白人对黑人的歧视和镇压就是美国国内种族冲突的实际体现。而美国社会用残暴的方法避开其他种族的方法，在泰戈尔看来同样不值得提倡或鼓励。

面对西方国家处理外部民族矛盾和内部种族矛盾的不当策略，泰戈尔提出了应向印度学习的主张。首先，印度国家的自身情况，就和西方国家有着很大的不同。种族问题一直是印度多年来需要解决的问题。印度的困难来自内部，印度的历史是持续不断调整国家内部不同民族矛盾、促进相互交流合作的历史，而不是对外防御其他民族侵略的历史。印度国内不同种族、不同习俗居民之间友好相处，彼此拥有共同的理想，不同种族之间建立的普遍联系和亲密关系，恰恰能够为东西方一体化关系的建立提供借鉴。在泰戈尔看来，“印度的过去就是世界的现在”，如果印度自身处理民族关系的经验能够为良好世界关系的建立提供借鉴，那将是对人类的巨大贡献（泰戈尔，1986：52）。

这里需要稍作补充的是，泰戈尔所赞誉的印度民族处理民族内部矛盾和纷争的良方，实际就是印度的种姓制度。一定程度上来讲，种姓制度确实能够促进民族间的稳定，对不同的种族进行严格的社会分工，这样的确能避开种族之间的利益争夺。但是，其弊端同样非常明显，种姓和不同社会分工间的紧密联系和固化，造成同工不同酬的现象非常明显。高种姓的婆罗门，往往可以获得较高的物质回报，而最低种姓的贱民，同样辛勤工作所得到的物质回报却要低很多。为了稳固国内稳定，印度的种姓制度又强调“只问耕耘不问收获”的价值观，来掩盖社会物质资料分配的不公。然而，这些内容在泰戈尔英美的演讲中都只字不提。

总体而言，泰戈尔对印度精神和谐的赞扬，对西方物质崇拜的批评，正是基于东西方一体的立场，这也同时反映了他的世界主义观念。泰戈尔曾在英美的演讲中明确指出：我们应当把“世界问题当作我们自己的问题”；我们应当将自身的文明精神，同地球上所有民族紧密融合；我们不应浑然自得地自我紧闭，把自己局限在狭隘的民族主义外壳之中；只有突破民族主义外壳，生命才能以它的全部活力和美萌芽生长，在温和的阳光下将它的礼物献给世界（泰戈尔，1986：36）。

3.3.2 倡导文化交流、增进东西方了解

从东西方一体出发，泰戈尔强调不同民族之间要突破民族主义和盲目爱国主义局限，增进东西方之间相互了解与合作交流。而在泰戈尔看来，基于物质利益的东西方交往有着典型的民族主义特点，其核心是“冲突与征服”，这不但不利于民族之间的交流与合作，反倒会加剧西方国家对东方的殖民统治与物质掠夺。

物质主义为核心的民族联合，不但极易引发民族之间的物质奴役和掠夺，还隐含着民族关系的不平等。英国对印度的殖民主义统治就是这民族主义的产物。英印之间的交往，完全是基于物质的征服与掠夺，以英国为代表的西方民族往往吝啬于和印度民众共同分享西方文明的精神成果，反而不断加大物质掠夺和剥削。为了维护英国对印度的剥削和殖民统治，英国总是力图只给予印度最低限度的帮助。鉴于英印间的交往完全是围绕物质利益而展开，因而英国会对本国民众和殖民地的印度人民完全区别对待。西方本国的国民可以受到良好教育，享有一切便利，培养本国民众具备适应遍及全世界商业、工业活动的能力，而对印度民众的帮助却少得可怜，印度人民获得的是最低限度的教育份额，以及因落后而遭到英国民族主义者的讥讽和嘲笑（泰戈尔，1986：10）。

此外，完全基于物质利益而建立起来的民族往来，还会招致东方国家对西方的怨恨，引发东方民族的报复心理，这不但不利于东西方间的交流与合作，更会激化东西方间的矛盾冲

突。泰戈尔不但对西方民族主义深恶痛绝，还站在世界主义立场上反对东方简单效仿西方。面对欧洲对东方的奴役和物质掠夺，东方很容易效仿欧洲对待黄种人、红种人、黑种人等其他种族的手段，形成“以欧洲人之道还治其人之身”“以牙还牙”“以眼还眼”的思想和行为（泰戈尔，1986：47），这在泰戈尔看来同样欠妥。效仿欧洲的民族主义立场，只会犯下和欧洲人同样的罪行，这同样是有违人性的。而且，从世界主义立场来看，将东方所受的剥削和奴役，再以同样的方式在西方寻求报复，实质上对促进世界范围内东西方的合作并无裨益。况且，盲目地彻底否定欧洲的一切，把欧洲视为东方的对立面，这种孤立主义的做法也有违世界主义思想。

实际上，盲目全盘否定欧洲的做法，在泰戈尔看来是对欧洲缺乏真正了解，并误把欧洲的民族主义视为欧洲文明的全部。虽然欧洲的民族主义给欧洲乃至全世界带来了灾难，但是欧洲民族还是有很多值得东方借鉴。泰戈尔在《民族主义》中指出，“只有真正了解伟大、善良的欧洲，才能有效地免遭卑鄙和贪婪的欧洲的威胁”（泰戈尔，1986：47），才能真正发现欧洲伟大的人文精神传统。而欧洲人文精神的衰落，其根源在于民族这一“抽象的本质”，造成了“完善的人的解体”，使得“具有完全道义的人”思想麻木，变成了“残忍的或机械的东西”（泰戈尔，1986：20）。

关于如何处理东西方之间的关系，泰戈尔认为首先应在平等对待种族差异的基础上，促进东方和西方之间的相互学习，增进彼此之间的交流和相互理解。泰戈尔在《民族主义》演讲中谈到，东方可以向欧洲学习它“属于精神和人类道义本性的内在来源”，学习“对公益事业的义务高于对家庭和宗族的义务”，学习“法律的神圣不可侵犯使社会不受个人任意行动的影响”，学习“保证所有在生活中处于各种地位的人得到公正的待遇”，还应学习欧洲的“良心自由，思想和行动自由，文学艺术上的理想自由”（泰戈尔，1986：48-49）。只有深入学习西方文化，实际接触西方人民，才会对西方种族有全面真实的了解，才不会被西方民族主义所蒙蔽，才会发现西方种族的善和美德。

以英国为例，泰戈尔在真正到了英国之后，才发现本土的英国人和在印度殖民统治的英国人之间的巨大差别。前者才能体现英国民族的特点，而后者体现的却是英国的民族主义。只有真正接触了英国民众，才会发现英国这个国家不但产生了伟大的思想家、文学家和实业家，人民还“爱好正义和自由，憎恨欺骗”，“他们思想纯洁，态度坦率，笃于友谊；行为诚实可靠。我们感觉到这个人民的伟大，就像我们感觉到太阳一样；至于民族主义，却像一种遮蔽太阳的沉闷的浓雾”（泰戈尔，1986：9）。因此，泰戈尔反对西方民族主义的同时，对普通英国民众怀着深深的爱。

只有增进民族间的精神情感交流，才会排斥民族主义偏见，增进民族间的相互了解，建立真诚的交流合作与彼此联合，促进东西方一体化的真正实现，实现世界范围内不同民族间的和平相处与交流合作。

3.3.3 道义原则下的东西方合作

东西方相互学习的目的，从根本上讲是为了增进彼此之间的相互了解，从而促进东西方间的合作、联合。而合作、联合的基础，泰戈尔则认为应超越以个人私利为基础的利己主义，摒弃物质利益为基础的利益联合，主张以“对人类无私的爱”“崇高的人类理想”等道义精神为原则，实现不同民族、地域之间的和谐相处。

首先，泰戈尔对种族合作关系的探讨是从民族国家内部开始的，他还在《民族主义》演讲中清晰勾勒出理想的社会制度：

> 一个是为了人类的和谐发展而调节人们的感情和欲望，另一个是帮助人们培养对人类的无私的爱。社会是人类的道义和精神抱负的表现，这种抱负属于人类更崇高的本性。（泰戈尔，1986：64）

从以上论述中不难看出，泰戈尔企图以“人类道义”和“无私的爱”为原则，建立“人类和谐发展”的美好愿望。泰戈尔提出理想社会制度，主要包含以下内涵：①着眼点是站在“人类”整体的立场，而非限于单个民族国家；②关注的重点是人类精神、情感的满足及道义和精神抱负的实现，而非物质财富的积累抑或物质贪欲的满足；③主张弘扬“人类崇高本性”，基于“无私的爱”为他人提供帮助。

在此基础上，泰戈尔认为国家之间应该通过友善、博爱的纽带紧密地联系在一起，并通过情感交流增进彼此了解。以精神、情感为基础、博爱道义为原则的交流合作，往往表现出如下优越性：①避免了国家之间围绕物质掠夺而引发的恶性竞争，彼此不用心存疑虑，更不必为了互相牵制而不断武装自己；②脱离了自私自利、物质掠夺的利益关系，通过思想的交流增进彼此了解，基于仁义之心为其他民族提供帮助和爱的礼物；③民族间的精神交流开出艺术和文学之花，并由此在不同国家、不同语言和历史的种族之间建立最崇高的人类团结和最亲密的爱的联系。（Tagore，1918：31）

泰戈尔主张国家之间建立“崇高的人类团结”和“爱的联系”的理想，显然是对当时东西方之间充满个人私利、物质占有、武装冲突的民族主义的批判和反驳。泰戈尔之所以提倡国家之间刨除私利的情感联系，根本原因在于以物质崇拜为内核的民族主义联系所显现出来的诸多弊端。

（1）为了满足一己私欲、利用武装力量剥削掠夺其他种族的民族主义立场，是有违道义的，因而不可避免地会因为物质利益的得失而引发不和甚至冲突，迟早会引发战争等灾难。而且，以物质利益为纽带建立起来的合作关系，其背后对财富和权力永无止境的贪欲，显然孕育着更深层次的危机。因为对物质的贪欲和自私自利，根本不可能建立真正的合作关系。基于民族主义的国与国关系，一定孕育着“妒忌和猜疑”，结局往往会引发“某种突然的灾难”。（泰戈尔，1986：6）

（2）民族主义是剥除人类情感的理性抽象，以追求效率和物质繁荣为目标，靠肢解人性得到繁荣，结果造成个人道义感的衰退。人，是上帝最美好的创造，经过民族主义的加工厂却变成了战争和挣钱的傀儡，人类社会越来越多地变成政客、士兵、制造商和官僚的一种傀儡游戏，背后由高效、强烈的物质占有欲操纵演出。（泰戈尔，1986：24）

（3）基于物质掠夺的民族国家交往，会造成人们道义感的衰退、促进了人的物化，成了财富掠夺的工具和帮凶。如果让人去杀人，成为掠夺财富的工具，就必须使其“意志衰亡”

“思想麻木”，用动作无意识地训练来破坏“人性的完整”，然后引发“复杂的个人的解体”，产生“抽象的观念”和同人类的真理无关的“毁灭性力量”，由此使人变成“残忍的”或“机械的东西”（泰戈尔，1986：20）。由此，民族主义从缺乏人性的物质崇拜出发，从而引发人类道德情感的泯灭，由此建立的人际关系和国家联合一开始就埋下了不安的隐患，不但不会长久，还注定会引发巨大的灾难。

因此，建立东西方之间的联合，泰戈尔在《民族主义》中主张“永远不要仿效西方将民族主义的有组织的自私自利作为它的信仰”，而应站在“崇高的人类理想的立场”（泰戈尔，1986：21）。这就意味着国家之间的联合，不应立足于力量的强弱，而应凭借无私的爱的道德力量维系。国家之间“永远不要幸灾乐祸地看待邻人的软弱”，更不要“肆无忌惮地对待弱者”，或“向强者献媚”（Tagore，1918：18）。因为国家之间不是力量的比拼，更非抢夺物质财富的竞赛，而是以道义为基础的联合。

“人类世界是道义的世界”（泰戈尔，1986：17），只有建立在无私的爱、善行等道义基础上的国家间的合作才会长久，才会形成世界范围内的和平与长治久安，才能真正实现人类社会的和谐。只有建立以道义为基础的联合，才会在东西方之间形成以“沟通交流”取代“暴力征服”的交往形式，才会形成以爱、善、责任等道义精神为基础的情感维系，替代“利己主义”的物质争夺。只有坚持爱、善等道义力量，才能平等看待种族差异，消除种族歧视。爱的理想，剔除了利益得失的考量，是“家庭和良心的义务在宽广的空间和时间内的扩大”，用“家庭之爱”来维系种族联合、国家间的合作，显然更容易实现真正长久的种族合作（泰戈尔，1986：57）。而且，爱的理想也更能建立起人和自然万物的深切情感及人与自然的和谐。爱人并且爱自然，才能实现世界的真正和谐。

由此，泰戈尔以世界一体化为视角，提倡东西方不同民族间的情感交流，从而增进相互了解，发现不同民族真诚、善良、友爱的道义精神，并以此为原则促进民族合作交流。这不但体现了泰戈尔完整严密的世界主义思想，更体现了其世界主义思想下的具体行为准则。

第 4 章　泰戈尔世界主义观念与英印重大历史冲突事件

泰戈尔的世界主义观念，绝非仅是他夸夸其谈的主张，更是他一贯奉行的行为准则。泰戈尔的世界主义观念，不仅体现在他的英译文学作品和在英美的演讲中，更体现在他对待英印冲突的态度和具体行动中。在泰戈尔生活的时代，印度还属于英国的殖民地，英印民族矛盾冲突一直未曾停歇。不管是当时最骇人听闻的阿姆利则惨案，还是耗时较长的反洋货运动，泰戈尔都始终坚持世界主义立场下的民族交流与合作。面对英印民族间的矛盾冲突，泰戈尔坚持爱国主义立场，但又绝非囿于本民族利益的盲目爱国主义，而是始终以世界主义为原则，爱自己国家的同时对英国民众充满关爱。因而，他反对印度国民对在印无辜英国民众的暴力行径。同时，泰戈尔也抗议英国驻印省督戴尔在阿姆利则惨案中对印度人民的暴行。

面对英印民族冲突和暴力流血事件，泰戈尔一方面强烈谴责惨无人道的殖民主义行径和盲目爱国主义暴行，另一方面又倡导英印基于友爱、互助等道义原则的交流合作。泰戈尔始终反对断绝民族交往的民族孤立主义，因而他并不主张断绝英印民族往来。为了促进英印、东西方乃至全世界不同民族间的交流与合作，泰戈尔还在 1921 年建立了“国际大学”，希望世界不同种族能够在一起相互学习、增进了解，促进世界人类社会的和谐统一。

4.1 阿姆利则惨案与泰戈尔反对暴力、倡导道义联合

泰戈尔生前所经历的英印之间最大的流血冲突事件，当数1919年4月13日英国殖民当局在阿姆利则屠杀印度群众的事件，即阿姆利则惨案。当日，驻印陆军准将戴尔率领100多名士兵前往阿姆利则市①贾利安瓦拉巴格广场（Jallianwalla Bagh），先命令装甲车堵住广场狭窄的入口，下令向聚集在贾利安瓦拉巴格广场手无寸铁的印度民众开枪。射击持续了10分钟，造成314人死亡，近千人受伤，成了英印历史上人员伤亡最大的历史冲突事件（Tinker，1968：93）。

事件的起因还要从罗拉特法案（Rowlatt Act）说起。鉴于第一次世界大战期间，印度为英国所做的巨大贡献，英国政府允许印度建立自治政府，作为大英帝国的一部分。此时，印度国内的民族主义热潮在第一次世界大战后也不断高涨，民族自治的呼声愈来愈高。因而在1917年年底，罗拉特（Rowlatt）上台之后面对印度国内的动荡局面，建议增加补充法案。罗拉特发表了极富煽动性的演说，建议英国政府继续保留战时的特权，以应对印度国内的密谋和恐怖主义活动。

罗拉特拟推行两条法案：一是恢复六个月前已到期的“印度防卫法案”（Defence of India Act 1915）；二是对当时的犯罪条例做永久调整。印度防卫法案主要是指第一次世界大战期间维护社会安定的临时预防法案。法案规定，可以有权不经过审

① 阿姆利则市属于旁遮普地区。

讯或司法审查，以维护安全为由采取无限期的拘留和监禁。罗拉特的提议引起了印度民众的强烈抗议。民众反对的不仅仅是法令本身，更担心法令被滥用。而这些法令的出台，暗含着对印度民众不平等对待以及对印度人权的践踏。最终，印度防卫法案于1919年3月18日在德里的皇家最高法院通过。这后来又被称为“罗拉特法案”。

早在当年2月，甘地就曾宣布，如果英国政府允许这两条法案出台，他将领头发起消极抵抗运动——全国性的休业罢工行动，以示抗议。针对罗拉特法案，旁遮普（Punjab）地区的阿姆利则市反响最为强烈。阿姆利则市当时人口不足两千万，其中一半是穆斯林，三分之一是印度教徒，还有一部分是锡克教徒。不同宗教信仰的印度民众，在这次危机中紧密团结起来，共同反对该法案的通过。

3月23日，阿姆利则地区的甘地拥护者们首次召开集会，3月29日再次聚集决定在当地发动罢工联合行动。当晚，英国驻印政府为防止动乱发生，首先拘留了活动的发起人萨蒂亚帕尔（Satyapal），防止其发表煽动性演说。4月4日，驻印政府再次拘留了活动的另一重要发起人基奇洛（Kitchlew）。紧接着，英籍行政长官就把这位运动发起人秘密移送到其他城市，以维持阿姆利则地区的和平稳定。当地行政长官米尔·欧文（Milles Irving）还召集其他主要行政领导，商议如何将这两名发起人秘密移送，防止途中被印度民众救出。

4月9日，甘地看到旁遮普的危急形势，试图去该地区出面调解，却不承想刚到旁遮普境内就被拦下，并由警察护送回到孟买。此时外界以为甘地被捕，阿姆利则市的民众开始出现骚动。4月10日当天，当得知萨蒂亚帕尔和基奇洛两位发起人被秘密带走后，阿姆利则市民众非常愤怒，开始出现大规模的示威游行。米尔·欧文求助武装增员。军队到达阿姆利则市后，开始向民众开火，并造成人员伤亡。

政府军队的暴力伤害更激发了阿姆利则民众的愤怒。一大群印度民众手持木棒，冲入市中心，毁坏了电话和当地的通信系统。还有一部分当地民众冲入仓库，烧毁货物。当地银行也遭到不同程度的毁坏。阿姆利则民众除了烧毁货物和个别英国政府建筑之外，并未造成人员伤亡，当日的示威游行活动一直持续到深夜才结束。

4 月 11 日上午，英国统治者立即颁布法令，禁止印度民众因为昨日政府军队的武装射击而举行示威游行活动。中午，政府军队潜入市中心，警察开始逐户调查，以防动乱再次发生。11 日当晚，陆军准将戴尔到达阿姆利则市，接受命令应对当地的紧急形势。13 日上午 9 时，戴尔带领军队进入市区，在市内 19 个重要区域鸣鼓发布公告，宣布 20 点以后实施宵禁，禁止成群结队，禁止 4 人以上的集会（Naidis，1958：10）。此时，戴尔却被告知上千名印度民众正在贾利安瓦拉巴格广场举行集会，随后就引发了英印历史上最惨烈的民族冲突事件。

泰戈尔一直主张英印间的交流合作，但是阿姆利则惨案爆发后，泰戈尔非常愤怒，不但公开强烈谴责英国统治者的暴行，还公开发表声明放弃英王所授爵位，以此表示对这一事件的抗议与不满。惨案发生后，当局严厉禁止新闻报道，严密掩盖真相，以致人们真正听闻惨案发生的消息已经是事件发生几周以后了。泰戈尔一得到消息，便立即从圣地尼克坦赶往了加尔各答。他原计划邀请政界领袖举行公众集会以示抗议，但是人们是那么害怕，以致他的建议并未得到他人响应（克里巴拉尼，1984：330)。随后，泰戈尔在5月29日深夜写信给印度总督切姆斯福德子爵（The Lord Chelmsford)，声明放弃自己的“爵位”。信件还发表于6月2日的《印度快报》（*Indian Express*）上，信中这样写道：

> 我至少能为自己的国家做这件事，给由于恐惧而遭受不幸，变得无言和麻木的千千万万同胞以抗议的声音。我将把它的整个后果放在自己头上。现在，这个时刻来到了。在这侮辱的不和谐的事件里，这个荣誉的奖赏更烘托出我的羞耻。至少我想忘掉自己的全部特权，卸下自己的全部装饰，与自己的同胞站在一起。那些同胞由于自身所谓极低贱的原因，而被迫忍受人格的侮辱。(克里巴拉尼，1984：331)

这封公开信不但反映了泰戈尔对驻印英国统治者所犯罪行的强烈愤慨，更表现了泰戈尔对印度同胞强烈的爱和深深的爱国情感。泰戈尔虽一贯主张民族间的相互交流，但必须坚持人道主义原则，倡导通过对话交流而非暴力杀戮解决民族纷争和矛盾。当印度同胞惨遭不幸时，他还是不顾个人安危，勇敢站出来声讨英国殖民统治在印度所犯暴行，放弃英王授予的骑士爵位，以此抗议英国在印度所犯罪行。

同年7月，泰戈尔还奔赴英国，参加英国议会对引发阿姆利则惨案的戴尔将军的相关辩论，声讨其在印度所犯恶行。然而，英国国内对阿姆利则惨案的态度，尤其是对命令向手无寸铁的印度民众开枪射击的戴尔将军的态度，让泰戈尔痛心不已。英国政府虽认为戴尔下令屠杀印度民众违法，但不少英国议员还是明显偏袒戴尔，认为“在面对一触即发的危险局势下，暴力行为应该得到真实的同情”（Hurwitz，1959：134）。不少议员对于大屠杀事件的描述，不断使用“暴徒”（mob）一词，并试图证明戴尔下令开枪扫射镇压印度“反叛”的合理性。

当然，英国国内也有不乏正义感的报纸报道，对戴尔在印度的所作所为深感不满。《泰晤士报》就明确表态，认为“戴尔的行为明显属于越权”（“General Dyer Censured”，1920：13)，但是英国不少民众还是站在戴尔一边。戴尔最终被免去职务提前退休，然而之后却可以终身领取每年 900 磅①的退休金，这么大一笔退休金足以让戴尔安享晚年（Hurwitz，1959：135)。更让泰戈尔不解的是，戴尔在印度所犯的恶行还得到了一些英国民众的支持。他们自发组织为戴尔捐款，并为他额外筹得一大笔捐款。在印度引发阿姆利则惨案的戴尔，却在英国得到“优待”和英国民众的支持，这让泰戈尔陷入极度的悲伤（Hurwitz，1959：136)。

英国政府对戴尔的优待，英国公众自发为戴尔捐款，这都表明了其狭隘的民族主义立场。英国政府囿于民族偏见，因其狭隘的、承认种族差别的民族观念，使得印度民众被看成是低下的、低英国人一等的，因而戴尔对印度人所犯的罪行，不但在英国国内未引发普遍谴责，反而得到英国政府的谅解和英国民众的支持。泰戈尔将这一切都归咎于英国民众的民族主义偏见，正是英国政府基于民族主义立场对印度的殖民统治，使得英国民众的视域囿于种族内部，而不能平等对待其他种族，更缺乏超越种族、国家局限的世界主义关怀。

---

① 每年 900 英镑退休金，在 20 世纪 20 年代的英国是一大笔钱，戴尔可以凭此安享晚年。

在阿姆利则惨案整个事件中，泰戈尔虽然对英国的整体态度表示失望，但是他心中超越种族、超越国家的爱，并未使其对英国民众失去信心，更未对英国民众心生怨恨。后来，泰戈尔在给查尔斯·弗里尔·安德鲁的信中这样写道：“贵国议会有关戴尔的讨论所表现出的对印度的傲慢的轻蔑和麻木，让我感到十分悲痛。为了能减少内心的悲痛，我离开了英格兰。”（Tagore，2015：11）然而，阿姆利则惨案的发生，并没有使泰戈尔彻底断绝和英国人的正常接触与交谈，他也并未因此失去对英国这个国家和这里人民的好感，而是一直心怀热爱。阿姆利则惨案发生后不久，泰戈尔在写给查尔斯·弗里尔·安德鲁的信中就说道：“我可以毫不迟疑地说，友好的英国人是世界上好人的典范。怀着对英国政府的悲痛，我却不禁爱你们的国家，因为它给了我最珍贵的朋友。”（Tagore，2015：152-153）

泰戈尔对英国心怀热爱的同时，也并没有忘记以戴尔为首的英国人对印度人所做的恶行，但是他主张“出于人类立场”的道德教化，而非以暴制暴的武力报复。关于英国人所犯罪行，泰戈尔认为“应该有道德标准的评判”，当印度遭受不公，“我们应该捍卫印度所遭受的不公，我们有责任纠正他们（英国）所犯的错误”。而泰戈尔批判英国人对印度的不公，主张基于道德原则对英国人思想观念的纠正，其背后的原因“不仅因为我们是印度人”，“而是出于人类立场”（Tagore，2015：28）。

阿姆利则惨案发生后，泰戈尔的行为和反应都表明了他的世界主义观念。泰戈尔得知惨案发生的消息后，组织公众集会表示抗议，放弃英国国王授予的爵位，登报发表对英国暴行的批判，这一系列行为都表明了泰戈尔强烈的爱国主义情感。而泰戈尔心中的爱国主义情感，并非狭隘地局限于自己民族、自己国家，他更反对只关注自己种族和自己国家的利益而给其他民族、其他国家带来伤害的狭隘爱国主义。阿姆利则惨案发生后，泰戈尔对英国人的爱和他对英国政府在整个事件中具体行为的痛心，正反两方面反映了泰戈尔兼爱自己和其他民族国家的主张，这恰恰是泰戈尔世界主义观念的体现。阿姆利则惨案发生后，泰戈尔虽然对英国失望，但并未主张对立或敌对英印关系，更未主张对英国武力报复，而是仍主张基于道义原则下的英印交流，借助道德教化“纠正”英国人的错误思想观念。泰戈尔提倡的依据道德准则的民族沟通交流，恰恰体现了“道德至上”、重沟通交流的世界主义观念。

4.2 印度反洋货运动与泰戈尔反民族孤立

英印民族冲突，不仅仅包括英国统治者在印度的暴力镇压，还体现在印度民众对英国殖民统治的暴力反抗。1905 年，印度国内掀起了反洋货运动，印度民众通过抵制英国商品，抗议英国政府在印度政治统治上的不合理。起初，泰戈尔作为反洋货运动的发起人之一，不但参与制定行动纲领，还创作爱国主义歌曲，建立纺织业工厂，企图发展民族工业，脱离对英国经济的依赖，践行他的爱国主义思想。随着势态的进一步演化，从反洋货运动初的爱国主义，逐渐发展成为民族主义暴行，乃至对无辜英国人的暴力伤害或恐怖谋杀，泰戈尔即选择退出。泰戈尔退出反洋货运动，虽然在孟加拉地区饱受争议乃至批评，但他依然坚守道义，态度坚决。从中可以看出泰戈尔超越狭隘民族主义局限，坚持道义友爱的世界主义观念。

1905年在印度兴起的反洋货运动和“孟加拉请愿”（Partition of Bengal）紧密相连。印度总督柯曾（Lord Curzon）出于行政管理的便利，意欲把孟加拉邦①分裂成东西孟加拉两部分。这不但在孟加拉地区引发不满，更使印度进入新的政治历史阶段。英国驻印总督分裂孟加拉的意愿，极大地伤害了印度民众的情感和自尊，甚至被认为是种侮辱。反对分裂的重要发起人苏伦德拉纳特（Surendranath）曾这样表达他对分裂孟加拉的态度：

> 我们感到被辱骂、羞辱、戏弄。这让我们感到整个印度的未来都摇摇欲坠。分裂孟加拉，是蓄意击垮孟加拉民众日益增强的内部团结和自我民族意识。(Biswas，1995：39)

印度为表示政治上对英国统治的不满和抗议，开始从经济上抵制英国货物，支持印度民族生产，想通过振兴民族工业的方式逐渐实现印度自治。这就是著名的“反洋货运动”。泰戈尔作为反洋货运动的重要发起人，还勾画了如下构想：

> 一、通过印度人民自身努力，满足国家物质所需；
>
> 二、印度人民自己肩负民族责任；
>
> 三、由印度人自己构建的委员会处理印度国内事务，拒绝异族在印度国内事务上的帮助；
>
> 四、不使用它国商品、货物；

---

① 英国政府觉得拥有七千万人口的孟加拉邦不利于英国政府的统治和管理，更害怕邦内穆斯林和印度教拧成一股势力，对英国的殖民统治造成威胁，随即决定将孟加拉邦分成东西两部分。分裂孟加拉邦的提案在印度国内遭到了极大的反对，为了表示抗议和反对，印度爆发了“反洋货运动”。希望通过经济上的损失，使英国统治者收回分裂孟加拉邦的决定。

五、克制与英籍亲友书信往来，克制使用英国货物、家具，拒绝与英国人的社交往来；

六、建立印度学校；

七、自行协商争端，不求助英国政府在印法庭的帮助。(Chand，1983：338)

可以看出，泰戈尔反洋货运动的计划和目标，是和印度民族工业振兴和印度民族独立紧密联合在一起的。泰戈尔意欲通过振兴印度的民族工业，使印度摆脱对英国商品的依赖，从而使印度走向民族自治，体现了泰戈尔强烈的爱国主义情感。

反洋货运动得到了印度国内的一致响应。不管是城镇还是农村地区，支持民族商品，反对英国货物的行动很快蔓延开来。被分裂的孟加拉邦也因为相同的政治诉求，紧密联合起来，一起通过抵制英国商品，反抗英国政府的政治统治。反洋货运动和印度的爱国主义紧密联系起来，很快得到印度民众的一致响应。在《民族国家的形成》(*A Nation in Making*) 一书中，曾这样描述反洋货运动在印度的强烈反响：

一位5岁的小女孩，主动退还了亲戚送给她的鞋子，只因鞋子并非印度民族工业生产；结婚嫁妆中的外国商品，只要有本国商品可以替代，就会被主动退还；祭司会拒绝在供奉外国商品的庙宇举行祭祀活动；大家会拒绝参加用英国盐和英国红糖招待宾客的宴会……(Banerjea，1963：182)

可以看出，当时反洋货运动在印度社会的影响。随着越来越多印度民众的加入，尤其是印度青年成了反洋货运动的主力军，英国在印度的经济受到了很大影响。反洋货运动对英国经济的抵制，最初始于在印度占有广大市场份额的曼彻斯特棉纺织品。在18世纪英国殖民统治印度之前，印度的纺织业非常兴盛。而随着英国在印的殖民统治，英国的棉纺织品开始进入印度市场，面对英国高度工业化的纺织业，印度纺织业很快衰落并一蹶不振。由此，反洋货运动和印度的民族工业复兴，便从振兴印度的棉纺织业开始。然而，随着事态的进一步发展，抵制的英国货物从棉纺织品扩大到盐、红糖等其他从英国进口的货物。据加尔各答海关统计，1906年9月和上一年相比，单棉纺织品的进口数量就下降了22%，盐下降了11%，香烟下降了55%，鞋类下降了68%，而且从1906年至1909年间，纺织、烟草、酒的进口数量都出现了明显下滑（Biswas，1995：54）。

实际上，反洋货运动的观点在印度国内不断通过报刊报道、示威游行、歌曲传唱等方式得到广泛宣传，还有志愿者自发组织起来警醒印度同胞勿买洋货。然而，随着反洋货运动的进一步发展，由此引发的暴力事件不断发生。先是印度民众开始公开烧毁外国衣物、红糖、盐，而买卖外国货的印度同胞或是不积极参加反洋货运动的个人都会遭到印度民众不同程度的羞辱和排斥。此外，购买外国商品的印度民众不但会遭受物质利益损失，还可能遭受身体、精神上的伤害。渐渐地，反洋货运动从起初温和的示威游行开始不断升级，暴行愈演愈烈，到后来暴力流血冲突事件时有发生。在这场运动中，还催生了奥罗宾多·高斯（Aurobindo Ghose）、尼维蒂挞（Sister Nivedita）等相对激进的革命团体①。

---

① 要进一步了解20世纪初印度掀起的暴力民族主义运动，可参见Peter Heehs, The Bomb in Bengal: The Rise of Revolutionary Terrorism in India, 1900—1910(Oxford, 1993)。

泰戈尔作为这场运动的发起人之一，不但提出了建立自治、自立民族的构想，还在1905年面对积极拥护反洋货运动的青年发表演讲，讲述他“民族社会”① 的理念。这一时期，泰戈尔不但参与示威游行，写爱国主义歌曲，号召更多印度民众的参与，还支持印度商业和工业生产，创办完全独立于英国教育体系的印度学校，同时推动印度工业和文化的复兴。泰戈尔这一阶段写的《金色孟加拉》（*Amar Sonar Bangla*）就是当时著名的爱国歌曲之一，并在1971年被选为印度国歌。

泰戈尔参加反洋货运动的初衷，是希望在印度建立不分宗教信仰、种姓差异且人人平等的理想社会，并希望印度社会能够脱离对英国的依赖，实现自立和自治。然而，泰戈尔的这一理想却因为政治极端主义、群体演习、社区暴动的兴起而彻底粉碎了。反洋货运动引发的极端的“革命行为”，尤其是部分印度民众对英国官员实施轰炸、谋杀行动，让泰戈尔实在难以接受。他对反洋货运动中激进民族主义行为的批判，在其小说《家与世界》中有着明确的表述。除了公开批判带有暴力流血冲突事件的狭隘民族主义行为，泰戈尔还很快从这场运动中脱离出来（Gupta，2002：26）。

泰戈尔对待印度国内反洋货运动的态度，从另一侧面证明了他的世界主义立场。从早期泰戈尔对温和的反洋货运动的支持，组织示威游行、写爱国歌曲，到后来发生暴力流血冲突事件后退出，并反对甘地倡议的“不合作运动”（Non-cooperation movement)，都反映了泰戈尔的世界主义价值观。世界主

① 原文是用孟加拉语写成的，是“Swadeshi Samaj”，翻译成英文是“National Society”。

义者强调对自己民族和其他民族双重的爱，因而世界主义者不但是爱国主义者，同样热爱本国之外的其他国家和民族。反对英国货、促进印度工业和传统文化复兴反映了泰戈尔的爱国主义立场，但泰戈尔的爱国主义并非局限于本民族、本国家，泰戈尔热爱自己祖国的同时反对民族主义暴行，反对违反人道原则对其他民族的暴力伤害。在泰戈尔看来，恢复民族工业发展，不应以烧毁英国的棉纺织制品为前提，更不应对在印度的英国人搞暗杀或是打击伤害，盲目的爱国主义活动不但造成物质资源的浪费，更有违人道主义原则。因此，当反洋货运动和暴力流血冲突事件、武力报复相关联，泰戈尔就主动选择了退出。

此外，反洋货运动之后引发的甘地领导的“不合作运动”，同样未得到泰戈尔的支持。“不合作运动”背后，体现了特定地域、民族的孤立主义，这同样违背了泰戈尔的世界主义立场。世界主义主张不同民族间的交流合作，共同面对人类共有的问题。实际上，泰戈尔一直坚持英印两国之间沟通交流的主张。在泰戈尔看来，“英国孕育了很多伟大的诗人”，而且在英国人中间，“他也接触到了很多具有伟大灵魂的英国人”(Tagore，1961：55)。而完全否定英印两国之间的交流合作是不可取的。因而，甘地倡导的不合作运动背后所反映的民族孤立主义，势必让坚持世界主义立场的泰戈尔难以接受。

4.3　创建国际大学，促进跨民族文化交流

不管是阿姆利则惨案的爆发，还是反洋货运动在印度的兴

起，都反映了印度面对西方文化文明的侵扰，对该如何应对与西方民族关系、如何应对外来文化的思考和表现。在泰戈尔生活的时代，英国的商业运营、政治思想、教育理念等方方面面都已在印度产生了重大影响。泰戈尔在70岁以后，曾在《人的宗教》的演讲中对自己生活的外部环境做了概括：

> 我面对的世界，是都市的进步精神驾着胜利的跑车驶进绿意盎然的古老村落。虽然我出生之时本地文化几大致被摧毁殆尽，但过去的啜泣声依然在废墟上盘旋不去。我经常听大哥带着无奈和遗憾的口吻，讲述过往的热情友善，旧世界里人们自然流露的温馨仁慈，还有充满单纯信仰与献祭诗歌的生活。……我在孩提时期经历的是西方商人建立的现代城市，以及硬生生闯入我们生活却格格不入的新时代潮流。（泰戈尔，2017：119）

可见，泰戈尔生活的时代，西方工业文明和现代商业已经给印度社会带来巨大冲击。一方面印度传统的“热情友善”“温馨友善”“单纯信仰”已经逐渐受到西方商业吞噬；另一方面又把印度“硬生生”拉入“新的时代潮流”。印度面对西方外来文化的“侵入”，大体出现了三种截然不同的态度：一是因循守旧、坚持印度传统思想和生活方式，免受西方思想文化影响；二是完全接受英式思维和英国生活方式，蔑视印度传统；三是认识到欧洲思想文化给印度带来的巨大挑战，但同时意识到了印度文化的腐朽、缺乏活力的地方。泰戈尔显然持第三种态度。

前面已经说过，泰戈尔同时受到印度传统文化和西方文明的影响。正是如此，他才主张东西方文化互补，并通过建立学校促进东西方文化交流。关于创建学校的初衷，泰戈尔曾这样说道：

> 一开始，我们就鼓励孩子们为邻居服务，从中酝酿了乡村重建的工作，这在整个印度尚属首例。围绕我们的教育工作，村民明白了对自然的怜悯与同情、及为他人服务的意识，最终大家形成一个整体。怜悯自然、服务他人的过程中，实现了真正的精神自由……这是一种远离种族和民族偏见的自由……我们在种族精神统一的基础上建立起学校，希望以此成为世界不同种族的聚集地，他们都是相信神圣人性的理想主义者，这样的人我在西方的旅程中经常遇见。他们不求名利，却为了相同的理想忍受痛苦并不断奋斗……（Tagore，1931b：30）

因而自 1901 年起，泰戈尔就在圣地尼克坦的乡村为孩子们建立了一所学校。他将这所学校描绘成融现代教育方法与印度文化环境的本土尝试。20 世纪初，随着英国在印度殖民统治的加剧，印度国内城镇和乡村间的差距越来越大。城镇成了知识、财富、权力的储藏室，而村落则须通过和城镇的合作才能从中获益。因而在泰戈尔看来，新的教育不但应搭建起城市和村镇间的桥梁，还应介绍来自域外文化中的知识。因此，泰戈尔在圣地尼克坦的教育尝试主要试图在两个层面实现文化上的相互理解和联合：一是通过母语教育和相互技能的学习，实现乡村和城市间的相互理解和联合；二是通过知识交流，承认彼此对人类社会的贡献，实现印度和西方之间的相互理解和联合（Gupta，2002：27）。

随着第一次世界大战的爆发，泰戈尔将视角投向了全世界。他认为正是因为国家之间、东西方之间缺乏精神的沟通与交流，国与国之间的交往完全是物质利益的争抢和财富的掠夺，所以才爆发了世界大战，并给人类带来了毁灭性的危害。因此，在泰戈尔看来，应该设立一个东西方可以会晤交流的场所。正是为了促进世界范围内的交流与合作，1921年泰戈尔在圣地尼克坦创办了“国际大学”。“国际大学”对应的孟加拉语是“Visva-Bharati”，是指“分支广泛的树”，其英译文是“World University”，因而常常被称为“国际大学”。泰戈尔希望国际大学是战后世界范围内不同民族、国家的人会晤交流的地方。泰戈尔认为世界大战引发了新的时代，而他的使命就是在“生命最后的日子把世界从国家沙文主义的缠绕中解救出来”（Tagore，2015：356）。因此，国际大学的格言就是：“世界相会在鸟巢。”

泰戈尔在圣地尼克坦的教育理念，是注重民族文化，又不忘从世界其他民族文化中汲取营养；既要借鉴其他文化，又要为世界文化贡献自己力量。泰戈尔在国际大学通过双重路径来看待民族主义：强调个人尊严，但拒绝盲目的爱国主义。泰戈尔注重“大脑和精神力量自由的重要性”，据此，个人可以接受全世界的观点，而且个人对不论远近的民族都肩负义务。泰戈尔宣称：“国际大学是印度拥有献给全人类的精神财富的代表。国际大学向四周奉献出自己最优秀文化的成果，同时也应向他人汲取其优秀精华，并把这种做法看作是印度的职责。”（克里巴拉尼，1984：333）泰戈尔觉得，每个民族的文明都是世界文明的一部分，都有责任为世界民族奉献自己的智慧。他始终相信：“每一民族的责任是，保持自己心灵的永不熄灭的明灯，以作为世界光明的一个部分。熄灭任何一盏灯，就意味着剥夺它在世界庆典里的应有位置。”（克里巴拉尼，1984：334）承担对其他民族的责任，从全世界的视角考量自己的价值，本身就是世界主义的核心思想。

泰戈尔启动国际大学计划之时，印度国内的民族主义者却正在支持甘地领导的非暴力不合作运动，这让泰戈尔感到了莫大的讽刺。从 1919 年起，甘地就组织了非合作运动反对英国政府，并提倡不买英国商品、不为英国人工作、不参与任何能使英国受益的活动，从而使英国承认印度国会党的合法权益。然而，泰戈尔对印度国内的反英活动一直持否定态度，尽管甘地曾当面和泰戈尔商谈，希望泰戈尔能参与到这项活动中来，但还是遭到泰戈尔的拒绝。实际上，泰戈尔早在欧洲旅行的时候，都听到印度国内甘地领导“不合作运动”的消息。随后，他在信中写道：“当我正在海峡的这边宣传文化合作，而在海峡的另一岸却在宣扬不合作运动，这是多么大的命运的反讽?”（Tagore，2015：183-84）但无论如何，泰戈尔都始终坚持种族沟通合作的立场，并邀请世界不同民族来他的大学，相互沟通学习，促进彼此了解与合作。

泰戈尔的国际大学所奉行的教育理念，真的从世界其他国家吸引到国际友人来此学习、欣赏印度文化，其中包括来自巴黎大学（Université Paris Cité，英文为 University of Paris）的印度学研究者西尔万·列维（Sylvain Levi），来自罗马的朱塞佩·杜齐（Guiseppe Tucci），康奈尔大学的毕业生恩厚之来国际大学参与农村建设项目，还有躲避纳粹德国迫害、从1937 年至 1944 年在国际大学教英语的亚历克斯·阿伦森（Alex Arenson），以及英国学者皮尔逊（W. W. Pearson）和为泰戈尔做传的查尔斯·弗里尔·安德鲁教授。国际大学开设的课程，更展示了对印度传统、西方文化、中国、日本、中东等不同国家地域文化的融合（Gupta，2002：36）。

不管是阿姆利则惨案，还是反洋货运动，泰戈尔的行为都超越了狭隘的民族主义局限，表现出对基于道义原则下民族交流合作的坚持。泰戈尔热爱自己的祖国，但同时反对狭隘民族主义，他将以爱国主义为口号对其他民族的暴行视为盲目爱国主义并加以批判。他在自己作品中公然批判民族孤立和违背道义的民族主义行为。在泰戈尔看来，世界不同民族间的仇恨和战争归根结底是囿于民族局限而展开的物质争抢和掠夺，进而对其他民族心怀仇恨。解决之道在于增进民族交流，促进相互理解，实现超越民族局限的友爱、互助等精神联合。因此，泰戈尔身体力行，创办国际大学，为世界不同民族提供彼此沟通的场所，增进世界范围的沟通交流与相互合作。

对比泰戈尔对待印度国内的反洋货运动和阿姆利则惨案的态度，更可看出他的世界主义观念。在英印民族冲突中，泰戈尔既未囿于民族主义局限而支持反洋货运动中的盲目爱国主义行为，又未屈从于英国在印度的暴行而对戴尔的野蛮行径漠然处之，泰戈尔更反对反洋货运动暴力行径下蕴含的民族孤立主义。泰戈尔始终坚持世界一体，主张世界共同体下不同民族间的相互沟通与交流，更希望英印两个国家能坚持友爱互助等道义原则，相互沟通交流，增进友好合作。

在英印民族交往过程中，不管哪一方违背道义原则，泰戈尔都会公然批评反抗。面对戴尔在印度下令向无辜印度民族开枪扫射的恶行，泰戈尔站出来捍卫正义，强烈谴责以戴尔为代表的英国政府对印度民众的残暴镇压。为了表示反抗，泰戈尔在报纸上宣布放弃英王授予的爵位，还亲自去英国议会辩论，抗议戴尔在印度所犯罪行，表明了鲜明的爱国主义立场。然而，当印度国内反洋货运动日益高涨，遂引发部分印度民众以爱国主义为名对无辜英国人的暴力袭击时，泰戈尔觉得这同样有违道义，因而他不顾印度国内民众的舆论，公然从反洋货运动中退出。泰戈尔热爱自己国家，同时又对其他国家和民族怀着人道主义关爱，体现了他的世界主义观念。

此外，泰戈尔的世界主义观念，除了表现在超越民族、国家局限的博爱和友善中，更体现在他为促进东西民族间的沟通交流和友好合作而做出的不懈努力中。从泰戈尔早期在圣地尼克坦建立学校，到后来建立国际大学，都体现了泰戈尔想要通过文化交流实现世界精神道义联合与合作的愿望，体现了他的世界主义观念。

第 5 章　泰戈尔世界主义观念文化交流的影响与成功经验

西方对印度文化的探究，虽然在 18 世纪末“东方文艺复兴运动”（Oriental Renaissance）中就已初具规模，但相关探究往往以西方文化为中心，有关印度的书写多带有殖民主义特征。到了 19 世纪，不管是英国东方学者所勾勒的懒散、野蛮、好冥想的印度文化形象，还是以吉卜林为代表的西方作家所描述的贫穷落后、饥荒遍地却又充满神秘主义色彩和异域风情的印度，都在英美和印度文化之间设立了“不可逾越”的鸿沟，造成东西方文化不可融通的假象。

1912 年，泰戈尔凭借诗集《吉檀迦利》在英美引发关注，次年获得诺贝尔文学奖，更让他在英美产生重大社会影响。然而，泰戈尔文学对英美作家文学创作方面的影响远小于对东西方文化交流的推动和促进作用。泰戈尔文学作品成为以英美为代表的西方世界重新了解印度文学文化的窗口，泰戈尔文学作品和他在英美的文化交流活动，不但极大促进了英美对印度文学文化的了解和重新审视，更在西方作家学者所设立的东西方文化鸿沟上搭建起了沟通的桥梁。

5.1　泰戈尔之前英美对印度的殖民主义文化观

英国和印度的贸易往来，早在 17 世纪就已经开始，但是英国真正开始深入探究印度文化，还是在 18 世纪。英国对印度文化的了解和探究，伴随着英国在印度的财富掠夺和殖民统治一起进行。出于殖民统治的需要，英国开始组织大批西方学者研究印度的语言、宗教、法律、社会习俗等。在研究印度文化经典的过程中，印度古老的文明引起了西方学者的极大兴趣，并促发了 18 世纪末在欧洲知识分子中掀起的"东方文艺复兴"运动。东方学者们对印度的研究又进一步影响了英国的浪漫主义作家和美国的超验主义作家，并在英美社会产生了一定影响。

5.1.1 18 世纪东方文艺复兴和英美作家的印度书写

"东方文艺复兴"又被称为"印度文艺复兴"（Indian Renaissance），主要指 18 世纪末在西方知识分子中发起的一股东方文化热。当时，英国东印度公司（East India Company）为了加强对印度的海港、经济和政治的控制，开始组织西方的东方学家把印度古代文化经典翻译成欧洲语言，试图打开长期以来向西方关闭的东方世界。他们企图通过加深对印度哲学文化思想的了解，加强在印度的管理和统治。经过这批西方学者的努力，古代印度的法律、哲学、科学、文学都被重新发现。随着越来越多的印度古代经典被翻译、被发现，不但让西方学者看到了灿烂的印度文明，还迅速引发了他们对印度文化经典的兴趣。他们希望印度语言文化经典能如同古希腊文本那样，在欧洲再次引发西方文学文化的复兴。这一文化现象，后来在埃德加·基内（Edgar Quinet）的著作《宗教的精灵》（*Genie des Religions*）中，被称为"东方文艺复兴"。

总体而言，欧洲知识分子在18世纪末掀起的“东方文艺复兴”运动，对印度文化的兴趣主要体现在印度的语言、哲学和宗教这三个方面。对印度语言的发现，不得不谈到著名的历史语言学家威廉·琼斯爵士（Sir William Jones）。琼斯本来是英国派往印度的法官，为了了解印度当地的法律制度，开始了梵文的学习，并把一些印度法律文本翻译成了英语。在翻译的过程中，他发现了印度语和欧洲语言间的极大相似。随后在1786年亚洲语言学会会议上，他宣读了关于梵语、希腊语、拉丁语之间亲属关系的论文，由此为历史语言学和比较语言学的发展奠定了基石。不仅如此，琼斯继续从语言的相似性入手，推断语言使用者之间的亲属关系，并提出了欧洲人和亚洲人可能同源的论断（Clark，1997：58）。他的这一论断在西方学者中产生了爆炸式的影响，并引发了西方学界对印度语言文学文化的关注。

也就是在这一时期，西方学者们开始把印度古代经典翻译成英文。1789年，琼斯翻译了印度最伟大的古典诗人迦梨陀娑的诗歌《沙恭达罗》（*Sakuntala*），后来还翻译了《时令之环》（*Rtusamahara*）、《牧神赞歌》（*Gitagovinda*）等。查尔斯·威尔金斯（Charles Wilkins）在1784年出版了他翻译的《薄伽梵歌》，1787年又出版了他翻译的《嘉言集》（*Hitopadesa*）。此外，1785年成立的“孟加拉皇家亚洲学会”（Royal Asiatic Society of Bengal），更是标志着西方印度研究的全面开始。截至1839年，该学会以《亚洲研究》（*Asiatic Researches*）为题，共出版了21卷有关印度文学文化方面的研究，促进了英美各国对印度文学文化的了解。

“东方文艺复兴”运动在西方产生的影响是巨大的。以琼斯、迪佩龙[①]（Duperron）为代表的西方学者对印度语言文化研究所产生的影响，埃德加·基内认为“可以等同于早期文艺复兴中对《伊利亚特》（*Iliad*）和《欧德赛》（*Odyssey*）的发现”，而史华伯·雷蒙（Schwab Raymond）则认为“从未有如此多的知识分子同时发掘出如此深邃的亚洲文化”（Raymond，1950：19）。“东方文艺复兴”运动中最重要的成果，在于《嘉言集》《时令之环》《薄伽梵歌》《沙恭达罗》等印度文化经典英译本的出现，从而向西方世界打开了印度文化的大门。越来越多的西方知识分子开始把目光投向印度文化典籍，对英美作家的影响就是东方文艺复兴在英美发挥作用的直接体现。

印度经典在西方知识分子中影响最大的首推《奥义书》。第一个在欧洲流传的 2 卷本《奥义书》，译自波斯语，随后迪佩龙又在 1801 年出了拉丁语全译本（Almeida，2001：69-82）。当然，《奥义书》在西方能产生较大影响，和 19 世纪初的西方社会文化语境密不可分。19 世纪初，欧洲传统的基督教主张已失去了往日的说服力，启蒙主义自我宣扬的理性主义和抽象的自然神教也已经很难为灵魂带来满足。英德两国的浪漫主义领袖们，开始不断哀叹现代欧洲精神的衰落，斥责启蒙运动和工业革命给人们精神带来的贫乏。施莱格尔（Friedrich Schlegel）就曾感叹人们因“沉迷经济发展和工业革命”而使个人体验仅仅局限于“有用性的领域”，在 1803 年更是高呼，人们已不能思考，更不可能深入思考，哀叹人们“已经几乎沦为了机器”（Cross，1998：123-129）。由此，西方学者们开始从自身文化之外的东方寻找精神食粮，印度哲学经典《奥义

① 迪佩龙(1731—1805)，被誉为法国的第一位印度研究专家。

书》自然很快引起了西方学者的关注。叔本华（Schopenhauer）就曾坦言，《奥义书》对他产生了巨大的影响。与此同时，越来越多的英国浪漫主义作家和美国的超验主义作家也受到印度文化经典的影响。

西方知识分子中引发的东方文艺复兴，对英国浪漫主义作家产生了重大影响。从东方学者翻译的印度文化经典中，英国浪漫主义作家们不仅了解到充满异域色彩的印度文化，还通过自己的诗歌创作表露出对印度古老文明的向往。柯勒律治、拜伦、雪莱、济慈、罗伯特·骚塞（Robert Southey）、托马斯·莫尔（St. Thomas More）等浪漫主义诗人的代表，他们虽未曾亲赴印度，但东方学者著述中的印度文化和文明却让他们产生了无尽的想象和对东方文化文明的向往。印度文化对浪漫主义作家的影响，在他们的诗歌中或隐或显地表现了出来。

柯勒律治作为英国浪漫主义文学的代表，就曾深受印度神话的影响。他的诗歌中不乏对印度文化的异域想象，而最典型的当数印度守护神毗湿奴在他诗歌中的显现。柯勒律治的诗歌《夜景和奥索里奥》（*The Night Scene and Osorio*），就描述了一个漂浮在茫茫大海荷叶之上的静怡的毗湿奴形象（Campbell，1907：184）。后来，柯勒律治在阅读《薄伽梵歌》的英译文之后，又把毗湿奴描述成某种“巨大的奇观”：“有很多张口，很多只眼，很多只胳膊，很多条腿，很多乳房，很多肚子，很多可怕的牙齿”，不仅如此，还“伸手还可以摸到天际”，“散发着光芒”（Mazumder，1993：32-52）。柯勒律治借助《薄伽梵歌》中“无限”的概念，在他诗歌中借助毗湿奴的形象描绘了无限的具体外形，不但平添了英国读者对印度神话的好奇，还增加了印度文化的神秘色彩。

雪莱对印度文化的兴趣，主要源于外科医生詹姆斯·林德(James Lind)博士的影响。后来，雪莱收集了大量印度的奇珍异宝，并对印度的神话传说表现出极大兴趣。雪莱在1818年初参观了大英博物馆(The British Museum)的印度分馆之后，就曾写信向朋友问询能否通过东印度公司去印度(Khan，2008：37)。后来，雪莱虽未实现去印度的心愿，但他通过阅读琼斯等东方学者英译的印度文化经典，开始对印度文化有了更深入了解。琼斯的短文《东方诸国的诗歌》(*On the Poetry of the East Nations*)、《希腊、意大利和印度的神》(*On the Gods of Greece，Italy and India*)和《印度圣歌》(*Hindu Hymns*)等著作，吸引了雪莱。尤其是文中所表达的印度文学"鲜活的想象力"和"丰富的创造力"，"理性是欧洲人的特权，亚洲人则上升到更高超的想象领域"的观点，建议学习东方的诗学模式为欧洲陈腐的新古典主义文学带来活力的主张，都使雪莱为之着迷，更促使其把对印度文学文化的想象在他诗歌中表现出来(Nicholas，2005：141)。

雪莱的《解放的普罗米修斯》(*Prometheus Unbound*)、《复仇神》(*Alastor*)和《印度小夜曲》(*The Indian Serenade*)等作品，就反映了印度思想文化对雪莱的影响。在雪莱的诗歌创作中，其诗歌意象、语言表达、诗歌主题等方面都能看到印度文学文化的影响(Khan，2008：36)。雪莱在《解放的普罗米修斯》中对比了希腊和印度的诸神，把普罗米修斯对专权朱比特的反抗再现成地理政治上的"欧洲"英雄和"亚洲"情人间的重新统一。雪莱怀疑基督教传统的"原始"和"非理性主义"，因而在《解放的普罗米修斯》中将他对古希腊的仰慕和追寻希腊神话的亚洲之根紧密相连。雪莱将东方宗教和西方基督教联合，其中所反映的多神论思想，同样受到印度文化的影响。品脱（Pinto）就曾指出，受琼斯著作中印度文化的影响，雪莱从早期“无神论的物质主义者”实现了向后期“神秘的多神论者”的转变（Pinto，1946：688）。

印度古代诗歌对一夫多妻制的推崇，为拜伦提供了建立新型两性关系的启发，他试图挪用印度古代一夫多妻的主张，打破英国社会所奉行的一夫一妻制两性契约关系。此外，拜伦还刻意凸显印度文本中关于色情和情爱的描述，比如《阿比多斯的新娘》（*The Bride of Abydos*，1813）中的乱伦主题、《异教徒》（*The Giaour*，1813）中对通奸的大胆描写、《海盗船》（*The Corsair*，1814）中一夫多妻的描述，都打破了英国长期以来传统的两性观和婚姻观。拜伦还援引东方主义者的文本，在其作品《莱拉》（*Lara*，1814）中通过倡导自由性关系反抗政治、宗教正统，挪用“东方爱情观”展示异域情调，并使其在英国产生激进影响。拜伦这些离经叛道的观点，在英国社会引发了极大的争议，却也推动了英国对印度文化的关注。

在美国，科顿·马瑟（Cotton Mather）早在1721年就接触到印度哲学，约瑟夫·普利斯特里（Joseph Priestley）也是在18世纪末就了解到大量的印度哲学。然而，真正对印度哲学、宗教产生兴趣，并在美国产生较大影响，应始于新英格兰的超验主义（Riepe，1967：128）。其中，尤以爱默生（Ralph Waldo Emerson）和梭罗（Henry David Thoreau）这两位美国超验主义的代表人物为甚。

爱默生直到40岁的时候，才开始阅读像《薄伽梵歌》这样完整的印度文本，但是印度宗教、哲学对他的影响要远远早于这一阶段。爱默生生活的时代，正是欧洲的“东方文艺复兴”兴起并产生重大影响的时代。爱默生开始接触印度思想文化，始于他在哈佛求学的阶段。在这一时期，他读到了印度的诗歌、政治、哲学等著作，其中就包括琼斯和格兰特（Charles Grant）写的《恢复东方研究》（*Restoration of Learning in the East*）。从骚塞的笔记中，他还读到了部分琼斯翻译的《摩奴法典》。其中，灵魂本身是自己的鉴证这一观点，让他颇受启发。

爱默生从哈佛毕业后，在1831年读到了维克多·库森（Victor Cousin）根据威尔金斯的《薄伽梵歌》译本写下的读书笔记。尽管爱默生真正接触到威尔金斯的译文是在1845年之后，但库森笔记中所阐述的观点深深影响了爱默生，包括“上帝是万物，万物是上帝”的“统一观”；经书都是“陈腐”的，对纯粹受神秘主义启示的神学家而言是无用的（Cousin，1852：398）。随后，爱默生在1837年出版的《美国学者》（*The American Scholar*）中就讲道：“如果能够直接阅读上帝，光阴就变得如此珍贵，因而时间不应该浪费在阅读他人的手稿上。在1838年的‘神圣学派演讲’中，爱默生更是明确谴责历史基督徒过分强调‘仪式’的重要性。”（Spiller，1971：57）

爱默生之所以会受印度宗教文化的影响，主要是因为在他看来，印度思想不但深邃、有趣，还是治愈西方盛行的物质主义的良药。美国清教徒所推崇的自我救赎，虽对美国革命、社会改革、个人生活等问题都卓有成效，却不能完全满足个人的精神需求（Riepe，1967：127）。而印度古代典籍中所推崇的不用借助宗教仪式的繁文缛节、直接和上帝沟通的神秘主义思想，深深打动并吸引着他。

从1844年《经历》（“Experience”）的发表到1851年间，

爱默生又读了大量的印度著作。在他看来，《薄伽梵歌》和柏拉图（Plato）的著作同样伟大，他还借用《毗湿奴往世书》（*Vishnu Purana*）中的思想来解释自己的观点：整个世界不过是毗湿奴的表现，毗湿奴和一切事物相像却又存在于个体之中。此外，爱默生还受到印度思想中幻境（Maya）和业（Karma）等概念的影响。他曾以“幻境”为名写下诗歌，并认为“上帝是真实，手段是虚幻”（Cabot，1904：505）。

爱默生“超灵”（over-soul）的思想，很大程度上受到《奥义书》的影响。帕拉马南达（Swami Paramananda）① 认为爱默生在写“超灵”的过程中，内心“充满了奥义书的思想”，而且书名“超灵”本身几乎就是梵文 ParamAtman（Supreme Self，超我）的直译（Paramananda，1918：65）。此外，爱默生有关“超灵”的论述中同样充满《奥义书》精神。而且，自我中心的宗教灵性和印度宗教思想的关联，在《宗教》（“Religion”）中也特别明显：“最简单的人，正直地朝拜上帝，变成上帝；而最佳宇宙自我的涌入，永远是崭新、无法寻求的。”（Cabot，1904：173）爱默生强调“原初”“创造”，即他称之为“新”。他在《循环》（“Circles”）中写道：“人生是对真的见习，这意味着在每一个圆圈周围，可以画上另一个圆圈；自然没有结束，每一个结束都是新的开始。”（Cabot，1904：179）爱默生的循环发展观，显然受到印度神秘主义哲学的影响。

印度对生活的描绘根本上是“无知”，恰恰符合爱默生所描述的“体验”的起始阶段，发着微光，不知极端，相信什

① 帕拉马南达(1884—1940)：常常被称为大师(Swami)帕拉马南达，他是印度人，因在美国传播梵檀多哲学宗教思想而闻名。

么都没有（Cabot，1904：27）。爱默生从印度哲学中不但看到了“统一”和解放的讲述，还看到了日常生活的堕落和幻想。《恢复东方研究》（*Restoration of Learning in the East*）对他大学时代的诗歌《印度迷信》（*Indian Superstition*）就极其重要。

印度经典对梭罗的影响，首先来自《摩奴法典》和威尔金斯翻译的《薄伽梵歌》。《康科德及梅里马克河畔一周》（*A Week on the Concord and Merrimack Rivers*）中的很多内容都引用了东方著作，《瓦尔登湖》（*Walden*）也展现了梭罗对东方的研究和喜爱。他在大学毕业之前，对东方文化还接触较少。1840 年，他读了琼斯翻译的《摩奴法典》，对他日后的思想产生了很大影响。大约是在 1845 年梭罗搬到瓦尔登湖之后，他接触到了威尔金斯翻译的《薄伽梵歌》。而在后来的 10 年中，梭罗还接触到了其他古典印度文本，包括威尔金斯翻译的《毗湿奴往世书》、威廉·沃德（William Ward）翻译的《印度哲学》（*Indian Philosophy*）、罗易翻译的《奥义书》、科尔布鲁克（Henry Thomas Colebrooke）翻译的《数论颂》（*Samkhya Karikas*）等印度著作（Rusk，1939：290）。

梭罗对印度文化一开始并无太多好感①，但在接触到《摩奴法典》之后，才开始对印度文化持积极赞赏态度，并曾这样表达对印度的赞誉：“亚洲是静怡悠闲、古老保守的象征”，而印度是人类文明的摇篮，是黄金时代的幸存者，是“智慧和哲

① 梭罗早期对印度的贬低，可在他的日记中得到证明。他早期曾在日记中这样写道：Sunday morning church bell as “pagoda worship” and like “the beating of gongs in a Hindoo subterranean temple”，参见 Thoreau，*The Journal* (1837—1861)，ed. Damion Searls，New York：New York Review of Books，2009：51。

学的源泉”（Hodder，1993：410）。在此之后，梭罗则一直对印度文化持赞赏态度。

然而就印度文化对梭罗的影响而言，学者内部还存在分歧。一种观点认为，印度思想对梭罗最大的影响在于“瑜伽”观，“《瓦尔登湖》本身就表现了印度隐士的生活和他对基督教三位一体教派灵性减弱的不满”。瑜伽只是一种想象性构建，是梭罗从他所阅读的东方著作中经过深思熟虑之后提炼升华出来，是为了展现给他自己和潜在的读者一种真正的“狂喜”体验（Hodder，1993：420）。

可以看出，18 世纪末欧洲知识分子中掀起的东方文艺复兴，其影响主要体现在英美作家和知识分子中间。而且，不管是在英国对浪漫主义作家的影响，还是在美国对超验主义作家的影响，更多是激发了他们对印度的异域想象，实际上缺乏对印度文化客观全面的了解。柯勒律治、雪莱、拜伦等人笔下的印度，一方面体现了对古老东方文明的好奇与想象，另一方面又体现了基于自身文学主张和文学创作需求的挪用。柯勒律治苦于失眠等精神痛苦，他借用毗湿奴的形象来追求心灵的平静；雪莱则借用印度宗教来表达神秘的多神论主张；拜伦鼓吹印度一夫多妻这种离经叛道的观点来表达自己的两性观和婚姻观。因此，浪漫主义作家笔下的印度是失真的，是基于自身需要的文化挪用，反映了一种文化殖民心态。

英美作家对印度文化的了解探究，更显示出西方文化心理优势下的矛盾与纠结。爱默生一方面憧憬印度古老的东方文明，另一方面又对充满饥荒、落后、肮脏的印度社会心有芥蒂。这种对印度文化矛盾复杂的态度，实际上体现了英美作家的普遍心态。尽管如此，18 世纪末的东方文艺复兴，在英美了解印度文化方面还是有其积极的推动作用。不管是英美作家中的印度文化元素，还是英美学者中有关印度文化的叙述，都促成了英美对印度文化的了解和对印度异域文化风情的向往。英美知识分子的印度书写给英美公众留下了有关印度社会文化的神秘印象，一定程度上激发了英美普通读者对印度文学文化的兴趣。

5.1.2 19世纪英美人眼中的印度宗教文化

20世纪初泰戈尔进入英美读者视野之前，印度文化对英美的影响并不仅仅体现在《奥义书》《薄伽梵歌》等古代印度哲学文化经典中，印度的宗教同样对英美有很大吸引力。相对而言，印度宗教进入英美的时间要晚一些，但是相关著作在英美公众中产生的影响却要强烈很多。以佛教为例，西方对佛教产生较大兴趣始于1830年代，在1860年代发展成为比较宗教学研究的一部分，自1870年代开始便在英国引起了广泛关注，而到了1890年代便成为伦敦流行文化的尖峰（Franklin，2005：947）。

19世纪印度宗教文化在英美的影响和传播，还出现了罗易、斯瓦米·维韦卡南达（Swami Vivekananda）等在英美产生重要影响的印度人。当然，这和19世纪英美的社会文化语境密不可分。在英国，工业革命引发了英国工业的飞速发展，社会结构变革和19世纪中叶达尔文进化论的提出，加速了基督教信仰危机；在美国，领土扩展吸引了大量的欧洲移民，不同宗教信仰的欧洲移民间的相互合作，促发了对宗教融合的讨论。正是在这样的社会语境下，在英美引发了对东方宗教的关注和兴趣。

谈到 19 世纪 30 年代印度宗教对英国的影响，不得不提被称为“现代印度之父”的罗易（Bayly，2007：27）。罗易于 1772 年生于印度的孟加拉邦，他不但是一位文学家，还积极推进印度的宗教改革。他主张奉行一神教，批判印度当时的多神教；他攻击婆罗门牧师的腐败，并把印度教经文翻译成白话，这样民众可以不用借助牧师自己诵读经文。此外，罗易还将印度国内的宗教改革和社会改革密切联系起来。从 1818 年开始，他积极参与各项社会运动，提倡改善女性地位，谴责一夫多妻制，鼓励女性受教育，抨击女性陪葬的习俗（Midgley，2011：781）。

罗易把宗教改革和社会改革密切联系起来的主张，和英美的一神论教派领袖卡朋特（Lant Carpenter）达成共识，因而两人自 1810 年起就密切通信联系。罗易 1830 年来到英国，三年后客死英国，在英国的几年间他大力宣传印度的宗教，对促进英国对印度宗教的深入了解做出了重大贡献。罗易和卡朋特之间的交流，不仅对孟加拉和英国的自由宗教传统的形成和社会改革运动产生了很大的影响，还促进了不同宗教派别间的融合。卡朋特借在罗易追悼会致辞的机会说道：“真正的宗教并不在于其独特的教义和信条，而在于现世的行善”“对上帝的爱、对人类的爱”（Midgley，2011：773-796），才是真正的基督徒和虔诚的印度教和穆斯林教徒共同的宗教。摒弃基督教、印度教、伊斯兰教在具体教义上的差异，在践行上实现不同宗教间的统一，这极大促进了印度的印度教和伊斯兰教教义在英国的接受和传播。而且，值得一提的是，罗易还和泰戈尔的父亲交往甚密，并对泰戈尔的文学创作和宗教观产生了很大影响。泰戈尔在自己的著作中曾多次提到罗易，并坦然承认他对自己的影响。

印度宗教在英国社会引发广泛关注并产生较大影响，从时间上来看，主要是在19世纪下半叶以后。英国对印度宗教的关注和当时英国的社会文化语境原因密切相关。19世纪的英国，又被称为维多利亚时代（Victorian era）。维多利亚女王（Alexandrina Victoria）从1837年登基到1901年去世的这几十年里，见证了英国在经济、政治、文化各方面的繁荣，以及英国社会结构的转变。19世纪的英国，实现了从农业化社会向工业化社会的过渡和转变。大批英国人离开了祖祖辈辈居住的乡村，开始向城市迁移，从1801年到1850年的这50年间，英国人口的半数以上都居住在城市（Inglis，1963：3）。工业化社会的明显特征，就是工人数量急剧飙升，大量人口聚集在城市，乡村开始日趋衰落。

英国社会结构的急剧变化，诱发了去教堂参加礼拜的宗教信徒数量的急剧下降，一定程度上造成了普通民众的信仰危机。维多利亚之前的英国，还主要是个农业社会，大量英国人居住在乡村，因而大多数教堂也都建立在农村。然而，随着工业化进程的推进，城市居民数量不断增加，城市的教堂数量却没有大的提升。而且，要么是因为教堂离工人聚集地较远，要么是教堂太小根本容纳不下太多教徒，致使去教堂的教众人数大幅下降，一定程度上引发了基督教信仰在英国的衰落。而城市牧师数量的相对不足，更加速了基督教信徒数量的锐减。

另一方面，英国工业化进程不断加剧，国内社会问题层出不穷，经济高速发展以及随之而来的贫富分化的加剧，加深了人们的信仰危机。19世纪50年代以后，英国经济发展相对放缓，失业率飙升，引发了多次大规模的工人罢工。特别到了维多利亚后期，失业率越来越高，在 1879 年和 1886 年，工会工人的失业率达到了 10%，结果造成工人们不断罢工（罗伯茨等，2013：349）。大量失业背后是普通英国工人日益困苦的日常生活，而资本家们却因为大量海外投资带来的巨额利润，财富不减反增，结果导致英国国内贫富差距进一步拉大。到 1901 年，"国民收入的 1/3 归于 3%的高收入者，另外 1/3 归于 9%的中等收入者，其余 1/3 归于 88%的低收入者"（罗伯茨等，2013：348）。大部分工人入不敷出，生活极度悲惨。1883 年，安德鲁・莫恩思（Andrew Mearns）出版的《伦敦安乐园外的惨呼声》（*The Bitter Cry or Outcast London*）就刻画了这一时期居住在伦敦贫民窟里工人的悲惨生活。人们突然发现，经济发展、工业文明进步，并未能促使个人生活普遍得以改善，而努力工作的结果反而使人们生活更加疾苦，从而引发了人们对传统基督教价值观的怀疑和精神信仰的幻灭。

为维多利亚时期信仰危机推波助澜的还有 19 世纪不断发展的科学技术及层出不穷的新理论、新学说。物质文明的发展、理性主义的推进，同样不断冲击着英国人的传统宗教信仰。维多利亚时期是经济飞速发展、科学高歌猛进的时代。在自然科学领域，道尔顿（Dalton）、法拉第（Faraday）、焦耳（Joule）、汤姆逊（Thompson）在气体、电流、热力和电子方面的发现震惊学界；社会科学领域，1943 年密尔（John Stuart Mill）出版了《逻辑体系》（*A System of Logic*），证明知识是从观察和推理中得来的。理性主义、实证主义逐渐深入人心，特别是查尔斯・达尔文（Charles Darwin）于 1859 年出版的《物种起源》（*On the Origin of Species*）中提出的"物种进化"

规律彻底颠覆了《圣经》中的“上帝造人”说，极大动摇了人们长久以来的基督教信仰，使人们开始对传统的宗教信仰产生怀疑，并形成了一种不可知论。

维多利亚时期，英国工业文明、科学技术的不断发展，理性主义、科学观念逐渐深入人心，进化论观点对传统英国人基督教信仰的冲击，造成英国民众的思想危机，并引发了对异域宗教的兴趣。而印度宗教在英国的兴起，首先表现为印度宗教著作在英国的出版。比较宗教学的奠基人麦克斯·谬勒（*Friedrich Max Müller*）于1872出版了专著《宗教科学讲座：佛教徒的虚无主义》（*Lectures on the Science of Religion*：*with a Paper on Buddhist Nihilism*）。1874年，缪勒历经二十多年不懈努力翻译的6卷本《梨俱吠陀》（*Rig Veda*）终于出版，他还组织编撰了《东方经典》（*Sacred Books of the East*），为西方世界了解印度乃至东方宗教起到了推进作用。

此外，讲述佛陀故事的著作在19世纪末英国的广受欢迎，也体现了英国民众对印度宗教的强烈兴趣。其中比较典型的包括1871年出版的理查·菲力普斯（Richard Phillips）的《佛陀故事和教义》（*The Story of Gautama Buddiha and his Creed*：*An Epic*）、1879年爱德文·阿诺德（Edwin Arnold）的《亚洲之光》（*The Light of Asia*）、1887年西德尼·亚瑟·亚力山大（Sidney Arthur Alexander）的《佛陀的故事》（*The Story of Buddha*）等。《佛陀的故事》出版后不但在英美读者中产生了广泛影响，还获得了当年牛津的纽迪吉特奖（Newdigate）。当然，产生影响最大的，还要首推《亚洲之光》。《亚洲之光》一经出版，不但成为畅销书，还成了英格兰和美国的“印度文化现象”。这本书后来被重印八十多次，并在随后的二三十年里，销量数以万计，在英美知识分子和宗教界更是产生了重大且广泛的影响（Clausen，1972：58）。《亚洲之光》先是影响了吉卜林的文学创作，比如从《吉姆》（*Kim*，1901）这部小说对喇嘛的描述中就可以看出《亚洲之光》对他的影响。此后一大批英美作家，最典型的包括叶芝和艾略特（Thomas Stearns Eliot）等也都受到了这本著作的影响。这些印度哲学宗教著作在英美广受追捧的背后，一方面说明了印度宗教文化在英美产生的广泛影响，另一方面也说明了英美读者对来自异域的印度宗教文化的极大好奇和强烈兴趣。

伴随着对东方宗教文化的兴趣，越来越多的英国人开始走出国门，踏上印度这片土地，他们把在印度的见闻写成游记，引发了更多英国民众的兴趣。19 世纪末，英国工业的飞速发展，促发了外出旅行的便利。一方面，英国在东方的殖民化进程进一步加剧，越来越多的英国商人开始在印度投资建厂；另一方面，越来越多的传教士、作家和普通观光游客来到印度。他们把在印度看到的不一样的风土人情，写成见闻或是游记在英国国内出版发行，激发了更多英国民众对印度的好奇和异域想象。其中，最受维多利亚后期英美读者追捧的当数吉卜林那充满印度风情的殖民小说。吉卜林的小说在当时的英美社会掀起一股不小的热潮。吉卜林的小说成为当时英美最畅销的文学作品，而他在作品中所透露出来的“东方就是东方，西方就是西方，东西方永远不可能融合”的观念，也在英美读者中产生了广泛影响。

美国对印度宗教文化的关注，同样和 19 世纪美国社会的发展密切相关。19 世纪上半叶的美国，最突出的特点在于其领土从东海岸向西海岸的不断扩张，以及大量移民的涌入。美国版图的扩大，自然需要大量的劳动力，由此引发了大批欧洲外来移民的涌入。自 1821 年开始，就不断有欧洲人来到美国，而在美国内战之后，更有大批欧洲移民涌入美国。1865 年有近二十五万人来到美国，1881 年的移民数量达到六十多万，到了 1905 年近一百万移民来到美国（铂金等，2013：264）。

大量外来移民涌入美国带来了他们原有的宗教信仰和文化习俗。涌入美国的移民中，大多来自英国、爱尔兰、德国、加拿大和北欧的挪威、瑞典等国。19 世纪 90 年代以后，欧洲南部和东部的移民数量也开始增加。这些来自欧洲不同地区的移民，其宗教信仰也是有区别的。以天主教为例，欧洲不同国家所信奉的天主教教义是有区别的，然而当他们移民到美国之后，则需要遵守统一的天主教文化，这就使得天主教需要结合美国的文化、语言、宗教，使其既具有天主教特色，又具有美国文化的特点（Queen，Prothero & Shattuck，2009：47）。因此，美国外来移民的大量涌入，使得美国社会一开始就面临着不同宗教信仰之间融合的问题。

正是美国面临多民族融合的背景，促发了美国社会对印度宗教的关注。印度宗教在美国的传播，不得不提到 19 世纪后半叶的几件大事：1875 年神智学学会（Theosophical Society）在纽约建立并推行神秘主义（Occultism）；1894 年印度教吠檀多社（Vedanta Society）建立；1897 年美国东方学会（American Oriental Society）建立。

1875 年于纽约建立的神智学学会，强调“不同宗教间的亲属关系”，主要体现在对两大方面的独特关注：“探究精神现象并揭示其背后神秘法则的奇特兴趣”“推动所有宗教本质上同一的自由理念”（Queen，Prothero & Shattuck，2009：983）。因此神智学学会是一个兼收并蓄、主张多元化的宗教组织。而且，神智学学会特别强调印度智慧，对“因果报应”和“转世轮回”的极大兴趣更是指明了学会对印度宗教哲学的喜爱和偏向。

对亚洲宗教的关注，同时引发了美国比较宗教学的兴起。1890 年，美国比较宗教协会（Comparative Religion）成立，随即美国许多大学开始开设比较宗教学课程。1892 年，新建立的芝加哥大学（The University of Chicago）建立了比较宗教系，宗教历史学的课程由哥伦比亚大学（Columbia University）、康奈尔大学、约翰霍普金斯大学（Johns Hopkins University）、宾夕法尼亚大学（University of Pennsylvania）、耶鲁大学及其他大学共同建立。

吠檀多社的创始人斯瓦米·维韦卡南达作为印度教代表在全美的巡回演讲使其被很多人知晓，使得印度教不再是外国的异教。1894 年，他在纽约停留的过程中，建立了吠檀多社。这是在美国建立的第一个印度教组织，旨在吸引欧洲裔的美国教徒，同时将其中一部分训练培养成印度教传教士和教师。维韦卡南达作为在美国的第一代亚洲传教士，在美国宗教史上具有转折性意义，标志着印度宗教开始在美国引发关注，并开始在美国社会引发较大影响。吠檀多社在美国产生了一定影响，特别是对神圣学派（New Thought Movement）、神秘学（Occultism）和三位一体论（Unitarianism）等对亚洲宗教感兴趣的教徒很有吸引力。

最后需要指出，美国兴起的比较宗教学，虽明确提出是为了增进世界不同宗教间的相互了解，促进世界各大宗教间的融合，但还是不难看出这些活动中基督教的中心地位。这恰恰是当时东西方文化沟通的缩影，体现了文化交流双方的地位是不平等的，且往往以西方占主导地位。1912 年，泰戈尔文学作品正是在这种东西方文化不平等的社会语境下进入英美读者视野的。

5.2 泰戈尔世界主义观念文化交流在英美的影响

泰戈尔因诗人身份为英美大众所知，虽然泰戈尔文学作品早已被选入《诺顿英国文学选读》（*The Norton Anthology of English Literature*）等世界文学选集，然而若从比较文化影响研究的视角谈论泰戈尔对英美作家的影响，结果显然会低于预期。就文学影响而言，泰戈尔在英美只是一个短暂的“文化热潮”（Craze），“绝非西方文坛的一位重要文学家，在西方文学传统下，他本质上还是一位局外人”（Sen，1966b：11）。而泰戈尔对英美和印度文化交流的促进和推动作用，远远超越了其文学层面的影响。诺贝尔奖的光环，使泰戈尔在英美产生了重大社会影响。之后他在英美对印度文学文化的传播，不但促进了英美对印度的深入了解，更推动东西方文化交流与合作。泰戈尔去世以后，其文学价值在英美不断被重估，其在英印、美印之间文化交流的象征意义不断被强调，成了英美和印度友好交流合作的文化象征。

5.2.1 诺贝尔文学奖光环

探究泰戈尔在英美的影响，很容易忽视诺贝尔文学奖对泰戈尔在英美文化交流中的积极影响和推进作用。泰戈尔在西方的声誉始于英国。1912 年 6 月，叶芝、罗伯特·布里季、斯特奇·穆尔、欧那斯特·莱斯等人读了泰戈尔英译诗集《吉檀迦利》之后赞不绝口，并通过报纸杂志的报道，使其在英美社会产生影响。但起初泰戈尔在英美的影响和接受局限于英国学界和知识分子阶层。泰戈尔在英美真正引发轰动和广泛关注，更多是凭借诺贝尔文学奖的光环。

需要指出的是，在 1915 年之前①英美整体对泰戈尔缺乏了解。在英美的报纸杂志中，对泰戈尔的介绍仅仅局限于“印度诗人”“东方诗人”等笼统概念。《吉檀迦利》虽颇受英国学界好评，但是其出版却是一波三折。诗集先是在罗森斯坦的大力推荐和帮助下，1912 年由英国的印度学会资助出版，初版的 750 册迅速售罄后，麦克米伦公司才答应出版。由于担心泰戈尔的印度身份会影响书籍销量，因而整部诗集并无任何对泰戈尔的介绍。出版的诗集不加作者介绍，这在当时的英国极为罕见。结果，泰戈尔的身份在英美成了谜团，英美的报刊报道只能称他是“最伟大的印度诗人”，“印度享誉盛名的一流作家”（“An Indian Mystic”，1912：320），“声誉在印度无可匹敌”（“Wisdom of the East”，1913：5），“当下最卓越的印度文学家”（“The Nobel Prize for India”，1913：8）。英美对泰戈尔的介绍评价中，更是不乏谬误。最典型的当数庞德高度赞誉泰戈尔诗歌的同时，却称泰戈尔为“梵文作家”（Pound，1912：

① 1915 年,《泰戈尔自传》(*Rabindranath Tagore*: *A Biographical Study*)在美国出版,该书作者 Rhys E. 是印度裔美国人。虽然其中有不实之处,但终究让英语世界对泰戈尔本人的生平状况有了了解。泰戈尔的自传《童年的回忆》(*Reminiscences*)是 1917 年才在英美出版。

40)。到了1914年，泰戈尔已经获诺奖数月，伦敦的一家图书馆还经常收到请求：希望能得到“犹太作家”的《吉檀迦利》，或“俄国作家”泰戈尔的新作，或“阿拉伯诗人”泰戈尔的诗集（Kundu，2014：517）。

鉴于英美普遍对泰戈尔缺乏了解，诺贝尔文学奖的光环自然成为引发英美“泰戈尔热”（Tagore Craze）的首要原因。当然，诺贝尔文学奖的光环效应，还和当时英美的社会文化语境及对诺贝尔文学奖的普遍态度密切相关。从1901年首位诺贝尔文学奖得主诞生，到1913年泰戈尔获奖，期间获此殊荣的都是欧洲作家，因而诺奖一度被认为是欧洲作家的特权。而泰戈尔这位来自英属殖民地的印度作家却打破了欧洲作家特权，成为第一位获此殊荣的非欧洲文化作家。这势必会在英美引发轰动，泰戈尔由此一跃成为东方作家的代表，还使其在1915年6月3日被英国国王授予爵位。

泰戈尔获诺奖，在英美社会影响巨大。一方面，在泰戈尔1913年获奖之前，只有英国作家吉卜林曾摘此桂冠；另一方面，泰戈尔获得诺奖，是战胜当时在英国乃至欧洲享有盛名的英国作家托马斯·哈代（Thomas Hardy）的结果。哈代落选，却由这位来自英国殖民统治下的印度作家获得殊荣，这无疑会引发英国社会的震惊。英国报纸感叹诺贝尔文学奖委员会缺乏眼光之余，还无不酸楚地评论道：“诺贝尔奖是保守的。”（“The Nobel Prize”，1913：1）

20世纪初的美国，更是很长一段时间与诺贝尔文学奖无缘。首获诺贝尔文学奖的美国作家辛克莱·刘易斯是在1930年摘得桂冠的，时间上比泰戈尔晚了近二十年。而20世纪初的美国文学，还是不太受到欧洲认可。在较长一段时期内，美国人被欧洲认为是缺乏教化、文化粗鄙的，而在美国国内也对自己的文学文化缺乏自信。在这样的文化语境之下，一位来自英国殖民统治下的印度作家竟获此殊荣，这不禁在美国社会引发轰动。泰戈尔在美国的轰动效应，从他 1912 年和 1916 年两次赴美，美国媒体和公众的不同反应中就可明显看出。

诺贝尔文学奖的光环，对泰戈尔后来在英美的文化交流帮助极大。1913 年后英译泰戈尔文学作品在英美的大量出版，泰戈尔之后多次奔赴英美的文化交流并产生重大社会影响，都和他获得诺奖紧密相关。1913 年获诺奖之前，麦克米伦公司还对是否出版《吉檀迦利》犹豫不决，获奖之后泰戈尔多本作品迅速得以出版。诺贝尔文学奖的光环，更是引发了英美媒体对泰戈尔的持续报道。截至 1941 年泰戈尔去世，英国报纸对泰戈尔在世界各地的文化交流活动都有介绍。在美国，泰戈尔在美国各地的演讲，更是受到了明星般的关注和报道。诺贝尔文学奖的光环，极大推动了英美对泰戈尔文化交流活动的关注和影响，促进了英美对印度文学文化的重新审视和对东西文学文化关系的重新思考。

5.2.2 泰戈尔：印度文化窗口和东西方文化桥梁

不论是英译泰戈尔文学作品，还是泰戈尔在英美的演讲等文化交流活动，都为英美打开了重新审视印度文学文化的窗口，并在先前的东西方文化鸿沟上搭建起了沟通的桥梁。泰戈尔文学作品进入英美之前，英美对印度的了解多是通过吉卜林的印度书写。吉卜林不但塑造了一个荒蛮落后又充满神秘色彩、异域风情的印度，还提出“西方是西方，东方是东方，东西方之间永远不可能融合”的主张，对当时英美社会产生了极大影响。

然而，泰戈尔文学作品传入英美之后，英美读者眼中的印度形象发生了改变。英国媒体曾坦言：“吉卜林记忆中的武力暴动，给英国人脑海中留下了奇怪的印度印象：刺目、耀眼的色彩，广阔的空间，艰苦，欺骗，撒提（Suttee），饥荒。”这让在印度旅行的英国人“感受到了白色和棕色人种间巨大的鸿沟”，但是泰戈尔的出现，却在东西方的鸿沟上“架起了桥梁”（Briggs，1913：6）。可见，泰戈尔文学作品在英美传播的意义，不仅仅在于其为英美读者提供了审美的享受，还肩负起促进英印文化沟通交流的重担，成了英美全面客观了解印度文化文明的窗口。

泰戈尔诗歌在英美的传播，更是让英美读者感受到英美和印度之间并非存在不可逾越的鸿沟，不同民族在看似巨大的民族差异外表下有着相同的内心。对文学的喜爱和共通的鉴赏能力，恰恰成了消除民族差异的途径。泰戈尔文学作品让英美读者看到，英印民族差异之下的共通性。文学是沟通不同民族的桥梁，“诗歌就是这种可以把大家团结起来的价值观”，泰戈尔正是凭借大家对文学的兴趣“把人们联系到一起”（Chatterjee，1931：32）。泰戈尔在英美的影响，就体现在凭借自己的文学打破了东西方民族差异，消除东西方文化和思想的隔阂。英国《曼彻斯特卫报》曾这样评价泰戈尔对消除民族差异的贡献：

> 泰戈尔凭借自己的文学成就，向英国社会表明：“种

> 族间的差异，看上去是根本性的，最后都被证明是表面的，泰戈尔就是要打破这些差异，把不同民族统一起来。”（“Books and Bookmen”，1913：7）

英国哲学家罗素也曾给予泰戈尔类似评价：

> 泰戈尔对我们这个时代的任务——促进不同种族的相互理解，做出了最大的贡献。他对印度所做的贡献，用不着我来说，但是他对欧洲和美国在消除偏见和剔除误解上所做的贡献，我敢说，就凭这一点，就值得我送上最高的崇敬。(Russell，1931：220)

泰戈尔不但凭借其文学在东西方文化的隔阂上搭建起沟通的桥梁，还通过他在英美的演讲让英美认识到东西方文化互补和文化互惠。

一方面，泰戈尔在英美的演讲中批判了当时英美文化中物质崇拜的危害。在泰戈尔看来，西方的物质主义是缺乏情感的物质抽象，容易造成机械组织驱使下的个体情感泯灭，人与人之间变成物化的财富占有和分配关系。西方文化的危害，对个人而言，在于其强调以自私和贪欲为基础物质财富的累积，忽视了人们的情感关怀和精神自由，造成人情冷漠，社会关系更是变成了你争我夺、优胜劣汰的丛林法则。对国家而言，不但引发西方国家之间的相互争抢，更促发了西方国家对东方的殖民掠夺，极易引发世界大战的爆发，给人类带来危害。

另一方面，泰戈尔在英美又不断强调东方精神主义文化对西方的有效补充，希望西方能借助东方文化来解决自身文化的问题。泰戈尔在英美的演讲中，强调英美不但应学习印度的友爱精神、梵我合一等印度精神文化经典，更强调将印度的哲学宗教思想在英美人的具体行动中实现。在泰戈尔看来，西方学者对印度伟大的经文只有考古和学术研究的兴趣，实际上英美应重新认识《奥义书》在实际生活中的价值："《奥义书》中的诗行，佛陀的教诲，都是精神的力量，因而都拥有无穷的生命活力。"（"Books and Bookmen"，1913：7）只有让印度的哲学宗教思想不断渗透到科学、商业、机械为核心的西方文明之中，才能有效化解西方文化所引发的危机。

美国牧师约翰·海恩斯·霍姆斯（John Haynes Holmes）曾这样评价泰戈尔所倡导的东西方文化互补的意义：

> 机械、生产、财富、战争占据了我们的世界，并反映在了对思想机械化、物质化形式生产的掌控。然而，泰戈尔却提醒我们内在精神是唯一现实，精神的满足是所有生命的奥妙。此外，泰戈尔还是东西方的协调者。泰戈尔稔熟西方文学文化，能从西方的恶中看到它的善，能从其受物质的掌控中看到对人类生活不可或缺的、永恒的贡献，并在东方赞誉西方的巨大成就。正是因为泰戈尔了解西方，所以他看到了西方需要借助东方对内在生命的掌控，来匹配其对外部事物的有力掌控。因而，东西方彼此需要对方，如同柏拉图神秘的半身人，渴望、寻求自己的另一半。(Holmes，1931：109-110)

不仅如此，泰戈尔还为英美带来了爱的讯息，主张建立以博爱、和谐、平等、互助等道义原则为基础的精神联合，为新型东西方关系的建立提供了新的思路。泰戈尔对东西方文化交流的影响，不仅仅在于他指出了民族主义为基础的国际关系的不足，还因民族主义局限会引发民族国家间的争抢掠夺，从而给人类带来危害。因而，他提出了以道义为原则的民族国家间的交流合作，重建以世界主义观念为核心的新型世界关系。

美国著名女作家、慈善家海伦·凯勒曾这样高度评价泰戈尔的世界主义观念：

> 思索你（泰戈尔）所带来的“友爱”“合作”的讯息，会带给我们丰硕的灵感。……你一步步走向“冲突尖锐”“愚昧深重”的人类居所。你牵着孩子们的小手，带他们走进乐园，教导他们对生活之美心存怜悯，生活在关爱之中。
>
> 你观察敏锐，善于聆听，在人生之旅中看到了分裂、偏见、仇恨给人类所带来的分裂、黑暗与无知。人们彼此陌生，甚至视若仇敌。但是，通过长期耐心的观察，你却看到了隐藏在人类背后的爱的动力。爱能把人类遭到毁坏的生活变得更富创作力，给人类带来和平。对这受恐惧法则统领的世界，你是倡导爱的法则的先知。……战争将会结束，仇恨将会消亡，界限将被打破，教条将被消除，人类将会拥有比这更伟大的东西。(Keller，1931：122)

以上英美各界对泰戈尔的评价，反映了泰戈尔对增进西方了解和东西方文化交流的贡献及在英美社会的影响。泰戈尔在英美的文学文化交流，一直蕴含着其世界主义观念，并对促进英美和印度间的文化交流影响深远。他以诗人的身份进入英美视域，但是其文学文化交流活动在英美的影响，已经远远超越了文学文本层面，更多成了英美了解印度文学文化的窗口、促进英美和印度不同民族文化交流的阶梯。英美对泰戈尔的印象，也不单是印度作家代表、东方作家代表，更是东西方文化友好交流的代表。泰戈尔在英美的文化友好交流的象征意义，在其去世以后英美围绕泰戈尔举办的相关活动中得到了进一步的凸显。

5.2.3 泰戈尔：英美和印度友好交流的文化象征

从 1912 年 6 月泰戈尔首次在英国社会引发关注，到 1941 年8 月去世的近 30 年里，泰戈尔一直受到英国新闻媒体的关注。当然，这期间英国媒体对泰戈尔的报道也呈现衰退趋势。其中，泰戈尔放弃女王授予的爵位事件，一定程度上引发了 1920 年后相关报道数量的急剧衰减（Lago，1990：Ⅱ）。但总体而言，英国媒体在泰戈尔生前一直未失去对泰戈尔的关注。

然而，泰戈尔去世之后，英美对他的关注就少了许多。从泰戈尔去世到 1980 年代的近 40 年里，他在英国突然变得悄无声息。甚至 1961 年泰戈尔的百年诞辰，英国除了几则简短的播报和伦敦印度居民的小型文化活动外，并无大的反响。泰戈尔的百年诞辰就在英国悄无声息地度过了。一方面原因在于，新一代的英国学者觉得泰戈尔的作品“过时”并“令人生厌”，不再关注他的文学。因而直到 20 世纪 70 年代，提起泰戈尔的名字，英国年轻读者的一致反应是“没有听过”（Kampchen & Bangha，2014：533）。既然在国内缺乏读者，英国的出版商们自然会因无利可图而不愿意出版发行泰戈尔的作品。这期间，英国政府也未举办有关泰戈尔的文化纪念活动，或是发起对泰戈尔作品的出版活动。因此，直到 1980 年代，泰戈尔在英国一直处于不被关注的状态。

20 世纪 80 年代以后，随着新的泰戈尔作品的出版，他在英美的受关注度开始复苏。先是 1985 年威廉·洛戴斯编选的《泰戈尔诗歌选》(*Rabindranath Tagore*: *Selected Poems*) 由企鹅公司出版。选入的诗歌都由洛戴斯从孟加拉语重译，出版之后便引起了英国现代诗歌爱好者的关注，后来更是 7 次重印，足见这本诗集在英国的受欢迎程度 (Kampchen & Bangha, 2014: 533)。《泰戈尔诗歌选》在英美的被关注，引发了出版社和英美学界对泰戈尔文学作品的再次关注。

麦克米伦公司打破多年沉寂，在 1991 年出版了克里希纳·达特 (Krishna Dutta) 和玛丽·雷戈 (Mary Lago) 选编的《泰戈尔短篇小说选》(*Selected Short Stories of Rabindranath Tagore*)，还再版了《孟加拉一瞥》(*Glimpse of Bengal*)，并重印了泰戈尔的《我的回忆》和《民族主义》。同年出版的泰戈尔作品还包括洛戴斯编选的《泰戈尔短篇小说集》(*Rabindranath Tagore*: *Selected Short Stories*)、达特和罗宾森 (Andrew Robinson) 编著的《博学多才的泰戈尔》(*Rabindranath Tagore*: *The Myriad-Minded Man*) 等。

在英国出版的泰戈尔相关著作，比较有代表性的还包括《不同时代下的泰戈尔》(*Rabindranath Tagore*: *A Perspective in Time*, 1989)、《泰戈尔书信选》(*Selected Letters of Rabindranath Tagore*, 1997)、《泰戈尔文学作品选》(*Rabindranath Tagore*: *An Anthology*, 1997)、《泰戈尔：创造性统一》(*Rabindranath Tagore*: *A Creative Unity*, 2006) 和《想象泰戈尔：泰戈尔和英国媒体》(*Imaging Tagore*: *Rabindranath and the British Press 1912-1941*, 2000)。此外，还出版了从泰戈尔孟

加拉语原作重新英译的泰戈尔文学作品，比较有代表性的包括查特吉（Chatterjee）从孟加拉语翻译的《鹦鹉的训练》（*Parrot's Training*，1993）、洛戴斯从孟加拉语翻译的《邮局》（1996），还有根据泰戈尔手稿从孟加拉语重译的《吉檀迦利》（2011）等。

伴随着泰戈尔作品的出版，泰戈尔的文化象征意义逐渐开始被发掘。首先是 1986 年在英国举办了纪念泰戈尔诞辰 125 周年的庆祝活动，同时还为泰戈尔在伦敦召开了以泰戈尔为题的国际学术研讨会。这是泰戈尔去世后，在英国第一次举办的泰戈尔文化纪念活动。

泰戈尔在英国逐渐再次引发关注，和 20 世纪 60 年代以来伦敦孟加拉人口数量的增加密切相关。在伦敦，说孟加拉语的印度人每年自发组织、举办各种文化活动来纪念泰戈尔。他们演唱泰戈尔的诗歌，表演泰戈尔的戏剧，希望以此引起更多伦敦居民的关注，让英国人意识到泰戈尔对促进英印文化交流所做的贡献。经过不懈努力，2000 年泰戈尔文学作品终于被选进英语文学课程提纲，成为英格兰和威尔士地区中学统一课程的一部分。

2011 年，恰逢泰戈尔诞辰 150 周年。英国举办了重大的泰戈尔文化纪念活动，英国的多所大学、组织都参与其中。当时举办的文化纪念活动包括达廷顿泰戈尔节（Dartington's Tagore Festival）、伦敦大学泰戈尔中心（The Tagore Centre）举办的为期三天的国际学术研讨会、在皇家音乐厅（Royal Festival Hall）举办的“吉檀迦利”之夜等。此后，在伦敦还成立了两个泰戈尔文化研究中心：在爱丁堡纳皮尔大学（Edinburgh Napier University）建立的苏格兰泰戈尔研究中心（Scotish Centre of Tagore Studies）和在伦敦国王学院（King's College London）建立的泰戈尔全球思想中心（The Tagore Centre for Global Thought）。

泰戈尔去世后，他在美国的影响和英国类似。20 世纪 60 年代，由于美国社会问题突出，女权主义、反战运动等社会活动不断。在这样的社会文化语境下，美国人再次发现了泰戈尔的价值。因而泰戈尔去世 20 年之后，泰戈尔再次进入了美国公众视野。1961 年，在泰戈尔百年诞辰之际，由美国作家、学者诺曼·布朗（Norman Brown），作家诺曼·库西（Norman Cousin）、赛珍珠（Pearl Buck）和一些印度学者组成的委员会，一起观看了泰戈尔戏剧的演出并展开了学术讨论。同时约瑟夫·迪（Joseph Dee）还刊印了以"泰戈尔与美国"为题的宣传小册，讲述了泰戈尔在东西方文化沟通的桥梁作用，还赞誉了"泰戈尔文化现象"，称"泰戈尔是来自东方的世界主义者"（Kampchen & Bangha，2014：602）。

泰戈尔戏剧也在 1960 年代再次被搬上了美国舞台，并在美国观众中引发不错的反响。奎师那·沙（Krishna Shah）表演的戏剧《暗室之王》，先是在爱荷华大学（The University of lowa）的演出非常成功，受到观众一致赞誉。之后，又进入了中西部高校戏剧研讨会（Midwest Colleges Drama Conference），并获得赞赏。《暗室之王》在重新编排之后，于 1961 年进入了美国百老汇演出，演出几乎场场爆满，在当时引发了不小的轰动（Kampchen & Bangha，2014：602）。

1981 年，为纪念泰戈尔诞辰 120 周年，美国举办了小型的学术研讨。学术活动主要由美国学者组成，研讨会还出版文集《美国视角下的泰戈尔》（*Rabindranath Tagore：American In-*

terpretation)。1998年，在美国康涅狄格大学（University of Connecticut）召开了以“家与世界：新千年的泰戈尔”为题的学术研讨会。会议的主题，围绕现代和传统的关系展开。会议上，斯坦克（Stunkel）以泰戈尔的生平和作品为例，阐述了人文主义思想的成就与积极意义，认为后现代主义视角弱化了泰戈尔作为艺术家和人文主义的成就，并探讨了美国和欧洲高等教育中与之相对的怀疑主义所带来的不良后果。

值得一提的是，此后美国学者对泰戈尔的兴趣，转向了泰戈尔的教育理念，尤其对泰戈尔在圣地尼克坦创办的国际大学特别感兴趣。芝加哥大学的哲学家玛莎·纳斯邦（Martha Nussbaum）非常关心泰戈尔世界主义立场的教育理念，并出版专著《不为名利：为什么民主需要人文主义》（*Not For Profit*：*Why Democracy Needs the Humanities*，2010），探究了泰戈尔在圣地尼克坦的国际大学的教育理念与实践。他的研究引发了其他美国学者的兴趣，成为近些年来美国泰戈尔研究的一个重要方面。

在美国，对泰戈尔文学作品的研究和关注，主要集中在美国的孟加拉语学者中间。他们把泰戈尔视为孟加拉语言文化的代表，希望通过对泰戈尔文学作品的重新发掘，激发泰戈尔文学作品在美国新的影响力。而其他对泰戈尔的关注，更多表现在把泰戈尔视为文化符号，关注其对东西方文化交流的象征意义。泰戈尔的画作，也是美国关注的一个兴趣点。在美国，专门举办了有关泰戈尔文学作品和画作的展览。费城博物馆（Philadelphia Museum）就在2008年举办了印度文学文化展，并将泰戈尔的画作陈列其中。哈佛大学的马恒达人文中心（Mahindra Humanities Centre）也曾为纪念泰戈尔获诺贝尔文学奖 100 周年，举办了泰戈尔诗歌和音乐展。

此外，美国还成立了不少以泰戈尔命名的学会和组织，其中最具代表性的是在得克萨斯州的休斯敦泰戈尔学会（The Tagore Society of Houstion）。学会和休斯敦大学（University of Houston）联合，设立了“泰戈尔护照启动奖学金”（Tagore Passport Operating Scholarship Award），主要资助博士生赴印度做泰戈尔研究。厄巴纳作为泰戈尔 1912 年赴美的第一站，产生了重要的文化意义和影响。厄巴纳在当地设立了泰戈尔基金，每年资助并举办泰戈尔文化节，以纪念泰戈尔在文学文化交流方面的杰出贡献。

由此可见，泰戈尔去世之后，他在英美文学界产生的影响，还是远逊色于其对东西方文化交流的影响和他所产生的象征意义。英美研究孟加拉语的学者，虽也在不断大力挖掘泰戈尔文学作品在新时期的意义和影响，但总体而言，其文学在英美的影响还是相对较小，英美更关注的还是泰戈尔的文化符号意义。在英美，泰戈尔成了英印、美印文化友好交流的象征，其倡导的和平、友爱、东西方一体等世界主义思想越来越得到英美学者的认可和重视。而不管是在英美建立的泰戈尔学会，还是在英美大学建立的泰戈尔中心，都反映了泰戈尔作为印度文化的代表在英印、美印文化交流中的象征意义。

5.3 泰戈尔在英美文化交流的成功经验

泰戈尔先是凭借其诗集《吉檀迦利》在英国引发关注，此后斩获诺奖更为其带来了极大的文学声誉。之后，泰戈尔凭借其在英美的文学声誉传播印度哲学宗教文化思想，促进英美和印度间的文学文化交流。泰戈尔还凭借其在英美的演讲，引发极大社会关注和影响，在英美掀起了“泰戈尔热”。自20世纪80年代以来，泰戈尔对促进英美和印度文化交流的意义被重新关注，不但在英美成立了各种以泰戈尔命名的学会和基金会，各种以泰戈尔为名的世界学术研讨会也经常在英美召开。近年来，一些印度学者乃至英美的孟加拉语言文学文化研究者，更是不断把泰戈尔的孟加拉语文学重新翻译成英语，试图挖掘泰戈尔文学作品在新时代的价值，激发泰戈尔文学作品在英美社会新的影响。泰戈尔无疑成为20世纪东方文学文化在英美传播交流的最成功案例之一。

在国内学界密切关注中国文学文化走出去的大背景下，希望通过探析泰戈尔在英美文化交流的成功经验，能对当下中国文学文化走出去提供启迪和借鉴。当然，从语言的亲属关系上来看，中印语言之间的确存在差异：英语和孟加拉语同属印欧语系，相近的语言亲属关系使翻译过程中语言转换的难度相对较小，而汉语属于汉藏语系，汉英两种语言之间相对疏远的语言关系加大了两种语言间转换的难度。但若抛开语言间亲疏关系的不同，但就文学文化传播而论，中印文学文化在英美的传播还是有不少共通之处。二者同属亚洲文化，在哲学宗教思想上也都有共通之处。而且，二者和英美的强势文学文化相比，都被视为弱势文学文化。因此，泰戈尔在英美的文化交流，还是和当下的中国文学文化走出去有一定共通之处，下文就从泰戈尔文学作品的译介和他在英美的文化传播观念两方面，探究其背后的成功经验，希望能为中国文学文化走出去提供启迪和借鉴。

5.3.1 民族文学独特性和跨民族文学共通性间的协调

探究泰戈尔文学作品译介的成功经验，就不得不触及一个核心问题：泰戈尔文学作品何以能在英国得到广泛赞誉并产生重大影响？鉴于泰戈尔的《吉檀迦利》在英美的影响最大，泰戈尔凭借这本诗集不仅在英美引发关注，更是借此获得诺奖。因此，探究泰戈尔文学作品在英美成功译介的原因，将聚焦于诗集《吉檀迦利》的译介及在英美被成功接受并产生重大影响的原因展开讨论。

表面来看，泰戈尔英译《吉檀迦利》的起因乃至后来诗集在英美获得成功，更多是一种偶然。泰戈尔英译《吉檀迦利》完全是因受到罗森斯坦的邀请，至于后来诗集能够在英美乃至西方产生如此大的影响，同样使泰戈尔始料未及。起初，罗森斯坦先是偶然在《现代评论》（*Modern Review*）杂志上读到了泰戈尔小说英译文后深受感染，就请他人翻译了泰戈尔的诗歌，读后同样非常喜欢，又听说泰戈尔要来英国①，就希望泰戈尔能自己翻译一些诗歌供他欣赏。随后，泰戈尔在自己50岁的时候，首次翻译自己先前用孟加拉语创作的诗歌，然后就开始了《吉檀迦利》的英译工作。

《吉檀迦利》中诗歌的英译，多是泰戈尔赴英途中完成的。

---

① 罗森斯坦和泰戈尔的哥哥是好朋友，泰戈尔此次赴英是去看病的。到了英国，是罗森斯坦接待。泰戈尔此次来英国之前，罗森斯坦只是在泰戈尔家里与他有过一面之缘，两人并无实际交谈。两人之间，基本上属于不太认识的状态。

泰戈尔到了英国，诗集先是得到了罗森斯坦的赞赏。然后，罗森斯坦邀请众多英国的作家到他家中欣赏泰戈尔的诗歌，并得到其他英国作家的一致称赞。在此之后，更是得到了叶芝、庞德等人的赞誉，随即在英国知识分子中引发广泛关注，然后很快就获得了诺贝尔文学奖。从整个过程来看，确实充满偶然性。

然而，若深入探究诗集在英国成功译介背后的原因，则至少涉及文本、外部推介和英国社会文化语境等诸多原因。由于文本因素和英美社会文化语境密切相关，就先从罗森斯坦对泰戈尔诗歌在英国的推介讲起。诗集《吉檀迦利》能在英美知识分子中迅速引发关注和罗森斯坦的推介密不可分。罗森斯坦不但把泰戈尔介绍给了莱斯、布里季、叶芝、庞德、萧伯纳、高尔斯华绥等当时一大批一流的英国作家，还邀请了一批记者朋友和泰戈尔见面，他们对泰戈尔后来在英美引发关注意义重大。

虽然邀约的英国作家并非都赞赏泰戈尔的诗作，比如萧伯纳和泰戈尔初次见面的谈话并不太愉快①，但是叶芝为诗集所做的充满溢美之词的前言，确实对《吉檀迦利》在英国产生影响帮助很大。庞德在《诗刊》上对泰戈尔诗歌的评论，同样对泰戈尔在美国的影响意义重大。记者朋友们撰写赞誉泰戈尔诗歌的评论，报道泰戈尔和叶芝等人见面的场景，都使得诗集在很短时间内便能引发英国社会各界的关注。

当然，他们推介泰戈尔诗歌，究其根本还是在于泰戈尔诗歌自身的魅力。正是因为这些英国友人对泰戈尔诗歌深深的喜

① 详情可见克里巴拉尼著、倪培耕译《泰戈尔传》第 273 页。

爱，才有了后来的推介行为。以叶芝为例，罗森斯坦曾替泰戈尔向叶芝表达感激之情，但叶芝的回答却是：“这都是我自愿的，我只是喜欢这些诗。”（Hone，1962：185）也正是因为喜欢，莱斯还主动把《吉檀迦利》递交给诺贝尔奖文学评审委员会参与评选。

那么，泰戈尔诗集《吉檀迦利》中的诗歌到底有什么魅力，能使叶芝等英国的一流作家和英国知识分子为之折服，并对其诗歌爱不释手①。仅从文本层面来看，《吉檀迦利》不但体现了和英国诗学的密切联系，更在于诗歌中的异质性成分满足了英语读者对印度文学文化的异域想象。正是诗集的文学共通性和民族独特性②，引发了《吉檀迦利》在英美被接受并产生重大影响。

英语读者对《吉檀迦利》的赞誉，多表达了诗集中所收录诗歌和英语文学文化的共通之处。《吉檀迦利》不仅让英语读者感受到了和《荷马史诗》（*Homer's Epics*）《圣经》等西方经典的联系，还经常和英国的浪漫主义诗歌相联系，认为其用英语表达了英国诗歌的特征，延续了诗歌和宗教的传统。安德森(J. D. Anderson)在 1912 年 7 月 30 日晚听完叶芝朗读《吉檀迦

---

① 当时叶芝非常喜欢泰戈尔《吉檀迦利》中的诗歌，刚开始拿到诗集的那段时间里，基本上每天必读。详见《叶芝年鉴》(*A William Butler Yeats Chronology*)。

② 《吉檀迦利》在英译的过程中，同样采用了顺应英语诗歌的翻译策略。为了让诗歌译文更容易被英语读者接受，泰戈尔还邀请叶芝为英文表达润色，从而让译文的表达更地道、流畅。此外，诗歌的版式、排列顺序也都接受叶芝建议而做了调整。带有共通性的诗歌主题、地道的英语表达和顺应英语诗歌规范的编排，增进了《吉檀迦利》和英国诗学间的融合。这些翻译策略上和英语诗歌间的融合，前面已有讲述，此处不赘。这一部分主要关注英译泰戈尔诗歌主题和英语诗歌主题间的共通。

利》中的诗歌之后，无比兴奋，“泰戈尔的诗的美酒完全让我（安德森）陶醉”，这种兴奋的感觉如同听到济慈朗诵《荷马史诗》的译文：“当一颗新的行星驰进他的视野/我觉得自己有些像天空的守卫。”（克里巴拉尼，1984：266）

《吉檀迦利》还让英语读者感受到了和《圣经》的密切联系。《吉檀迦利》常常被认为和《圣经》旧约中“所罗门之歌”相类似：二者都庆祝爱恋，意象都有独特的感官特点。“所罗门之歌”中，和心爱的书拉密（Shulamite）约会的浪漫田园风光①，被认为和《吉檀迦利》中第54首诗歌很相像：两段都描写了男子和情人的关系，都给人浪漫、新奇的气氛，都使用了能带来感官刺激和浪漫联想的细节。泰戈尔的诗行中，使用了“布谷鸟的歌唱”“花的芬芳”，《圣经》中使用了“花的芳香”“芳香的汁液”来增添诗歌奢华的气氛（Bates，1965：778）。

英国报刊对《吉檀迦利》的评论也常和《圣经》相联系。阅读诗集中的宗教虔诚，常让英语读者“联想到《大卫诗篇》”，完全可以“通过虔信的行为和个人体验”，实现对“上帝的演说”（“*Mr. Tagore's Poems*”，1912：492）。诗歌中的词句，更是被认为像出自奥古斯丁（St. Augustine）等人之手，因而只有古典神秘主义诗学，才能为《吉檀迦利》中的诗歌做出客观公正的评判（“An Indian Mystic”，1912：320）。

《吉檀迦利》中的诗歌，往往被认为和英美浪漫主义诗学联系紧密。诗歌中的不同主题，也似乎都能从英国浪漫主义诗人的诗歌中找到类似表达。在热爱生活、向往童年的主题上，

---

① 《圣经·旧约》的“雅歌”中描述了充满田园风光的牧羊场景，详见《圣经·新旧约全书》，南京：中国基督教协会印发，1989：631。

可以看到其诗歌中所反映的和华兹华斯诗歌中的相似；在死亡主题上，又可以看到和济慈之间的相似；在文体特征上，可以看到《吉檀迦利》和惠特曼（Walt Whitman）的相似；在神秘主义主题上，又可以看到与惠特曼、华兹华斯的相似关系；在意象的田园风格上，又可以看到和浪漫主义诗人尤其是华兹华斯之间的相像。

以诗集中死亡主题的诗歌为例，泰戈尔的诗歌往往欢迎死亡的到来，诗人对“死”和“生”报以同样热烈的情感。

《吉檀迦利》第 95 首：

Even so, in death the same unknown will appear as ever known to me. And because I love this life, I know I shall love death as well.

汉译文：

就是这样，在死亡里，

这同一的不可知者又以我熟识的面目出现。

因为我今生，

我知道我也会一样爱死亡。（泰戈尔，2010a：199）

《吉檀迦利》第 100 首：

And now I am eager to die into the deathless.

Into the audience hall by the fathomless abyss where swells

up the music of toneless strings I shall take this harp of my life.

汉译文：

现在我渴望死于不死之中。

我要拿起我的生命的弦琴，进入无底深渊旁边，

那座涌出无调的乐音的广厅。（泰戈尔，2010a：209）

泰戈尔对死亡的热爱，又让英语读者联想到济慈的“夜莺颂”：

Darkling I listen; and, for many a time

I have been half in love with easeful Death,

Call'd him soft names in many a mused rhyme,

To take into the air my quiet breath. (Keats, 1955: 233)

汉译文：

我在黑暗里倾听；呵，多少次

我几乎爱上了静谧的死亡，

我在诗思里用尽了我言辞，

求他把我的一息散入空茫。（穆旦，2005：432）

泰戈尔诗歌的主题，也常常让美国读者感受到和美国诗人惠特曼的相似。以泰戈尔诗歌中的上帝和尘世之爱为例，泰戈尔《吉檀迦利》第59首是这样写的：

Yes, I know, this is nothing but thy love, O beloved of my heart—

this golden light that dances upon the leaves, these idle clouds

sailing across the sky, this passing breeze leaving its coolness

upon my forehead.

汉译文：

是的，我知道，这只是你的爱，呵，

我心爱的人——这在树叶上跳舞的金

光，这些驶过天空的闲云，这使我头额

清爽的吹过的凉风。（泰戈尔，2010a：123）

再来比较惠特曼《自我之歌》（*Song of Myself*）中对“无处不在的上帝”的描述：

I see something of God each hour of the twenty-four, and each moment then,

In the faces of men and women I see God, and in my own face in the glass,

I find letters from God dropt in the street, and every one is signed by God's name.

（Whiteman，1983：179）

汉译文：

我在二十四小时的每时，甚至每刻都看见了上帝的什么，

在男男女女的脸上，在镜子中我自己的脸上，我看见了上帝，

我在街上发现上帝丢下的信件，每一封都有上帝的签名。（惠特曼，2015：100）

不难看出，《吉檀迦利》确实和英语诗歌乃至西方文学文化有共通之处，阅读泰戈尔诗歌也确实能让英语读者联想到经典英语诗篇。而从翻译的角度来看，这和泰戈尔文化交流导向的翻译策略密不可分。泰戈尔为了促进其诗歌更容易被英语读者理解与接受，翻译选目上就选译了更具共通性主题的诗歌，因而《吉檀迦利》中的诗歌多以宗教、死亡、自然等为主题。

而且《吉檀迦利》中所收录诗歌，选自《献歌集》《花环集》《儿童集》等10本孟加拉语诗集，这也反映了翻译选目上对英语读者的顺应。

然而，《吉檀迦利》在英美所受的赞誉和认可，仅仅将其归结为翻译策略上的顺应、《吉檀迦利》和英美诗歌的融合，显然不足以解释其在英美产生的轰动。道理很简单，如果《吉檀迦利》仅仅是屈从于英语诗学范式，其中诗歌仅仅是和英国浪漫主义诗歌相类似，显然不可能打动叶芝、庞德等一大批当时的一流英国诗人作家，因为其中还涉及另一因素：诗集中还蕴含了独具印度民族文学特征的诗学特性。

泰戈尔深受印度经典《奥义书》的影响，诗集《吉檀迦利》更是承袭了印度毗湿奴派诗学特点，具体而言就体现在诗集中所表达的“梵我合一”的思想。简单来讲，“梵我合一”的思想是指“梵”存在于世间万物之中，“我”只有超脱物质、欲望的束缚，追求和世界万物精神上交流，并与万物融为一体，这样才能感受到无处不在的“梵”，从而和梵、和万物一体。因此，整部诗集中弥漫着浓郁的宗教虔诚思想。当然，泰戈尔在翻译过程中为了便于英语读者理解，把孟加拉原文的“梵”，英译成了“God”（上帝）。很明显，《吉檀迦利》中所表达的“上帝（原文是梵）”和西方眼中的“上帝”是有区别的。在西方人眼中，上帝是神圣的、高高在上的，而《吉檀迦利》中的“上帝”却是无处不在的，是个人通过精神的虔诚可以亲证的。因为当时大部分英语读者对印度毗湿奴诗派缺乏了解，在阅读《吉檀迦利》的过程中感受到了浓郁的宗教神秘主义。

由此，《吉檀迦利》被庞德认为是“英语诗歌和世界诗歌历史上的一个事件”（Pound，1912：92-94）。庞德对诗歌给予了高度评价："比德拉克时期人们一定感受过这种神秘的语言，但现已逝去，希腊在消失了几个世纪之后，又被带回欧洲。"(Pound，1912：93）叶芝从泰戈尔诗歌中读到了"超越国家和阶级区分"的相同"人性"，还认为这些诗歌"展现了一个我终生梦寐以求的诗学世界：诗歌和宗教等同的诗学传统"(Sen，2010：22)。《曼彻斯特卫报》曾这样评论《吉檀迦利》：在泰戈尔的诗歌中，可以明显看到"东西方思想的融合"，东方保持着对"生命本质的敏锐观察"，而西方则关注生命当下的价值（"The Indian Poet"，1913：6)。

实际上，庞德和叶芝对《吉檀迦利》的赞赏，部分反映了诗集在英美受欢迎的原因。叶芝对《吉檀迦利》的赞赏和推崇，极大程度上是因为诗集满足了叶芝对印度文学文化的想象。而后来，随着《园丁集》《采果集》《新月集》等其他泰戈尔诗集的出版，逐渐引起了叶芝的憎恶，他说道："泰戈尔的诗一直在谈上帝，我现在已经开始讨厌模糊的诗风，我一生都受《奥义书》的滋养，但是泰戈尔诗中的神秘主义却越来越让我感到厌恶。而且在他的诗歌中，我根本找不到任何悲剧成分。"(Sen，2010：20-23）由此可见，泰戈尔诗歌在英美受欢迎的原因，很大程度上源于《吉檀迦利》中的印度民族诗学特征满足了叶芝等英国作家对东方文化的想象。一定程度上，英译泰戈尔诗歌在英美的成功，主要源于其展现印度文学多样性下的英印文学共通。

《吉檀迦利》在英语读者中的巨大反响，除了因为泰戈尔文学作品在文本层面反映了民族多样性和文学共通性间的协调，20世纪初的英国诗学语境同样呼唤新的诗歌的诞生。20世纪初的英国文学，尤其是在诗歌创作上，随着维多利亚时期两位最著名的英国诗人罗伯特·勃朗宁（Robert Browning）和桂冠诗人阿尔弗雷德·丁尼生分别于1889年和1892年辞世，英国诗歌在维多利亚末期逐渐开始衰落。而且，勃朗宁和丁尼生之后，英国诗坛竟后继无人。虽然英国文坛还有像哈代这样伟大的作家，但哈代以小说见长，其诗歌上的成就终究无法和丁尼生、勃朗宁比肩。罗伯特·布里季虽然成为新的桂冠诗人，但是他的诗学声望在当时似乎并未得到英国国内的广泛认可。

英国进入20世纪的第一个10年，一方面英国社会文化的变化呼唤新的诗歌范式的出现；另一方面英国诗歌仍然沉浸在感伤的田园风格中。乔治时代（Georgian era）① 的英国诗歌，不管是诗歌的格律还是主题，仍然是以传统、常规、慰藉人心为特点的。以1912年爱德华·马什（Edward Marsh）编订的《乔治诗歌选》（*Georgian Poetry*）为例，诗集中所收录的主要是像布鲁克（Rupert Brooke）、德拉梅儿（Walter de la Mare）、霍奇森（Ralph Hodgson）、戴维斯（W. H. Davies）和曼斯菲尔德等小众诗人的作品。乔治诗歌的总体特点，体现在主题上表现毫无争议的乡村田园生活，形式上沿袭传统而无开拓创新（Baldick，2000：91）。乔治诗歌代表着一种腐朽守旧的审美情绪，只能给读者带来感官感受，却难以触及读者内心深处。《吉檀迦利》的出现，无疑为英语诗坛注入了新鲜血液。诗歌浓烈的情感、对宗教的虔诚、对生死等永恒问题的思考，都深深打动着英语读者。

因此，《吉檀迦利》在英美的普遍接受和广泛认可，表面

---

① 英国1901年至1910年的这十年，被称为乔治时代。

涉及英美学界的推介、泰戈尔诗歌和英美诗学语境的顺应与契合等因素，实质上还在于泰戈尔诗歌体现了诗学共通性和民族诗学独特性间的协调，而这又和泰戈尔的世界主义观念的文化观紧密相连。探究泰戈尔文学作品在英美的成功译介，就不得不关注后期泰戈尔文学作品在英美读者接受中的衰落。探究泰戈尔文学作品在英美衰落背后的原因，将更有助于对泰戈尔文学作品在英美译介有更全面深入的认识。泰戈尔文学作品在英美的衰落，表面涉及外部推介、文本因素、外部接受语境等方面原因，而更深层原因则在于后期英译泰戈尔文学作品所蕴含的民族文学多样性和跨民族文学共通性间的冲突。

1913 年 11 月，泰戈尔凭借《吉檀迦利》获得诺贝尔文学奖，引发了英美乃至全世界的关注。本应继续引发英美关注和青睐的泰戈尔文学作品，随后却在英美出现了衰落。尽管泰戈尔获诺奖以后，英美报纸杂志就不曾中断对泰戈尔文学作品的推介，却仍然不能阻挡泰戈尔文学作品在英美的衰落。可见，外部推介并非关键。

前面也曾谈到，一些英美学者将泰戈尔文学作品在英美衰落的原因，归结为后期泰戈尔文学作品质量的下滑，但究其根本，还在于后期英译泰戈尔作品和英美诗学语境间的冲突。20 世纪初，英美学界还普遍对孟加拉语文学缺乏了解，对泰戈尔文学作品的评价完全是以英美诗学标准为依据的，因而泰戈尔文学作品在英美所受到的或好或坏的评价，核心是基于泰戈尔文学作品和英美诗学范式间的相互关系而展开的。以《飞鸟集》为例，在英美出版发行后不断遭到批评和质疑，在英语读者中更是反响平平。究其原因，主要因为《飞鸟集》中的句式表达不符合英语诗歌范式，因而其诗学价值遭到质疑与否定。

英美对泰戈尔戏剧的批驳，也是出于相同原因。英译泰戈尔戏剧和英美戏剧范式的不同，使得英美读者对泰戈尔戏剧颇有微词，结果使得泰戈尔戏剧在英美的接受不尽如人意。泰戈尔戏剧多场景描写，常借助外部自然环境烘托人物性格与情感，剧情的推动更主要依托讲述，这显然有违英语戏剧规范。因而，英美的书评中常出现泰戈尔的戏剧缺乏行动和情节冲突、不适合演出等评价。泰戈尔的剧本《国王与王后》（*The King and the Queen*）虽然在翻译过程中做了大的改动，但还是不符合西方戏剧范式，结果造成在英美受到批评和冷落。西方戏剧更强调戏剧冲突和人物活动来推进剧情发展，而泰戈尔戏剧却多自然场景烘托，剧中缺乏尖锐激烈的矛盾冲突而造成在英美接受不佳。可见，泰戈尔文学在英美的衰落，源于后期英译泰戈尔文学作品多体现印度文学的民族独特性，而忽视了英印文学间的共通性。

强调文学的共通性，并不意味着落入俗套的窠臼。《吉檀迦利》之后，泰戈尔其他英译诗集的主题多少都可以从中看到《吉檀迦利》的影子。而20世纪20年代英美主流诗学的改变，更是表明陈旧的诗学主题若不能契合英语主流诗学的变化，很难受到英语读者青睐。《新月集》当时在英美的接受便是如此。《新月集》中最核心的主题就是爱，还包括自然田园等带有共通性的主题，但一方面由于其和《吉檀迦利》风格太过接近而缺乏新颖性；另一方面也由于当时英国社会文化语境及主流诗学的变化，并未能在英美产生大的影响。随着第一次世界大战的爆发，英美主流诗学经历了向现代主义诗学的转变。而且，第一次世界大战的爆发，绝望的情绪在英国人民心中蔓延，那些在战前颇受欢迎的充满爱、田园风格的诗篇，让英语读者感到厌烦。

由此可见，泰戈尔文学作品在英美的译介，在中国文学文化“走出去”的大背景下，对中国文学走进英美至少有以下三方面值得参考：

(1) 英译泰戈尔文学作品在英美的接受和传播，表明强调英印文学间的共通性至关重要。《吉檀迦利》在英美的成功，很大程度上源于诗集和英美诗学范式的融合。阅读《吉檀迦利》不但让英语读者感受到了《圣经》《荷马史诗》等西方经典，还让读者感受到了英国浪漫主义诗学风格。当然，关注译文和译语文学文化的紧密联系，也有其独特的社会文化语境，即20世纪初英美普遍对孟加拉文学文化缺乏了解。反观当下中国文学文化走进英美的社会文化语境，同样是英美对中国文学文化的异域想象多于实际了解。然而，目前对中国文学在英美译介的探究，仍多纠结于译文和原文间的忠实对等关系，较少关注译文和英语文学文化的关联。以文化交流为视角探究中国文学文化在英美的译介，译文在英语世界的接受效果将变得至为关键，在英语读者普遍对中国文学文化缺乏了解的外部语境下，关注英译文与英语文化的关系，方能更好地促进中国文学文化走进英美。

(2) 译文共通性和译文民族文化独特性并举。关注译文和译语文学文化关系，很容易陷入完全顺应、屈从译语文学文化的误区，这同样不可取。道理很简单，若翻译的文学作品完全屈从译语文学文化，译文自身的价值何在？如果译文完全趋同译语文学文化，英语读者可能更会偏向于他们本国的文学作品。《吉檀迦利》在英美的成功，不但有对英语文学文化的顺应与融合，更体现了印度毗湿奴诗派的诗学特征，从而实现了译文共通性和民族文学文化独特性的融合。中国文学文化在英美的译介，关注英译文和英语文学文化共通性的同时，还应兼顾自身民族文学文化对其他民族的贡献，促进中西文学文化交流。

（3）以文化交流为导向的文学译介策略。《吉檀迦利》在英美的成功，是积聚多方面因素的结果，但核心仍是以文化交流为导向，注重译文在英美的接受传播。由此，泰戈尔在选目上挑选带有共通性主题的诗歌，还求助叶芝修改润色译文，体现了对译文与译语文学文化关系的关注。翻译策略上，并未受传统翻译观忠实信条的影响，而视译文为增进英印文学文化交流的手段，译文兼顾共通性和民族独特性，促进了文化交流的实现。

5.3.2　世界主义观念的文化传播

不仅泰戈尔文学作品在英美的译介能够为中国文学走出去提供借鉴，他之后在英美传播印度文化的各种活动，同样能对中国文化的海外传播提供参考。泰戈尔获诺奖后不久，其文学作品在英美的接受就开始衰落，但英美对泰戈尔的关注并未停歇。泰戈尔在英美的各项文化交流，不但促进了英美对印度文化文明的重新审视，更让英美对东西方文化关系有了新的审视。在去世大半个世纪后，泰戈尔仍能引起西方学者的关注和讨论，并被视为英印、美印友好交流的文化象征。其中，泰戈尔所坚持的世界主义观念至为关键。

一国文化在海外的传播，很容易陷入盲目的文化自信或是对他国文化的媚俗，而不管是文化自负还是文化自卑，都不利于不同文化间的平等交流。泰戈尔对不同民族文化交流的借鉴意义，则体现在其主张的世界主义立场。泰戈尔始终坚持世界一体下不同民族、国家间的交往，主张民族间的情感沟通与精神交流，倡导博爱、互助、友善的民族交往原则，增进不同民族间的互助交流与友好合作。

早在泰戈尔 1912 年赴英之前，他就在小说《家与世界》中表达了自己的世界主义立场，支持印度的民族工业复兴，也反对以爱国主义为口号的盲目爱国主义暴行。而后，他在英美的演讲更是强调东西方文化互补，并主张东西方之间的平等交流与合作。泰戈尔的伟大之处就在于他并未因为英美对印度的殖民主义文化态度而感到文化自卑，也未在英美的文化交流中陷入盲目的自我文化中心主义，而是主张不同民族文化取长补短，促进彼此沟通与交流。

泰戈尔在英美世界主义观念文化交流的借鉴意义，还在于他在坚持世界一体、东西方交流合作的前提下，采用灵活有效的文化交流策略，促进东西方文化交流。

首先，泰戈尔坚持不同民族文化平等，且都能为世界贡献自身的文化成果。针对西方民族的文化心理优势，泰戈尔另辟蹊径，把西方文明划分为精神文明和物质文明两部分。在泰戈尔看来，英美的心理优势和文化自豪感，是建立在物质文明基础之上，而物质文明是以物质财富积聚为核心，过于强调物质占有极易引发物质争夺，造成人情冷漠、人与人之间缺乏关爱。泰戈尔在看到英美精神主义文化不足的同时，认为英美殖民主义视角下的落后、饥荒、愚昧的印度形象，其实源自印度落后的物质文明，而印度文化所强调的博爱、友好、和平共处等道义原则，恰好能有效补充西方精神文明的不足，并提出东西方文化互补的主张。

其次，泰戈尔在英美文化交流能够引发巨大影响，和泰戈尔的世界主义观念密不可分，尤其是他始终坚持民族间的对话交流，并倡导友善、博爱、道义原则。泰戈尔始终倡导超越狭隘民族主义局限的博爱精神，反对民族主义暴行。不管是面对英国殖民统治者所引发的阿姆利则惨案，还是印度国内兴起的反洋货运动，泰戈尔始终反对暴力流血冲突，倡导道义原则下的民族交流合作。为促进世界不同民族间的交流合作，泰戈尔还创立“国际大学”，为不同民族间的交流提供场所。泰戈尔世界主义观念下促进不同民族交流联合的主张，不但在其生前得到英美的广泛赞誉，在其逝世之后仍受到英美学界的关注。泰戈尔世界主义观念的教育理念，近年来更是引发了英美学者的关注。

最后，需要指出的是泰戈尔在英美世界主义观念的文化交流，既在英美重塑印度形象也对印度文化有拔高之嫌。一方面，泰戈尔或许是出于沟通策略的需要，把文化分为东西两大阵营；另一方面，泰戈尔又把印度文化视为东方文化的代表，增加印度文化在英美的影响力。诚然，印度文化、中国文化、日本文化等同属东方文化，有一定文化亲缘关系，但是以印度文化代表东方文化，还是有以偏概全、拔高自身文化之嫌。泰戈尔把英美文化简单归结成以物质主义为核心、物质崇拜为导向，而把印度文化简单归结成以精神主义为核心、追求精神道德满足，这种简单笼统的总结往往失之偏颇。任一国家的文化，在任一特定时期都是多面性的，简单地将其归结为单一方面，不免以偏概全。当然，这也可以看作是特定历史时期，为促进东西方文化交流而采用的文化交流策略。

而泰戈尔在英美文化交流中对印度形象的美化，却是客观存在的。泰戈尔在英美演讲中传播充满大爱的印度文化经典，却对当时印度社会文化中的不足，或闭口不谈，或刻意弱化。泰戈尔宣扬的主要是《奥义书》《薄伽梵歌》等印度经典中的印度文化，但同时却对"撒提制度"（女性陪葬）避而不谈，更将印度社会的种姓制度看作是维护种族团结、促进种族合作的有效途径。陪葬的陋习不必多言，任何人如果对种姓制度稍有了解，就会明白其腐朽之处，更有违人与人之间的公平和平等原则。印度的种姓制度，不但固化了社会的层级划分，杜绝了低种姓人向高种姓人转变的机会和可能，还将社会的不平等提升到道德高度加以美化，掩盖社会不同种姓间的不公。而泰戈尔拒绝以写实的手法描述印度社会所存在的问题，认为这只会造成印度在英美的负面形象就是一个极好的证明①（Mukherjee，1963：160）。

泰戈尔世界主义观念下的文化交流，给我们当下的启迪体现在看待中国文学文化的世界视域，把中国文学文化置于世界文化的视野下观察，从而对其利弊有更客观全面的认识。泰戈尔世界主义观念的文化交流，同样可以为我们提供这样一种文化传播思路：中国文学文化走出去，可以将文化传播的视角转向为世界提供自身民族文化的独特贡献。中国文学文化走出

---

① 《印度，我的母亲》（*Mother India*，1927）当时在美国极为畅销，被重印二十多次。1929年泰戈尔访美，面对其文学在英美的衰落，旧金山报社记者采访泰戈尔，问他是否愿意写类似书籍再次赢得英美读者关注，泰戈尔认为书中内容有丑化印度之嫌即当面回绝。实际上，《印度，我的母亲》所谈到的正是印度的社会问题，包括撒提、种姓等，但泰戈尔觉得这会造成印度在英美的负面形象而予以拒绝。

去，是因为世界需要中国文化，中国文化能够为他国文化提供有效的补充和帮助。由此，文化传播变成为世界文明贡献自身文化。坚持世界一体，坚持交流合作，向世界讲述中国文化，因为世界需要中国。

结语

泰戈尔1912年至1941年间在英美的文化交流，先因为诗集《吉檀迦利》在英美引发关注，随后获得诺贝尔文学奖又使其在英美引发巨大社会轰动。他以诗人文学家的身份进入英美社会，但是在英美的影响却不限于文学。泰戈尔在英美各地的演讲，引发了前所未有的关注和社会影响。总之，泰戈尔在英美以文学译介和演讲为核心的文化交流，在英美产生了重大社会影响，促进了英美和印度间的文化交流。泰戈尔在英美的影响，也超越了文学文本层面，在更广阔的文化交流方面得以凸显。

泰戈尔文学作品在英美的译介和他在英美的演讲，都是他在英美传播印度文化、促进东西方文化交流合作的一部分，体现了泰戈尔世界主义观念的文化交流。泰戈尔不但在其文学的英译策略上体现了文化交流导向，英译的泰戈尔文学作品更是表达了泰戈尔对民族主义暴行的批判，对克服民族偏见、促进不同民族交流合作的倡导。泰戈尔在英美各地的演讲，强调世界一体，坚持博爱、友善、互助等道义原则下的东西交流合作。由此，泰戈尔的世界主义观念，在其文学译介和在英美的演讲活动中得以体现。

泰戈尔世界主义观念的文化交流，还体现在他对英印民族冲突重大历史事件的态度上。泰戈尔生活在英国殖民统治下的印度，其生活的时代英印冲突不断，尤以印度国内掀起的反洋货运动和英国统治者镇压印度民众的阿姆利则惨案最为典型。泰戈尔不但反对“阿姆利则惨案”中英国统治者对印度民众的血腥镇压，也反对印度民众在反洋货运动中对无辜在印英国人的暴力袭击和恐怖伤害。泰戈尔始终反对民族之间的暴力流血冲突，倡导民族交往的博爱、友善、互助等道义原则；反对断绝民族交流往来的民族孤立主义，倡导民族之间的对话交流与道义合作。为了促进民族之间的交流融合，泰戈尔还创建了国际大学，旨在为不同民族间的对话交流提供场所。由此可见，泰戈尔世界主义观念的文化交流，不但体现在泰戈尔的文学译介和演讲活动中，更在其实际行动中得以体现。

泰戈尔世界主义观念的文化交流，在英美产生了重大社会影响。1934 年牛津大学为泰戈尔授予荣誉博士学位，美国在 1931 年创建了泰戈尔学会（American Tagore Association）。泰戈尔在英美的影响，还体现在对东西方文化交流的推动和促进。不少英美的报刊评论，都赞誉泰戈尔在吉卜林、穆勒为代表的西方作家学者所设立的东西方文化鸿沟上，搭建起了文化沟通的桥梁。泰戈尔文学作品让以英美为代表的西方世界意识到，东西方文化、东西方民族之间只有表象上的差异，绝无本质的不同，改变了吉卜林给英美造成的“东西方永远不可能融合”的假象，纠正了穆勒等英国学者在西方构建的模式化印度形象。因此，诗人泰戈尔在英美的影响，并不限于文学文本层面，而是以文学和演讲为媒，推动了英美和印度间的对话交流，在促进东西方文化交流合作方面意义深远。

在泰戈尔去世后的大半个世纪里，泰戈尔文学作品的价值不但被英美学界重新发掘，泰戈尔还成了英美和印度友好交流合作的象征，其文化交流的象征意义不断被强调。自 20 世纪 80 年代以来，泰戈尔的孟加拉语文学作品不断被重译，翻译策略上多采用更忠实于孟加拉原文的直译，试图让英语读者了解到泰戈尔文学作品的原貌。泰戈尔文学作品的价值也再次得到重视，其文学思想在新的时代语境下不断被重新阐释。此外，泰戈尔在英美的文化交流意义不断被强调，成为英美和印度友好交流的文化象征。近年来，在英美以泰戈尔命名的文化活动不断举办，以泰戈尔为主题的学术会议不断召开，以泰戈尔为由的基金会纷纷成立。毫无疑问，泰戈尔成了 20 世纪东方作家在英美最成功的文化交流案例之一。

探究泰戈尔在英美的文学文化交流活动，至少有以下几点发现，并希望能为中国文学文化“走出去”提供启迪和借鉴：

（1）以文化交流为视域的文学译介和传播，可以不局限于文本层面文学译介途径，还可通过对话、文化互动等多种方式，泰戈尔在英美的演讲就是促进印度和英美文化交流的极好案例。英译泰戈尔文学作品在英美的影响，在泰戈尔获诺奖后不足 10 年时间就已明显衰落，而此后泰戈尔在英美的影响却并未减弱，这都和泰戈尔在英美的演讲活动密不可分。尤其是 1916 年至 1917 年间泰戈尔在美国以“国家主义”为题的演讲，在美国社会产生了重大影响，其演讲内容出版发行之后更是在英国引发关注。此后，1921 年泰戈尔以“创作的统一”为题发表的演讲，1931 年以“人的宗教”为题发表的演讲，都在英美社会产生了重大影响。

既然对域外文学文化交流的讨论可以不局限于文学文本层面，探究文学文化交流在域外的影响，同样可以跳脱传统比较文学影响研究的窠臼，从更广阔的文学文化交流的视域来考量。东西方文学交流，本身就存在不平等关系。西方文学在东方的影响，不但更容易在东方世界引发关注并产生社会影响，还更容易影响到东方作家的文学创作；而东方作家作品却很难既在西方引发社会关注和社会影响，又影响西方作家的文学创作。如果仅关注泰戈尔文学作品对英美作家的影响，结果是令人沮丧的。20 世纪初，泰戈尔在英美曾掀起了“泰戈尔热”。如今，《吉檀迦利》在英美获广泛赞誉后也已过百年，虽然泰戈尔诗集早已被各大世界文学选集收录，也标志着其文学已进入世界文学的行列，但截至目前还很难说泰戈尔对英美哪位知名作家的文学创作产生了重大影响。然而，泰戈尔文学在英美所产生的社会文化影响，尤其对促进西方重新认识东方文学文化，对促进东西方文化交流，影响重大且意义深远。因此，考察东方文学在西方的文学交流和影响，可以有更开阔的视域和超越文本局限的考量。

（2）泰戈尔在英美世界主义观念的文化交流，让我们看到了文化交流传播的新思路。一国文学文化在异域的传播交流，很容易陷入文化自负或文化屈从的泥沼，而泰戈尔在英美的文化交流活动给异域文化交流提供了新思路。泰戈尔在英美的演讲，坚持世界一体的文化交流，提出东西方文化互补互惠。一方面否定了以英美为代表的西方文化的文化心理优势，另一方面又为在英美宣扬印度文化找到了充足的理由。而且，东西方文化互补的主张，还使泰戈尔站上道义制高点，为批驳西方文化的劣势与不足找到理据。批判西方文化，虽在英美引发了强烈的反驳与不满甚至轩然大波，但这对英美重新审视印度文化意义重大。只有重新审视印度文化，才能改变先前英美对印度文化的片面认识，才能使英美认识到印度和英美文化之间只有表象的不同，却无本质差异，进而推动英美和印度间的文化交流。

（3）泰戈尔在英美的文化交流，始于其文学在英美的译介，而泰戈尔诗歌的英译策略，又为当下中国文学文化外译提供了新的视角。英译泰戈尔文学作品在英美产生的巨大反响，很大程度上源于其英译文体现了民族文学独特性和文学共通性之间的融合。泰戈尔文学作品英译所关注的并非译文和原文间的忠实对等关系，而是译文与译语文学规范的密切联系及译文自身的文学性。泰戈尔孟加拉语文学作品的英译，不但诗歌选目和文学选本上更倾向于共通性主题，译文表达还极大地顺应了英语文学表达规范，为此泰戈尔还请叶芝等英语为母语的作家为译文修改润色。若是仅强调译文对译语文学规范的顺应，英译的《吉檀迦利》显然不可能得到叶芝、庞德等一大批一流英美作家的青睐。英译泰戈尔文学作品的民族独特性也至为关键，其中最突出的，便是泰戈尔诗歌蕴含鲜明的印度毗湿奴诗派的诗学特征。对宗教的虔诚、“梵（上帝）我合一”的思想，同样成为打动英语读者的关键要素。由此，英译泰戈尔诗歌在英美的成功，体现了文学的民族共通性与民族独特性的结合。文学共通性，体现在英译泰戈尔诗歌在语言表达上对英语诗歌的顺应，且选用了宗教、自然等英印文学共同的主题；文学的民族独特性，体现在诗歌所表达的“梵（上帝）我合一”的思想，让英语读者感到好奇又陌生。

泰戈尔关注译文文学性、译文与译语文学文化的关系，忽视译文和原文间的忠实，这和当时泰戈尔文学作品英译的外部社会文化语境紧密关联。前文已经谈到，英译泰戈尔文学作品在英美影响最大且最受关注的是其诗集《吉檀迦利》，而《吉檀迦利》进入英美的社会文化语境，恰恰时值英美读者普遍对孟加拉语文学文化缺乏了解。由此，英语读者是没有能力依据孟加拉语文学去评判泰戈尔英译文的优劣的。既然英语读者对源语文学文化缺乏了解，忠实的译文恐怕让英语读者理解起来都觉困难，更何谈得到英语读者的普遍接受和喜爱。泰戈尔早年赴英求学，显然对此非常了解。而后，英美学界基于英语文学文化范式对诗集《吉檀迦利》的评判，恰恰反映了在当时社会文化语境下强调译文和译语文学文化关系的重要性。此后英译泰戈尔文学作品在英美的衰落，除了泰戈尔文学作品文本质量的下滑，第一次世界大战引发的英国社会文化语境的改变、英美诗歌从维多利亚诗学向现代主义诗学的转变等外部原因也至为关键。而通过对 20 世纪初泰戈尔在英美文学文化交流与传播的探究，希望能对当下中国文学文化走出去提供启迪和借鉴。

(4) 对泰戈尔世界主义观念的探讨，有助于对泰戈尔思想的全面把握，推动国内的泰戈尔研究。国内以往对泰戈尔的研究多集中在对泰戈尔文学作品的考量，或是泰戈尔对中国现当代文学的影响，较少对泰戈尔思想做全面分析和深入探讨。泰戈尔虽然主要是一位作家，但他所关注的绝不仅是东西方文学间的异同，更是把日光投向了东西方文化及东西方文化交流。泰戈尔赞誉西方物质主义文明，肯定科学技术的发展给人类生活带来的便利，但他同时又强烈谴责西方的“物质崇拜”和强烈物欲给人类带来的危害。正是对物质的贪婪，引发了西方民族对东方的奴役和掠夺，这不但有违道义，更诱发了民族争斗和民族冲突，甚至引起了世界大战的爆发。因而，在泰戈尔看来，东方的精神主义文化恰恰可以成为治愈西方物质主义文化的良药，并提出东西方文化互补的主张。泰戈尔坚持世界一体，主张东西方之间基于道义原则的合作交流，促进东西方文化融合与友好合作，由此反映了泰戈尔的世界主义观念。探究泰戈尔的世界主义文化观，让我们看到了泰戈尔思想的丰富性和多面性，这不但有助于对泰戈尔思想的全面深入了解，还推动了国内的泰戈尔研究。在当下中国文学文化“走出去”的大背景下，还为如何看待中西文学文化关系和中西文化交流提供了参考和借鉴。

最后，不得不指出本研究同样存在不足。最突出的便是因为笔者自身不通孟加拉语而为研究带来的遗憾。虽然在研究的过程中曾多方请教，也综合比较了不同译者根据孟加拉语诗集《献歌集》翻译过来的多个英译本和汉译本，但若笔者本人能在通晓英汉双语的基础上再兼通孟加拉语，那么将能对文本层面语言文字间的转换做更深入细致的探讨。鉴于孟加拉语主要是印度孟加拉邦地区的地方性语言，使用者并非像印度官方语言印地语那样普遍，这无疑又为笔者学习该语言提供了极大阻力。为了弥补语言障碍所产生的不足，研究的重点更多放在了泰戈尔英译文在英美的接受和影响及对东西方文化交流的促进等方面。同时需要指出的是，20 世纪初英美社会对泰戈尔文学作品的接受，同样是完全凭借英语译文的，而考察泰戈尔孟加拉语文学的英译只是想表明泰戈尔文学作品英译中的文化交流导向，这在一定程度上也弥补了研究所存在的不足。

对于以后的研究，一方面，将尽力补足自己因不通孟加拉语给泰戈尔研究所带来的不足，花大力气去学习孟加拉语，通过对比孟加拉语和英语译文之间的异同，从而对泰戈尔文学作品的翻译策略有更深入的了解。而且，还可基于对孟加拉语的了解，探究泰戈尔文学作品从孟加拉语译成英语、再译成汉语过程中的信息增减，进而展开对泰戈尔文学作品转译的探讨。另一方面，也可进一步对比泰戈尔在英美和泰戈尔 1924 年访华的异同，不但可比较泰戈尔文学作品在英美和中国的不同遭遇、泰戈尔文学作品在中西不同社会文化语境下的不同，还可以考察泰戈尔在中西不同地域演讲内容的异同，从而对不同文学文化语境下的文化交流活动有更深入了解和全面认识。

参考文献

[1] A Traveler[N]. San Francisco Examiner, 6 Oct. 1916(6).

[2] A Voice from the East[N]. Los Angeles Examiner, 9 Oct. 1916 (8).

[3] Aikat, A. On the Poetry of Matthew Arnold, Robert Browning and Rabindranath Tagore[M]. Calcutta: Folcroft, 1921.

[4] Alam, F. & Chakravarty, R. The Essential Tagore[M]. Cambridge: The Belknap Press of Harvard University Press, 2011.

[5] Allt, P. & Alspach, R. K. The Variorum Edition of the Poems of W. B. Yeats[M]. New York: Palgrave Macmillan, 1957.

[6] Almeida, L. F. d. The Oriental Renaissance and Mallarmé[J]. India International Centre Quarterly, 2001,28(2): 69-82.

[7] Ambassador Extraordinary to America[N]. New York Times, 7 May 1931(26).

[8] An Indian Mystic[N]. The Nation Supplement, 16 Nov. 1912 (320).

[9] An Indian Mystic[N]. The Nation, 16 Nov. 1912(320).

[10] Aronson, A. Rabindranath Tagore through Western Eyes[M]. Calcutta: Shyamal Bhattacharya, 1943.

[11] Baldick, C. Oxford Concise Dictionary of Literary Terms[M]. Shanghai: Shanghai Foreign Education Press, 2000.

[12] Banerjea, S. N. A Nation in Making[M]. Oxford: Oxford University Press, 1963.

[13] Bates, E. S. The Bible Designed to Be Read as Living Literature [M]. New York: Simon & Schuster, 1965.

[14] Bayly, C. A. Rammohun Roy and The Advent of Constitutional Liberalism in India, 1800-1830[J]. Modem Intellectual History, 2007, 4 (1): 25-41.

[15] Beck, U. Cosmopolitan Vision [M]. Cambridge: Polity Press, 2006.

[16] Bishop, D. H. Religious Confrontation, a Case Study: The 1893 Parliament of Religions[J]. Numen, 1969,16(1): 63-76.

[17] Biswas, A. K. Paradox of Anti-Partition Agitation and Swadeshi Movement in Bengal (1905) [J]. Social Scientist, 1995,23(4): 38-57.

[18] Boggs, L. P. A Glimpse into Mysticism and the Faith State[J]. The Journal of Philosophy, Psychology and Scientific Methods, 1920,26(17):708-715.

[19] Books and Bookmen [N]. The Manchester Guardian, 6 Dec. 1913(7).

[20] Bose, A. C. Three Mystic Poets: A Study of W. B. Yeats, A. E. and Rabindranath Tagore [M]. Kolhapur: Arya Bhanu Press, 1945.

[21] Bose, B. Perspectives on Bengali Poetry: An Interview with Buddhadeva Bose[J]. Mahfil, 1966,3(4): 43-48.

[22] Briggs, F. A. A Great Man from Bengal[J]. The Daily Mail, 1913, 10(29): 6.

[23] Brock, G. & Moellendorf, D. Introduction[J]. The Journal of Ethics, 2005,9(1):1-9.

[24] Cabot, J. E. (ed). The Complete Works of Ralph Waldo Emer-

son: Essays · Volume Ⅱ[M]. Boston and New York: Houghton Mifflin Company, 1904.

[25] Campbell, J. D. The Complete Poetical and Dramatic Works of Samuel Taylor Coleridge[M]. London: Macmillan, 1907.

[26] Chand, T. History of the Freedom Movement in India · Vol. Ⅲ [M]. New Delhi: New Delhi Reprinted, 1983.

[27] Chakravarty, A. A Tagore Reader[M]. New York: The Macmillan Company, 1961.

[28] Chang, Yao-hsin. Chinese Influence in Emersion, Thoreau, and Pound[M]. Philadelphia: Temple University, 1984.

[29] Chatterjee, R. The Golden Book of Tagore[M]. Calcutta: The Golden Book Committee, 1931.

[30] Chellappan, K. Tagore, Bharathi and T. S. Eliot: Towards Creative Unity[M]. Chidambaram: Bharathidasan University, 1987.

[31] Christy, A. E. The Asian Legacy and American Life[M]. New York: John Day Co., 1942.

[32] Clark, J. J. Oriental Enlightenment: The Encounter between Asian and Western Thought[M]. New York: Routledge, 1997.

[33] Clausen, C. The Light of Asia: An Annotated Critical Edition [D]. Ontario: Queen's University, 1972.

[34] Coppola, C. Rabindranath Tagore and Western Composers: A Preliminary Essay[J]. Journal of South Asian Literature, 1984, 19(2): 41-61.

[35] Coperahewa, S. Remembering Rabindranath Tagore-150th Birth Anniversary Commemorative Volume[M]. Colombo: Software Printing & Packaging, 2011.

[36] Cousin, V. Course of History of Modern Philosophy[M]. New York: D. Appleton, 1852.

[37] Cross,S. Turning to the East: How the Upanishads reached the West[J]. India International Centre Quarterly, 1998,25(2) : 123-129.

[38] Curti, M. My Discovery of American in India[J]. American Scholar, 1947(XVI): 419-429.

[39] Damrosch, D. What is World Literature? [M]. Princeton and Oxford: Princeton University Press, 2003.

[40] DeVane, W. C. The Shorter Poems of Robert Browning[M]. New York: Heritage Press, 1947.

[41] Dhar, P. N. Bengal Renaissance: A Study in Social Contradictions[J]. Social Scientist, 1987,15(1): 26-45.

[42] Dharwadker, V. English in India and Indian Literature in English: The Early History, 1579-1834[J]. Comparative Literature Studies, 2002,39(2): 93-119.

[43] Downes, S. & Hooper, R. Rabindranath and the British Press (1912-1941)[M]. Calcutta: Academic Publishers, 1990.

[44] Drabble, M. The Oxford Companion to English Literature[M]. Oxford: Oxford University Press, 2000.

[45] Dutta, K. & Andrew, R. Selected Letters of Rabindranath Tagore[M]. Cambridge: Cambridge University Press, 1997.

[46] Dutta, K. & Andrew, R. Rabindranath Tagore: An Anthology [M]. New York: St. Martin's Griffin, 1999.

[47] East and West[N]. The Times Literary Supplement, 13 May 1914(236).

[48] Fenn, P. T. Jr. An Indian Poet Looks at the West[J]. Interna-

tional Journal of Ethics, 1929,39(3): 313-323.

[49] Feuer, A. United States of America[G]//In M. Kampchen & I. Bangha (ed). Rabindranath Tagore: One Hundred Years of Global Reception. Telangana: Orient Blackswan Private Limited, 2014.

[50] Franklin, J. J. The Life of the Buddha in Victorian England[J]. English Literary History, 2005,72(4): 941-974.

[51] From the Unreal to the Real[N]. The Nation, 24 June 1914 (716).

[52] Frost, R. Remarks on the Occasion of the Tagore Centenary [J]. Poetry, 1961,99(2): 106-119.

[53] General Dyer Censured[N]. London Times, 27 May 1920(13).

[54] Ghosh, M. Indian English Poet Rabindranath Tagore: An English Connection[J]. International Multidisciplinary Research Journal, 2012,1 (2): 1-8.

[55] Gibson, M. E. Indian Angles: English Verse in Colonial India from Jones to Tagore[M]. Ohio: Ohio University Press, 2011.

[56] Goodman, R. B. East-West Philosophy in Nineteenth-Century America: Emerson and Hinduism[J]. Journal of the History of Ideas, 1990,51(4): 625-645.

[57] Gupta, K. S. The Philosophy of Rabindranath Tagore[M]. Ashgate: Ashgate Publishing Company, 2005.

[58] Gupta, U. D. In Pursuit of a Different Freedom: Tagore's World University at Santiniketan[J]. India International Centre Quarterly, 2002,29 (3) :25-38.

[59] Hallström, P. , Hallden, A. & Wheeler, W. Tagore and the Nobel Prize[J]. Indian Literature, 1960,4(1): 11-19.

[60] Hay, S. N. Rabindranath Tagore in America[J]. American Quarterly, 1962,1(3): 439-463.

[61] Hay, S. Asian Ideas of East and West: Tagore and His Critic in Japan, China, and India[M]. Cambridge & Mass: Harvard University Press, 1970.

[62] Heck,D. Cosmopolitanism: Ideas and Realities[M]. Cambridge: Polity Press, 2010.

[63] Hodder, A. D. Ex Oriente Lux: Thoreau's Ecstasies and the Hindu Texts[J]. The Harvard Theological Review, 1993, 86(4): 403-438.

[64] Holmes, J. H. Tagore[G]//In The Golden Book of Tagore. R. Chatterjee(ed). Calcutta: the Golden Book Committee, 1931.

[65] Hone, J. W. B. Yeats(1865-1939)[M]. London: the Macmillan Press Ltd., 1962.

[66] Houghton, W. R. Neely's History of the Parliament of Religions and Religious Congresses[M]. Chicago: Kessinger Publishing, 1894.

[67] How Tagore Found Us[N]. Seattle Post-Intelligence, 10 June 1917(340).

[68] Hurwitz, H. M. Rabindranath Tagore and England[D]. Illinois: University of Illinois, 1959.

[69] Hurwitz, H. Yeats and Tagore[J]. Comparative Literature, 1964,16(1): 55-64.

[70] Hurwitz, H. Ezra Pound and Rabindranath Tagore[J]. American Literature, 1964,36(1): 53-63.

[71] Huxley, A. (ed). The letters of D. H. Lawrence[M]. London: William Heinemann Ltd., 1932.

[72] Inglis, K. S. Churches and the Working Classes in Victorian England[M]. London: Rutledge and Kegan Paul, 1963.

[73] Irvine, A. (ed). Rabindranath Tagore in the 21st Century[M]. India: Springer, 2015.

[74] Jain, Sushil Kumar. Indian Elements in the Poetry of Yeats: On Chatterji and Tagore[J]. Comparative Literature Studies, 1970, 7(1) : 82-96.

[75] James, J. Oriental Enlightenment: The Encounter Between Asian and Western Thought[M]. London: Routledge, 1997.

[76] Johnson, T. H. The Complete Poems of Emily Dickinson[M]. Cambridge: Little Brown, 1955.

[77] Jr, I. G. Z. Rabindranath Tagore: American Interpretations [M]. Calcutta: Lake Gardens, 1981.

[78] Kabir, H. Mysticism and Humanity of Tagore[J]. East and West, 1961,12(2):103-109.

[79] Kampchen, M. & Bangha, I. Rabindranath Tagore: One Hundred Years of Global Reception[M]. Telangana: Orient Blackswan Private Limited, 2014.

[80] Keats, J. The Poetical Works of John Keats[M]. ed. William T. Arnold. London: Kegan Paul, Trench, Co. , 1955.

[81] Keller, H. Beloved Friend[G]//In The Golden Book of Tagore. R. Chatterjee(ed). Calcutta: the Golden Book Committee, 1931.

[82] Kelly, J. S. A William Butler Yeats Chronology(1865-1939) [M]. London: Palgrave Macmillan, 2003.

[83] Khan, J. U. Shelley's Orientalia: Indian Elements in his Poetry [J]. Atlantis, 2008,30(1):35-51.

[84] Kitagawa, J. M. Humanistic and Theological History of Reli-

gions with Special Reference to the North American Scene[J]. Numen, 1980,27(2): 198-221.

[85] Kittelstrom, A. The International Social Turn: Unity and Brotherhood at the World's Parliament of Religions, Chicago [J]. Religion and American Culture: A Journal of Interpretation, 2009,19(2): 243-274.

[86] Kundu, K. United Kingdom[G]//In M. Kampchen & I. Bangha (ed). Rabindranath Tagore: One Hundred Years of Global Reception. Telangana: Orient Blackswan Private Limited, 2014.

[87] Lago, M. M. The Parting of the Ways: A Comparative Study of Yeats and Tagore[J]. Mahfil, 1966,3(1): 31-57.

[88] Lago, M. M. Tagore in Translation: A Case Study in Literary Exchange[J]. Books Abroad, 1972,46 (3):416-421.

[89] Lago, M. M. Imperfect Encounter: Letters of William Rothenstein and Rabindranath Tagore (1911-1941)[M]. Massachusetts: Harvard University Press, 1972.

[90] Lago, M. M. "Foreword"[G]//In Downes, S. & Hooper, R. Rabindranath and the British Press (1912-1941). Calcutta: Academic Publishers, 1990.

[91] Lago, M. & Warwick, R. Rabindranath Tagore: Perspectives in Time[M]. London: The Macmillan Press, 1989.

[92] Marsh, E. Georgian Poetry: A Compilation of Georgian Poetry 1911-1922[M]. London: Watersgreen House, 2014.

[93] Mazumder, A. Coleridge, Vishnu, and the Infinite[M]. Comparative Literature Studies, 1993,30(1): 32-52.

[94] Midgley, C. Transoceanic Commemoration and Connections between Bengali Brahmosand British and American Unitarians[J].

The Historical Journal, 2011,54(3): 773-796.

[95] Millard, B. Rabindranath Tagore Discovers America[J]. Book Man. 1916 (11):244-251.

[96] Mr. Tagore's Poems[N]. The Times Literary Supplement, 7 Nov. 1912(492).

[97] Mr. Tagore's Poetry[N]. The Daily News and Leader, 27 Oct. 1913(4).

[98] Monroe, H. A Poet's Life[M]. New York: The Macmillan Company, 1938.

[99] Mukherji, S. B. The Poetry of Tagore[M]. New Delhi: Vikas Publishing House, 1977.

[100] Mukherjee, S. K. Passage to America: The Reception of Rabindranath Tagore in the United States (1912-1941)[D]. Pennsylvania: University of Pennsylvania, 1963.

[101] Naidis, M. Amritsar Revisited[J]. The Historian, 1958,20(1): 1-17.

[102] Naravane, V. S. An Introduction to Rabindranath Tagore [M]. Delhi: The Macmillan Company of India Limited, 1977.

[103] Nayar, P. K. English Writing and India, 1600-1920: Colonizing Aesthetics[M]. New York: Routledge, 2008.

[104] Neil, C. Gitanjali by Rabindranath Tagore[J]. The Irish Review, 1913,26(3): 105-107.

[105] Nicholas, R. Romanticism: An Oxford Guide[M]. Oxford: Oxford Publishing Press, 2005.

[106] Olcott, H. S. Colonel Olcott's Lecture at the Town Hall Calcutta on "Theosophy and Brotherhood"[J]. Theosophist, 1883,7(4): 55-62.

[107] Olcott, H. S. Inaugural Address of the President of the Theosophical Society[M]. New York: Theosophical Society, 1875.

[108] Paige, D. D. The Letters of Ezra Pound: 1907-1941[M]. New York: Harcourt, Brace and Company, 1950.

[109] Paramananda, S. Emerson and Vedanta[M]. Boston: Vedanta Center, 1918.

[110] Pinto, D. S. V. Sir William Jones and English Literature[J]. Bulletin of the School of Oriental and African Studies, 1946,14(4): 686-694.

[111] Pinto, D. S. V. Emerson and Indian Philosophy[J]. Journal of the History of Ideas, 1967,28(1):115-122.

[112] Poet and Saint[N]. The Globe, 1 Apr. 1913(6).

[113] Pogge, T. W. Cosmopolitanism and Sovereignty[J]. Ethics, 1992,103(1): 48-75.

[114] Pound, E. Tagore's Poems [J]. Poetry, 1912, 121 (1): 40-41.

[115] Prothero, S. From Spiritualism to Theosophy: "Uplifting" a Democratic Tradition[J]. Religion and American Culture: A Journal of Interpretation, 1993,3(2):197-216.

[116] Pym, A. Method in Translation History[M]. London and New York: Routledge, 1988.

[117] Quayum, A. M. In Search of a Spiritual Commonwealth: Tagore's The Home and the World[J]. Journal of South Asian Literature, 1996,31(1): 32-45.

[118] Queen, E. L., Prothero, S. R. & Shattuck, G. H. (eds). Encyclopedia of American Religious History[M]. Boston: Marie A. Cantlon, 2009.

[119] Rabindranath Tagore in America[N]. Seattle Post Intelligence, 5 June 1917(XXI).

[120] Radice, W. Rabindranath Tagore: Gitanjali[M]. New Delhi: Penguin Books, 2013.

[121] Ray, M. K. The English Writings of Rabindranath Tagore. 8 (Miscellaneous Writings)[M]. New Delhi: Atlantic Publishers and Distributors Ltd. , 2007.

[122] Ray, M. K. Preface[M]//In R. Tagore. The English Writings of Rabindranath Tagore. Vol. 3. New Delhi: Atlantic Publishers and Distributors Ltd. , 2007.

[123] Rayapati, S. Vocal Settings of Rabindranath Tagore's Gitanjali (Song Offerings)-Fusing Western Art Song with Indian Mystical Poetry[M]. Lampeter: The Edwin Mellen Press, 2010.

[124] Raymond, S. La Renaissance Orientale[M]. Paris: Payot, 1950.

[125] Renewals, T. Rabindranath Tagore in the 21st Century[M]. New Delhi: Springer, 2015.

[126] Rhys, E. Gitanjali[J]. The Nineteenth Century, 1913,44 (4): 897.

[127] Rhys, E. Rabindranath Tagore: A Biographical Study[M]. New York: The Macmillan Company, 1915.

[128] Riepe,D. The Indian Influence in American Philosophy: Emerson to Moore[J]. Philosophy East and West, 1967,17(1): 125-137.

[129] Rudd, A. Sympathy and India in British Literature, 1770-1830 [M]. London: Palgrave Macmillan, 2010.

[130] Rusk, R. L. (ed). The Letters of Ralph Waldo Emerson. Vol. 3[M]. New York: Columbia University Press, 1939.

[131] Russell, B. Heartiest Greetings to Tagore on His Seventieth

Birthday! [M]//In The Golden Book of Tagore. R. Chatterjee (ed). Calcutta: The Golden Book Committee, 1931.

[132] Scheffler, S. Cosmopolitanism, Justice & Institutions[J]. On Cosmopolitanism, 2008,137(3): 68-77.

[133] Scheffler, S. Immigration and the Significance of Culture[J]. Philosophy & Public Affairs, 2007,35(2): 93-125

[134] Sen, A. Indian Traditions and the Western Imagination[J]. Daedalus, 1997,126(2): 1-26.

[135] Sen, A. P. Religion and Rabindranath Tagore: Selected Discourse, Addresses, and Letters[M]. New Delhi: Oxford University Press, 2014.

[136] Sen, P. Pandora's Box: The Original Art of Rabindranath Tagore[J]. India International Centre Quarterly, 1990,17(3): 270-280.

[137] Sen, N. The Foreign Reincarnation of Rabindranath Tagore [J]. The Journal of Asian Studies, 1966a,25(2): 275-286.

[138] Sen, N. An Aspect of Tagore-Criticism in the West: The Cloud of Mysticism[J]. Mahfil, 1966b,3(1): 9-23.

[139] Sen, M. Mythologizing a "Mystic": W. B. Yeats on the Poetry of Rabindranath Tagore[J]. History Ireland, 2010,18(4): 20-23.

[140] Shahane, V. A. Rabindranath Tagore: A Study in Romanticism[J]. Studies in Romanticism, 1963,3(1): 53-64.

[141] Sharma, K. K. Rabindranath Tagore's Aesthetics[M]. India: Abhinav Publications, 1988.

[142] Sharma, T. R. Perspectives on Rabindranath Tagore[M]. Delhi: Nav Prabhat Printing Press, 1986.

[143] Sharma, T. R. Essays on Rabindranath Tagore[M]. India:

Sushila Printers, 1987.

[144] Sircar, K. A Neo-Orientalist Appropriation of Tagore[J]. India International Centre Quarterly, 1997,24(4): 44-56.

[145] Spiller, R. E. The Collected Works of Ralph Waldo Emerson [M]. Cambridge, MA & London: Harvard University Press, 1971.

[146] Tagore, R. Creative Unity[M]. London: Macmillan and Co. , Limited, 1922.

[147] Tagore, R. Sâdhanâ(The Realization of Life)[M]. New York: The Macmillan Company, 1915.

[148] Tagore, R. Personality[M]. London: The Macmillan Company, 1917a.

[149] Tagore, R. Reminiscences[M]. London: The Macmillan Company, 1917b.

[150] Tagore, R. Nationalism[M]. London: The Macmillan Company, 1918.

[151] Tagore, R. The Religion of Man[M]. London: Unwin books, 1931.

[152] Tagore, R. Towards Universal Man[M]. B. Bhattacharya (ed). New York: Asia Publishing House, 1961.

[153] Tagore, R. My Educational Mission[M]. Calcutta: Lake Gardens, 2000.

[154] Tagore, R. The Home and the World[M]. London: Penguin, 2005.

[155] Tagore, R. The English Writings of Rabindranath Tagore. 8 Vols[M]. New Delhi: Atlantic Publishers and Distributors Ltd. , 2007.

[156] Tagore, R. Letters to a Friend[M]. ed. C. F. Andrews. New York: Routledge, 2015.

[157] Tagore in America[N]. New York Times, 10 Oct. 1930(10).

[158] Tagore—Russia's Friend[N]. Literary Digest, 1 Nov. 1930(19).

[159] Tagore's Message[N]. San Francisco Examiner, 9 Oct. 1916 (8).

[160] Thoreau, H. D. The Journal(1837-1861)[M]. ed. Damion Searls. New York: New York Review of Books, 2009.

[161] The Drama of Tagore[N]. The Yorkshire Observer, 8 July 1914(7).

[162] The Gardener[N]. The Daily Telegraph, 14 Nov. 1913(5).

[163] The Indian Poet[N]. The Manchester Guardian, 14 Jan. 1913 (6).

[164] The King of the Dark Chamber[N]. The Manchester Guardian, 16 Oct. 1914(4).

[165] The Nobel Prize[N]. The Daily News and Leader, 14 Nov. 1913(1).

[166] The Nobel Prize for India[N]. The Manchester Guardian, 15 Nov. 1913(8).

[167] Thompson, E. J. Rabindranath Tagore: Poet and Dramatist [M]. London: Oxford University Press, 1926.

[168] Thompson, E. J. Rabindranath Tagore: His Life and Work [M]. Florida: HardPress Publishing, 1968.

[169] Tinker, H. India in the First World War and after[J]. Journal of Contemporary History. 1968, 3(4): 89-107

[170] Trumbull, M. M. The Parliament of Religions[J]. The Monist. 1894, 4(3): 333-354.

[171] Tweed, T. A. The American Encounter with Buddhism, 1844-1912[M]. Chapel Hill & London: The University of North Carolina Press, 1992.

[172] Uddin, Q. N. Horizon of Expectations: The Reception of Rabindranath Tagore in the United States and Britain (1913-1941)[D]. Binghamton: University of New York, 1985.

[173] Venuti, L. The Translator's Invisibility[M]. London and New York: Routledge, 2008.

[174] Venuti, L. The Translation Studies Reader[M]. London and New York: Routledge, 2012.

[175] Viswanathan, G. Ireland, India, and the Poetics of Internationalism[J]. Journal of World History, 2004, 15(1): 7-30.

[176] Waldron, J. Minority Cultures and the Cosmopolitan Alternative[G]//In W. Kymlicka(ed). The Rights of Minority Cultures, Oxford: Oxford University Press, 1995.

[177] Waldron, J. Cosmopolitan Norms[G]//In R. Post (ed). Another Cosmopolitanism. Oxford: Oxford University Press, 2006.

[178] Whiteman, W. Leaves of Grass [M]. New York: Bantam Press, 1983.

[179] Williams, L. B. Overcoming the "Contagion of Mimicry": The Cosmopolitan Nationalism and Modernist History of Rabindranath Tagore and W. B. Yeats[J]. The American Historical Review, 2007, 112(1): 69-100.

[180] Wisdom of the East[N]. Daily Express, 14 Nov. 1913(5).

[181] [美]奎迈・安东尼・阿皮亚. 世界主义：陌生人世界里的道德规范[M]. 苗建华，译. 北京：中央编译出版社，2012.

[182] [德]乌尔里希・贝克. 什么是世界主义？[J]. 章国峰，译. 马克

思主义与现实,2008(2):54-57.

[183] [德]乌尔里希·贝克,[德]埃德加·格兰德.世界主义的欧洲:第二次现代性的社会与政治[M].章国峰,译.上海:华东师范大学出版社,2008.

[184] 陈历明.《吉檀迦利》:是创作还是翻译?[J].外国语,2017(4):72-82.

[185] 陈兵.国内吉卜林研究述评[J].当代外国文学,2013(1):120-127.

[186] 陈秀娟.多维视野中的当代西方世界主义研究[D].济南:山东大学,2009.

[187] 董平.论《薄伽梵歌》的主要教义[J].哲学研究,2010(8):62-69.

[188] [美]卡罗尔·帕金,[美]克里斯托弗·米勒,等.美国史[M].葛腾飞,张金兰,译.上海:东方出版中心,2013.

[189] [英]戴维·赫尔德,[英]安东尼·麦克格鲁.治理全球化:权力、权威与全球治理[M].曹荣湘,龙虎,译.北京:社会科学文献出版社,2004.

[190] 侯传文.话语转型与诗学对话——泰戈尔诗学比较研究[M].北京:中国社会科学出版社,2010.

[191] 侯传文.泰戈尔诗学与西方文论[J].外国文学研究,2003(6):12-18.

[192] 侯传文.泰戈尔人格论探析[J].外国文学评论,2006(1):29-34.

[193] 黄心川.印度奥义书的哲学思想[J].南亚研究.1979(2):33-45.

[194] [美]沃尔特·惠特曼.草叶集[M].邹仲之,译.上海:上海译文出版社,2015.

[195] [德]伊曼努尔·康德. 永久和平论[M]. 何兆武,译. 上海：上海人民出版社,2005.

[196] [印度]克里希那·克里巴拉尼. 泰戈尔传[M]. 倪培耕,译. 南宁：漓江出版社,1984.

[197] 李金云. 论泰戈尔思想和文学创作中的宗教元素[D]. 上海：复旦大学,2009.

[198] [美]克莱顿·罗伯茨,[美]戴维·罗伯茨,[美]道格拉斯·R.比松. 英国史(1688 至今)[M]. 潘兴明,等译. 北京：商务印书馆,2013.

[199] 罗铮. 泰戈尔情味诗学观[J]. 同济大学学报(社会科学版),2017(5):104-109.

[200] [古印度]摩奴法典[M]. 马香雪,译. 北京：商务印书馆,1996.

[201] [美]厄尔·迈纳. 比较诗学[M]. 王宇根,宋伟杰,等译. 北京：中央编译出版社,1998.

[202] 孟昭毅. 重读泰戈尔与世界主义[J]. 外国文学研究,2012(2):57-62.

[203] 穆旦. 穆旦译文集[M]. 北京：人民文学出版社,2005.

[204] 钱青. 英国 19 世纪文学史[M]. 北京：外语教学与研究出版社,2011.

[205] 宋炳辉. 民族意识与世界意识的纠缠——从泰戈尔在中国的接受看 20 世纪文学思潮的一个侧面[J]. 复旦学报(社会科学版),2008(1):109-116.

[206] 宋炳辉. 视界与方法：中外文学关系研究[M]. 上海：复旦大学出版社,2013.

[207] 孙宜学. 泰戈尔与中国[M]. 石家庄：河北人民出版社,2001.

[208] 孙宜学. 泰戈尔与中国[M]. 桂林：广西师范大学出版,2005.

[209] 孙宜学. 周作人与泰戈尔[J]. 南亚研究，2013(1):145-157.

[210] 孙宜学. 从泰戈尔到莫言：百年东方与西方[M]. 上海：上海三联书店，2015.

[211] 孙宜学. 泰戈尔与中国现代知识分子[M]. 上海：上海三联书店，2015.

[212] 孙宜学，周青. 泰戈尔与郭沫若的诗歌精神[J]. 同济大学学报(社会科学版)，2017(5)：98-103.

[213] [印度]泰戈尔. 民族主义[M]. 谭仁侠，译. 北京：商务印书馆，1986.

[214] [印度]泰戈尔. 泰戈尔全集(24卷)[M]. 刘安武，倪培耕，白开元，编. 石家庄：河北教育出版社，2000.

[215] [印度]泰戈尔. 人生的亲证[M]. 宫静，译. 北京：商务印书馆出版社，1992.

[216] [印度]泰戈尔. 飞鸟集[M]. 陆晋德，译. 南京：译林出版社，2008.

[217] [印度]泰戈尔. 园丁集[M]. 冰心，译. 南京：译林出版社，2009.

[218] [印度]泰戈尔. 吉檀迦利[M]. 冰心，译. 北京：外语教学与研究出版社，2010a.

[219] [印度]泰戈尔. 泰戈尔抒情诗选[M]. 吴岩，译. 上海：上海译文出版社，2010b.

[220] [印度]泰戈尔. 泰戈尔诗选[M]. 郑振铎，冰心，译. 北京：旅游教育出版社，2011a.

[221] [印度]泰戈尔. 吉檀迦利[M]. 白开元，译. 北京：商务印书馆，2011b.

[222] [印度]泰戈尔. 萨达那——生命的证悟[M]. 钟书峰，译. 北京：光明日报出版社，2012a.

[223] [印度]泰戈尔. 人格[M]. 蒋立珠，译. 合肥：安徽人民出版

社，2012b.

[224] [印度]泰戈尔. 泰戈尔诗选[M]. 郑振铎，译. 北京：外语教育与研究出版社，2013a.

[225] [印度]泰戈尔. 心笛神韵：泰戈尔诗集[M]. 吴岩，译. 上海：上海译文出版社，2013b.

[226] [印度]泰戈尔. 泰戈尔作品全集・第 4 卷[M]. 董友忱，编. 北京：人民出版社，2015.

[227] [印度]泰戈尔. 泰戈尔书信集[M]. 白开元，译. 桂林：漓江出版社，2016.

[228] [印度]泰戈尔. 人的宗教[M]. 曾育慧，译. 长沙：湖南人民出版社，2017.

[229] 王佐良. 王佐良全集・第 2 卷[M]. 北京：外语教学与研究出版社，2015.

[230] 王向远. 泰戈尔的"东方—西方"观及"东方文化"论[J]. 同济大学学报(社会科学版)，2017(5)：90-97.

[231] 谢天振. 译介学[M]. 上海：上海外语教育出版社，1999.

[232] 谢天振. 当代国外翻译理论导读[M]. 天津：南开大学出版社，2008.

[233] 谢天振. 超越文本 超越翻译[M]. 上海：复旦大学出版社，2014.

[234] 颜治强. 泰戈尔翻译百年[J]. 中国翻译，2012(6)：23-29.

[235] 杨萌芽. 泰戈尔访华与 20 世纪 20 年代中国文坛[J]. 中州学刊，2006，7：212-216.

[236] 杨怡爽. 印度神话[M]. 西安：陕西人民出版社，2009.

[237] 叶芝. 致威廉・罗森斯坦[M]//[印度]泰戈尔. 吉檀迦利. 冰心，译，南京：译林出版社，2008：1-3.

[238] 尹奇岭. 泰戈尔访华与革命文学初潮——从 1924 年泰戈尔访华讲学受到抵制说起[J]. 安徽大学学报(哲学社会科学版)，

2010(3):75-82.

[239] 郁龙余,董友忱.泰戈尔作品鉴赏辞典[M].上海:上海辞书出版社,2011.

[240] 曾琼,刘曙雄.中文泰戈尔传记文学作品简析[J].南亚研究,2006(1):89-93.

[241] 曾琼.世界文学中的泰戈尔:《吉檀迦利》译介与研究[J].外语教学,2012,4:82-85.

[242] 曾琼.《吉檀迦利》翻译与接受研究[M].北京:中央编译出版社,2014.

[243] [古印度]毗耶娑.薄伽梵歌[M].张宝胜,译.北京:中国社会科学出版社,1991.

[244] 张娟.泰戈尔泛神论思想与中国诗歌的现代转型[J].华南农业大学学报(社会科学版),2008,4:104-107.

[245] 章燕.理想的失落与现代意识的萌动——试论英国乔治诗歌[J].俄罗斯文艺,2005,02:64-70.

[246] 张羽.泰戈尔与中国现代文学[D].长春:东北师范大学,2002.

附录　泰戈尔著作目录

A. 泰戈尔生前孟加拉语著作年谱①

1878 年

诗集：《诗人的故事》

1880 年

诗集：《野花》

1881 年

音乐剧：《瓦尔米基天才》；诗剧：《鲁达尔昌德》《破碎的心》

1882 年

诗集：《晚歌》；音乐剧：《死神的狩猎》

1883 年

诗集：《晨歌》；杂文集：《杂文集》

① 作品是按出版年份，而非创作年份整理。

1884 年

诗集：《画与歌》《婴儿音乐》；诗剧：《大自然的报复》；诗歌：《帕努辛赫诗抄》；戏剧：《纳丽妮》

1885 年

论说文集：《批评》；歌曲：《太阳阴影》

1886 年

诗集：《刚与柔》

1887 年

长篇小说：《贤哲王》；论说文集：《信简》

1888 年

论说文集：《评论集》；音乐剧：《幻觉的游戏》

1889 年

诗剧：《国王与王后》

1890 年

诗剧：《牺牲》；诗集：《心灵集》

1891 年

游记：《旅欧日记》

1892 年

诗剧：《齐德拉》（又译《花钏女》）；喜剧：《大错特错》；短篇小说：《莫哈玛娅》

1894 年

诗集：《金帆船》；诗剧：《小说集》《告别时的诅咒》；短篇小说集：《小说汇编》

1895 年

短篇小说集：《小说十年》

1896 年

诗集：《河》《缤纷集》《瞬间集》；诗剧：《玛丽妮》

1897 年

悲剧：《天堂的故事》；散文集：《五元素日记》

1899 年

诗集：《故事》

1900 年

诗集：《故事诗集》《幻想集》《刹那集》；诗剧和诗：《故事集》

1901 年

诗集：《刹那集》

1903 年

长篇小说：《小沙子》；短篇小说：《因果》；诗集：《回忆》《儿童集》

1905 年

论说文集：《自信力》；歌集：《呐喊集》

1906 年

论说文集：《印度》；诗集：《渡口集》；长篇小说：《沉船》

1907 年

论说文集：《奇特的安排》《人物评论》《古典文学》《民间文学》《文学》《现代文学》《滑稽剧》《讽刺剧》

1908 年

论说文集：《皇帝和臣民》《论集体》《论自治》《论社会》《孟加拉语构词法》；剧本：《秋节》《皇冠》；长篇小说：《国王和上帝》

1909 年

演讲集：《善行》《圣地尼克坦》；剧本：《忏悔》

1910 年

长篇小说：《戈拉》；诗歌：《献歌集》；剧本：《暗室之王》

1912 年

剧本:《邮局》《顽固堡垒》;短篇小说集:《短篇小说集》;自传:《回忆录》;书信集:《碎叶集》

1914 年

诗集:《花环集》《颂歌》《奉献集》

1916 年

剧本:《春之循环》;长篇小说:《家与世界》《四个人》;论文集:《积聚》《介绍》;诗集:《孩童》;短篇小说集:《小说七篇》

1918 年

诗集:《逃避集》

1919 年

游记:《日本游记》

1920 年

剧本:《阿鲁巴拉丹》;短篇小说集:《第二个》

1922 年

剧本:《摩克多塔拉》;文集:《随笔》;诗集:《儿童的天真》

1923 年

音乐剧：《春之循环》

1925 年

诗集：《东方》；剧本：《乔迁》；歌集：《吟唱集》

1926 年

剧本：《独身者的宫廷》《智者千虑》《宫廷舞女》《红夹竹桃》

1927 年

音乐剧：《警句集》《利多仑加》

1928 年

剧本：《最后的辩护》

1929 年

长篇小说：《纠纷》《最后的诗篇》；剧本：《达帕蒂》；诗集：《穆胡亚集》

1930 年

书信集：《给一个女孩的信》

1931 年

音乐剧：《新气息》《从诅咒下获救》；诗歌集：《森林之声》；书信集：《俄国书简》

1932年

诗集：《结尾》；剧本：《时代的车轮》；散文诗集：《再一次》

1933年

剧本：《不可接触的姑娘》《纸牌国》《庞莎莉》；中篇小说：《两姐妹》；演讲集：《人格》《印度的圣徒——拉姆·罗姆摩亨姆·罗易》；诗集：《千姿百态》

1934年

长篇小说：《花圃》《四章》；音乐剧：《传说的故事》

1935年

散文诗集：《最后的旋律》；书信：《乐律和音乐》；诗集：《林荫大道》

1936年

论文：《韵律》《文学的道路》；散文诗集：《叶状器皿》《沙摩利》；舞剧：《吉特朗加特》

1937年

论文集：《杂乱的韵律》《时代的变迁》《世界知识》；短篇小说：《他》；诗集：《韵律中的画》

1938年

诗集：《边沿集》；舞剧：《不可触碰的姑娘》；书信集：

《与朋友的信》；教材：《孟加拉语入门》

1939 年

诗集：《微笑》《天灯》；舞剧：《夏玛》；论文：《走过的路》

1940 年

诗集：《新生集》《唢呐集》《病榻集》；自传：《我的童年》

1941 年

诗歌：《康复》《生辰集》《儿歌集》（又译《闲话集》）；演讲集：《文明的危机》；论文集：《栖身所的形式及其发展》

B. 泰戈尔生前在英美出版发行的英文著作

1912 年

《吉檀迦利》先由伦敦印度学会出版，后由麦克米兰公司出版，诗集选译自孟加拉语《献歌集》《祭品集》《渡口集》《花环集》等。

1913

《孟加拉生活一瞥》（*The Glimpse of Bengali Life*）由勒杰尼·仑琴·森（Rajani Ranjan Sen）翻译；诗集《园丁集》选译自《刹那集》（*Ksanika*）、《幻想集》、《金帆船》（*Sonar Tari*）等，诗集《新月集》译自《儿童集》。演讲集《人生的亲证》（*Sadhana*）和剧本《齐德拉》。

1914 年

剧本《暗室之王》由斯提申汉德拉·申（Ksitishehandra Sen）翻译；《格比尔诗百首》（*One Hundred Poems of Kabir*），泰戈尔译，伊芙琳修改；《邮局》由代伐·瓦勒德·穆柯帕迪耶依（Devabrata Mukerjee）译。

1916 年

诗集《采果集》选译自《歌曲集》（*Songs of Kabir*）、《花环集》、《儿童集》等；短篇小说集《饥饿的石头》，其中收录的小说由多人合译；泰戈尔在赴日途中直接用英文创作诗集《飞鸟集》。

1917 年

《我的回忆》译自孟加拉语《回忆录》，译者是苏伦德拉纳特·泰戈尔（Surendranath Tagore）；剧本《牺牲和其他戏剧》、《春之循环》；演讲集《国家主义》（*Nationalism*）、《人格》。

1918 年

诗集《情人的礼物和渡船》（*Lover's Gift and Crossing*）选译自《儿童集》《刹那集》《渡口集》《献歌集》《花环集》等孟加拉语诗集；短篇小说集《马西和其他故事集》《泰戈尔故事集》。《情人的礼物和渡船》和《马西和其他故事集》《泰戈尔故事集》中所收录的诗歌和短篇小说，均由多人合译而成。

1919 年

长篇小说《家与世界》由苏伦德拉纳特·泰戈尔译。

1921 年

长篇小说《沉船》；诗集《逃避集》，选译自《心灵集》《金帆船》《歌曲集》《随笔》等；书信《孟加拉风光》（*Glimpses of Bengal*）由苏伦德拉纳特·泰戈尔翻译；《泰戈尔的思想》（*Thought Relics*）由查尔斯·弗里尔·安德鲁编撰。

1922 年

演讲集《创作的统一》（*Creative Unity*）；《泰戈尔诗选》（*Poems from Tagore*）由查尔斯·弗里尔·安德鲁作序并编撰。

1924 年

书信集《国外来信》（*Letters from Abroad*）；长篇小说《戈拉》由皮尔逊翻译；剧本《告别时的诅咒》（*The Curse at Farewell*）由爱德华·汤普逊（Edward J. Thompson）翻译。

1925 年

剧本《夹竹桃》；小说集《断裂和其他故事集》（*Broken Ties and Other Stories*）

1928 年

《演讲集》（*Lectures and Addresses by Rabindranath Tagore*）；诗集《萤火集》；书信集《致友人的信》（*Letters to a Friend*）是泰戈尔 1913—1922 年写给查尔斯·弗里尔·安德鲁的信。《泰戈尔诞辰纪念文集》（*Tagore Birthday Book*）由查尔斯·弗里尔·安德鲁编撰。

1931 年

诗集《儿童集》（*The Child*）、《金色船集》（*The Golden Boat*）由 Allen and Unwin 公司出版；演讲集《人的宗教》。

1936 年

选集《泰戈尔诗歌与剧本选集》（*Collected Poems and Plays*）。

后　记

《泰戈尔世界主义观念在英美的传播与影响》是基于我的博士论文修订而成。修订过程中，读博的一幕幕又再次涌上心头。曾经在图书馆度过的孤独时光，现在都变成了美好的回忆。还记得谢天振老师曾说："读博的日子虽然清苦，但这可能是你们一生中最后一段可以心无旁骛、一心科研的时光。"

求学之路，道阻且长。回顾这一路历程，既有乌云密布、坎坷泥泞，又有风和日丽、光明坦途，正是师友们的鼓励和帮助，给了我继续走下去的力量和勇气，使我变得更勇敢坚强，笑对所有的失意与挫折。谢谢你们！

感谢导师孙宜学教授。老师学富才高，对学生更是循循善诱、悉心教导。每遇难题，孙老师不仅倾囊相授，指引我一步步走进学术的大门，更是传道解惑，成为我做人做事的榜样。聆听老师的教诲，总是如沐春风，老师的一言一行更是细雨润物，指引并激励着我砥砺前行。

感谢谢天振教授。谢老师的教导，总让我豁然开朗，谢老师的言传身教，更是让我看到了顶级学者的力量。可惜，谢老师去年离开了我们，但愿在天国再也没有病痛困扰。

感谢陈琳教授、耿纪永教授、张德禄教授等同济师长，他们不但在课堂上教会我知识，私下的交谈也让我颇受启发。宋炳辉教授、严锋教授、吴赟教授、刘耘华教授、陈琳教授和耿纪永教授在论文答辩过程中提出的宝贵意见，不但使论文有了极大的改观，更让我备受启发、获益匪浅。

感谢王宏志教授、邹振环教授、黄克武教授。他们在 2017 年举办的第五届“重写翻译史”暑期培训中对翻译史研究的讲解，对我后来博士论文的写作，也帮助很大。特再次感谢！

感谢花萌、邵娟、周青、刘雪梅、刘怡菲、尹尧鸿、李军等师兄弟姐妹。感谢你们在我读博过程中所给予的关心和帮助，让我感受到家人般的温暖。

感谢父母和妻子。正是你们的支持和帮助，让我能够辞去工作再心无旁骛地继续求学，并顺利完成学业。

感谢女儿。活泼可爱的女儿，成为我求学科研道路上的不竭动力。

最后，感谢同济大学出版社，尤其是丁会欣老师、张睿老师对本书的编辑工作，正是你们的支持，才使得本书得以顺利出版。

当然，因个人学术水平有限，书中不免挂一漏万，错漏之处还恳请读者不吝赐教。

罗　铮

2021 年春于西安